白浪边 ①

凉蝉/著

广东旅游出版社

中国·广州

图书在版编目（CIP）数据

白浪边.1/凉蝉著.— 广州：广东旅游出版社，2021.9（2022.3重印）
ISBN 978-7-5570-2578-6

Ⅰ.①白… Ⅱ.①凉… Ⅲ.①长篇小说－中国－当代 Ⅳ.①I247.5

中国版本图书馆CIP数据核字（2021）第172122号

白浪边.1

BAILANG BIAN.1

出版统筹：曾英姿
出 版 人：刘志松
责任编辑：江丹燕
责任校对：李瑞苑
责任技编：冼志良

广东旅游出版社出版发行
地址：广州市荔湾区沙面北街71号首、二层
邮编：510130
电话：020-87347732
印刷：湖南天闻新华印务有限公司
（湖南望城湖南出版科技园 电话：0731-88387578）
开本：880毫米×1230毫米 1/32
字数：238千字
印张：9.5
版次：2021年9月第1版
印次：2022年3月第2次印刷
定价：72.80元（全2册）

【版权所有 侵权必究】

本书如有错页倒装等质量问题，请直接与印刷厂联系换书。

目录

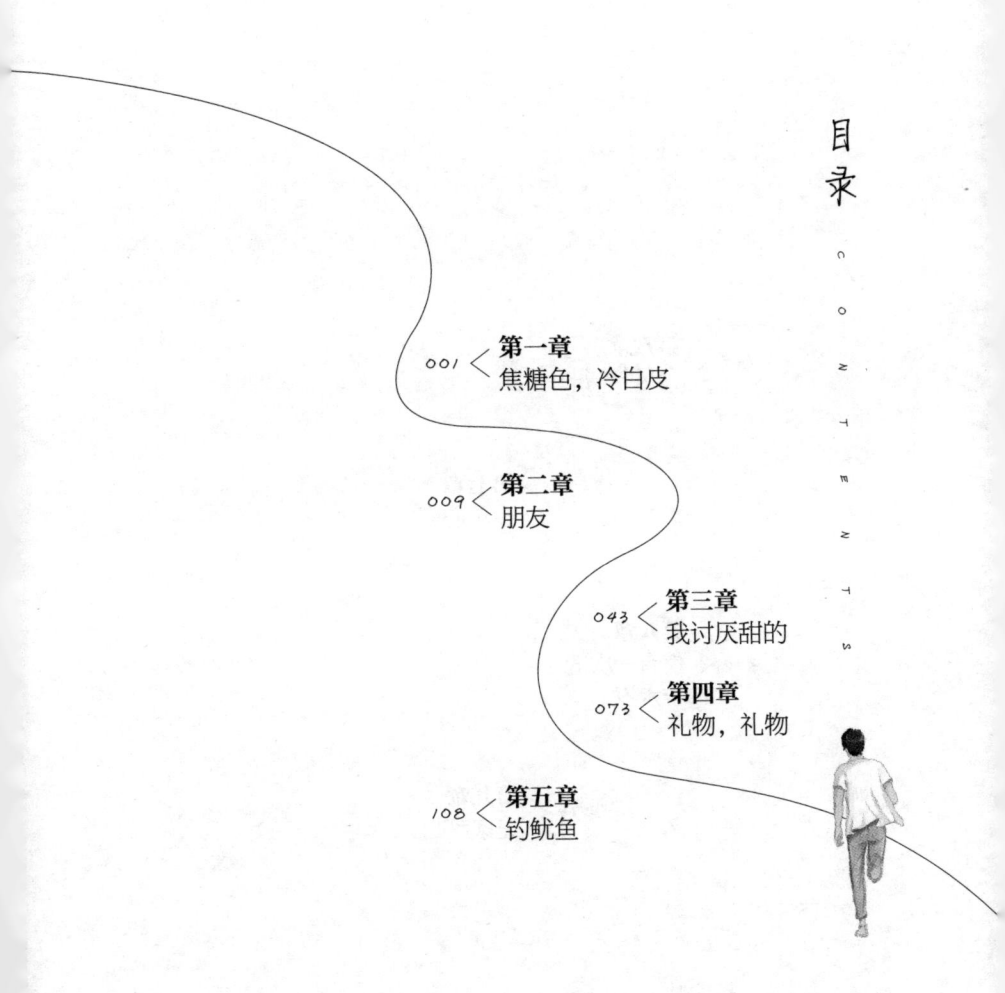

CONTENTS

001 **第一章**
   焦糖色，冷白皮

009 **第二章**
   朋友

043 **第三章**
   我讨厌甜的

073 **第四章**
   礼物，礼物

108 **第五章**
   钓鱿鱼

147 < **第六章**
台风与情书

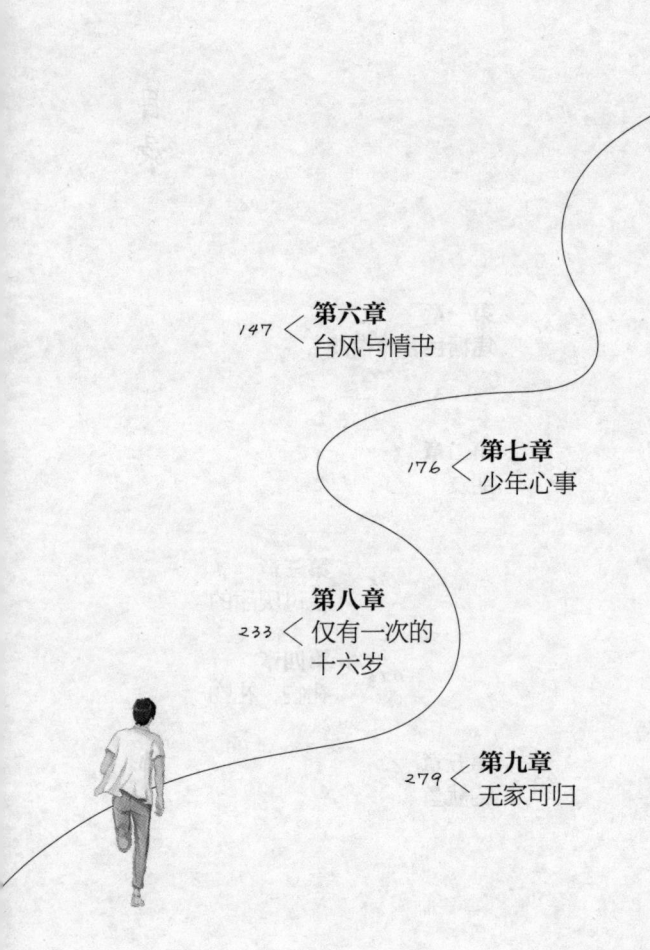

176 < **第七章**
少年心事

第八章
233 < 仅有一次的
十六岁

279 < **第九章**
无家可归

第一章 ♥
焦糖色，冷白皮

　　台风盘桓三天终于过去，留下一片狼藉的城市。

　　宋丰丰拿着一根雪糕坐在乱七八糟的天台上吃，抬头便看见玉河桥上走过来一个人。

　　风雨过后的第一天，虽然天色仍旧阴沉，但热得厉害。午后两三点的阳光把玉河桥面晒得发软，滚热的蒸汽从路面升起，熏得另一头的楼房轮廓也扭曲了。

　　桥上的人跟宋丰丰年纪差不多，身材瘦高，肩膀细削，手脚都长，在桥上摇摇晃晃地走。他拖着一个掉了轮子的行李箱，低头看着手里的一张纸。

　　看够了，他抬头眯眼往宋丰丰这边瞧，一张白皙的脸被晒得微微发红。

　　宋丰丰也看着他，心想：我们街上有这么白的人？

　　那男孩拖着行李箱走过来，远远地看着宋丰丰，说了一句话。

　　宋丰丰趴在遮阴的阳台上，居高临下地看着他："什么？听不清！"

　　"兴安西街18号是这里吗？"白脸的男孩提高了点儿音量，"我找人。"

"走错了！这边是东街！"宋丰丰指着玉河桥的另一边，大声道，"对面，就对面那间，晒着渔网的。"

男孩点点头，说了句什么，转头就走。

宋丰丰没听清："啊？你说什么？"

那白脸的男孩扭头瞥了他一眼，没吭声，继续往前走。

宋丰丰对这人没礼貌的行为表示不满，两口吃完冰激凌，从二楼天台上溜了下来。

兴安西街18号住着的老太太叫周兰，腰很直，人瘦高，早上常常站在门口，攥一把小牙刷，仔仔细细地刷手里的一排假牙。

宋丰丰又从冰箱里拿了一根绿豆冰棒，出门穿过玉河桥，往兴安西街18号走。

喻冬坐在饭桌边上大口喝粥。从客运站打车到这里也得一个多小时，因为路上都是被台风刮倒的树，通行不畅，他半途就被赶下了车，一个人拖着行李箱在烈日底下边走边找，走了将近四十分钟。

"你爸爸怎么不陪你过来？"周兰问，"吃中午饭没？"

粥水很稀，里面放了海带和绿豆，熬出薄薄的绿色。喻冬一口气喝完一碗，冰凉爽快，抹了嘴巴才顾得上回答外婆的问话。

"他忙。"喻冬言简意赅，"吃了。"

女婿与外孙之间关系恶劣，周兰知道。她抿抿嘴，立刻岔开话题："我烧好水了，你先去冲凉，睡个中午觉，醒了就能吃晚饭。不想睡的话，就让你同学带你去看学校。"

喻冬点点头，心里却想，自己这么快就有同学了？

卫生间和厨房都修缮过，是这个家里崭新整齐的两处。周兰怕喻冬嫌弃，拉着他去看："这些都是新的。你住在二楼，二楼也有厕所，不过洗澡还是到一楼来，洗衣机也在这里……"

"那我先去拿衣服。"喻冬并未表现出任何嫌弃,他进了卫生间,把自己带来的洗发水和沐浴露放了进去,"外婆,你不要用肥皂了,用我这个。用肥皂的话,天冷了你的手会脱皮。"

周兰看着自己的外孙在狭小的卫生间里摆放东西,高兴地捏了捏他的手臂,没话找话说似的:"这个太香太滑了,洗不干净。喻冬啊,你怎么这么瘦……是不是不吃肉?"

周兰住的地方不大,是一栋两层半的楼房,因为年月久了,外墙爬满了青苔与藤蔓植物,裂缝像巨大的蜈蚣紧紧贴附在墙面上,张牙舞爪。蕨类细小的种子被风或者鸟类虫类带来,嵌入裂缝中,汲取一点点水分和泥屑就长了出来。

一楼就是大门,四扇陈旧的砖红色木门拼凑成足有两米多宽的门扇,几乎占据了一面墙。墙刷新过几遍,与房子的老迈气质格格不入,门上贴着两张门神,左边秦叔宝、右边尉迟恭,两张大红脸已经被晒成了冷白皮。

屋外是水泥地面,几张网就晾在竹竿上。这是周兰的活儿,她有时候会帮人补网。跨进屋里立刻就能看到一张大圆木桌,竹编的大盖子把两碗绿豆粥罩在里面,小虫子飞不进去。一张竹床靠墙放着,两个脱了色的木柜子被挤到了角落。木柜子上方挂着一个颇大的相框,里头毫无条理地放着十来张照片,喻冬记得自己也在里面。

十几年前的自己被妈妈抱在怀里,喻冬不太敢看,直接拎着行李箱上了楼。

周兰住一楼,喻冬住二楼。楼上有三个房间,一个用来堆放杂物,另外两个都放着床。周兰问他想住哪个,他不假思索地指着带阳台的那个房。

"你妈妈以前也住这间。"周兰很高兴似的,眯起眼睛笑,"你还记得?"

"记得。"喻冬还是言简意赅。

周兰习惯了外孙的脾气,知道他素来话不多。因为要赶着去买菜买鱼给他做一顿好吃的,叮嘱他赶快洗澡之后便匆匆下了楼。

房间仔细地清扫过了,床上铺的是新的席子,因漏水显出脏污印子的墙面看不到了,取而代之的是新刷的洁白泥子。喻冬在这个房间里能找到的和母亲相关的痕迹,就是书桌上的一堆旧书。十九世纪八十年代的《儿童文学》和《少年文艺》,书脊都用棉线扎着,堆在桌面上。

他推开窗,发了一会儿呆。

这是临街的房子,能直接看到玉河桥和玉河桥下的海水。

或者更确切来说,这是一个已经废弃的渔港,只有寥寥几艘入港待修补的船停在浅水的沙滩上,海风带着腥味,一股股地往岸上卷。兴安西街和东街是渔港的两半,中间以玉河桥相连。西街连接陆地,东街则像是一个堆填出来的小岛。

喻冬打了个喷嚏,突然发现街面上有个人正盯着自己。

他眯起眼睛,辨认片刻,发现那是自己方才问过路的男孩。

……真黑。喻冬心想,海边的人都这样黑吗?

那皮肤黝黑的男孩留着几乎能看到青色头皮的小平头,嘴里还叼着半根绿得可疑的冰棒。发现喻冬看到自己之后,还很高兴地冲喻冬挥了挥手。喻冬下意识地抬抬手,很快想起自己其实根本不认识对方,皱着眉头又将手放了下来。

"喻冬!"周兰推着一辆自行车,在楼下喊他名字,"这个,你同学!宋丰丰!"

她指着那黑乎乎的少年:"你如果不睡觉,他就带你去学校看看!"

在周兰离家、喻冬洗澡的时候,宋丰丰便成了看家的人。

他慢条斯理地就着一块腐乳喝完一碗绿豆粥。他吃惯了周兰的手艺,他的父亲常常出海打鱼,几个月不回家,他是吃百家饭长大的。

他看了一眼墙上的钟,心想喻冬洗澡可真慢,可能人太白了,要多搓几遍。他老惦记着喻冬的白脸皮,在这靠海、日光一年到头不要命暴晒的城镇上,很少有人会这样白净。

宋丰丰洗了碗,顺便接了半缸水,还觉得手痒,便帮忙将周兰还没洗的青菜浸在了水盆里。他做这一切事情轻车熟路,就像在自己家里一样。

喻冬肩上搭着一块毛巾,走出来的时候,宋丰丰正站在竹床上,十分仔细地拿着抹布擦大相框。

"你干什么?"喻冬问。

宋丰丰回头,看到喻冬一头湿漉漉的黑发,白皙好看的一个人正在屋子里腾腾地冒着热气。

在回答喻冬的问题之前,他先吃了一惊:"今天三十三度,你还洗热水?!"

喻冬不知怎么回答,呆呆地站着。他也觉得热,可是自己的脑袋有些晕,仿佛是中暑了,所以他不敢洗冷水澡。

宋丰丰闻到了他身上的沐浴露香气,恍然大悟:"怪不得你这么白,涂了什么啊?太香了。"

说到白,他指着相框里的照片,乐颠颠地说:"这几个都是你吧?你从小就这么白?"

喻冬没看,抓起毛巾擦了擦脑袋,几步跨上了楼梯。

宋丰丰听周兰说了,这个白脸的男孩子是从大城市过来的,正好转到宋丰丰班上念初三,准备在这里考高中。大城市的人嘛,都是这种臭脾气。宋丰丰很快为喻冬的冷淡找到了恰当的理由,并且迅速说服了自己,决定用大海般的宽容胸怀去对待城里人。

喻冬走下楼时,宋丰丰正好擦干净了相框。相框里有三四岁的喻冬,也有七八岁的喻冬。喻冬依偎在一个好看女人的怀里,肉团子一般的小脸上露出全无心机的笑。

喻冬腋下夹着一块滑板,站在楼梯上看着宋丰丰。

"现在去看学校吗?"宋丰丰说,"你等我一会儿,我回家取自行车。我可以搭人的。"

喻冬开口说了一句话:"我有滑板。"

宋丰丰先是一愣,随即笑了:"哦。"

喻冬有些莫名其妙,又觉得有点儿气恼:"笑什么?"

"在我们这里用滑板?"

"学校不是很近吗?骑车十分钟就到,我滑板也差不多这个时间。"为表自己的选择十分可靠,喻冬强调道,"我从小学开始都是滑滑板去上学的。"

宋丰丰还是笑,冲喻冬摆摆手,跑回家去取自行车。喻冬被宋丰丰的笑弄得一头雾水,走到门口,只看到宋丰丰跑过玉河桥的身影。

他在门口站了片刻,忽然意识到自己没有家里的钥匙。

宋丰丰骑着自己的自行车过来,看到喻冬坐在门槛上,满脸不快。

"锁门啊,出发了。"他说。

"没钥匙。"

"钥匙在砖头里。"宋丰丰又说。

"啊?"喻冬看着他。

宋丰丰把墙上一块松了的砖头指给喻冬看,喻冬将半截砖头扒拉出来,里头果然藏着两把钥匙,木门和铁门的。

喻冬疑窦丛生:"你怎么知道这里有钥匙?"

宋丰丰神秘地笑道:"我连你们厨房的缸里还有多少米都知道。"

喻冬锁了门,跟在宋丰丰后面朝着学校进发。路上都是清理垃圾的人，台风把城镇破坏得彻底，水电都没通，大汗淋漓的人们在日头底下站着、蹲着，费力地从树木与各种残骸里扒拉有用的东西。

喻冬穿得整整齐齐，没有清理垃圾的压力，一身轻松。他和慢吞吞地骑自行车的宋丰丰仿佛两个异类。

宋丰丰认识的人很多，一路上不停地跟人打招呼。有人问他后面跟着的是谁，他大声回答"周妈外孙"，那人就"哦"地拉长应声，又补充一句："这么白！"

宋丰丰高兴极了，像是终于有人与他站在了同一阵线，扭头看喻冬："对吧！我说了，你特别白。"

喻冬被这种受人瞩目的氛围弄得脸都热了，他感觉，可能自己还没到学校，整条兴安街的人就都认得自己了。

"快走吧……"他不习惯受到关注，总觉得很难为情，连忙催促宋丰丰。

谁料一句话没讲完，他突然歪了歪身子，整个人从滑板上摔了下去。

宋丰丰单脚着地回头看他，笑得腰都弯了。

喻冬从地上跳起来，抓起翻了个面的滑板。他明白宋丰丰在得知自己要使用滑板后为何要大笑了：兴安街的地面根本不平整，不是坑就是沟，滑板完全无法正常前进。

仗着自己技术好，喻冬没理会宋丰丰的笑，一只脚踩上滑板，一只脚在地面一蹬，又往前去了。这回他紧紧盯着地面，竭尽全力躲开坑洼路段，感觉自己像是一个技术极佳的赛车手。

但在连续摔了几次之后，喻冬终于服气，直接将滑板夹在腋下，抬腿往前走。

宋丰丰笑得特别放肆。喻冬只觉得自己脸上微微发烫，实在不愿意搭理宋丰丰。

喻冬太白净了，脸上有点儿红都异常明显。宋丰丰看着红脸的喻冬笑了一阵，指着车子后头："踩上来，我载你啊。"

喻冬没理。

"你脸红什么？"宋丰丰慢吞吞地蹬着车，歪歪扭扭地在他身边说话，"是不是太热了？那我请你吃冰激凌？"

第二章
朋友

喻冬从此将滑板束之高阁，上学放学要么步行，要么蹭宋丰丰的车。

从兴安街——无论东街或西街——去十六中，都要经过一个铁道口。

城市靠海，因而有几个颇大的港口。运货的铁轨从这头铺到那头，黑乎乎的煤填满了车厢，在有节奏的摇晃中沿着铁轨缓慢运往码头。如果运气不好，路过时刚好遇到铁道口下闸，去学校的时间不得不增加五分钟。

五分钟仅足够宋丰丰吃完一碗鸡丝粉。

喻冬心急如焚："要迟到了。"

宋丰丰大口喝完碗里的汤，抓起书包就往外跑。粉店就在铁道口附近，灰扑扑的一小间，但东西实惠，滋味好，早上很难抢到位子，宋丰丰一起身立刻就有年轻的父亲把自己的孩子塞了进去："坐好，坐好。二两粉加蛋，是不是？"

宋丰丰笑着插嘴："是！"

喻冬跟在宋丰丰身后跑出来，顺手撕了两节纸巾给他。

宋丰丰胡乱抹两把，跨上自行车就蹬。喻冬踩在他车后，宋丰丰吭哧吭哧到了铁道口，绿灯正好亮起，放闸了。

"你不要乱丢垃圾，把纸给我。"喻冬说。

宋丰丰受不了似的叹一口气："我到了学校再扔，可以吧！"

自行车穿过铁轨，一上一下很颠簸，连带他的声音也颠簸了起来。

见宋丰丰把擦嘴的纸塞进了裤兜里，喻冬紧紧皱眉，刚想开口说话，一阵风吹来，直接把他脖子吹缩了。

九月和国庆长假都过去了，天仍然热着，但早晚开始有了秋天的凉意。偶尔会下一两场小雨，雨丝绵绵的，没什么威胁性，而且下一场雨，天气就凉一点儿。喻冬耐不住这种凉意，已经穿上了长袖外套。

他成为十六中的初三学生和宋丰丰的同班同学，已有两个月。

十六中只有初中班，占地不大，学生不多，但是距离兴安街最近。喻冬对学校没有什么选择权，父亲安排他去哪儿，他就得去哪儿。宋丰丰说市里最好的初中是实验中学，但喻冬很快发现，十六中也很好。

因为在十六中，他怎么考都是校内第一。

从进校门开始就不断有女孩盯着喻冬。喻冬低头看手里的英语词典，宋丰丰在旁边推自行车，朝着注视喻冬的小姑娘挤眉弄眼地笑。

到了教室，宋丰丰才想起裤兜里的那团纸，连忙小心拎出来扔了。

"我的天！宋丰丰，你把家里的垃圾带到学校来扔？"张敬大叫，"你今天帮我做值日！"

宋丰丰学足了喻冬的言简意赅："呸！"

坐定之后，他跟张敬解释道："我路上就想扔了，可是喻冬不肯。他有洁癖。"

张敬问："什么是洁癖？"

"他白嘛，白的人总是爱干净的。"宋丰丰觉得自己的逻辑没问题。

喻冬完全没听到，戴着复读机的耳机开始听英语磁带。俩人来得不早不晚，十来分钟后，教室才渐渐坐满。没多少人聊天，每个人都低头翻动习题集和试卷，耳朵里塞着耳机，磁带在复读机里一圈圈地转。

张敬是宋丰丰的同桌，他对喻冬这个转校生充满了兴趣，整天拐弯抹角地跟宋丰丰打听。诸如"喻冬吃什么这么白""喻冬喝什么这么高""喻冬怎么长得那么帅，脑子还这么好""喻冬的话怎么那么少""喻冬喜欢什么颜色""喻冬的幸运数字是什么"……宋丰丰总觉得他对喻冬有古怪的兴趣。

等张敬终于问到喻冬的生辰石是什么时，宋丰丰觉得不对了。

"我帮我妹妹问的。"张敬神神秘秘地说，"她暗恋喻冬。"

"哦……"宋丰丰恍然大悟，"你妹不行吧？不好看。"

张敬把他压在桌上，掐着他的脖子。

复读机的电池没电了，耳机里什么声音都没有。喻冬默不出声地背诵单词，后座两个话痨聊天和打闹的声音一句句钻进他耳朵里。

十六中不是特别好的学校。初三(1)班是冲刺班，只有四十个人。张敬是靠考分排名进来的，喻冬是靠之前在别的学校的成绩获准进来的，只有宋丰丰是特例：他姑姑是学校的教导主任，硬是将他插进了这个班，希望他在学霸的环绕下，至少别再跟混混们玩在一起。

宋丰丰是校足球队的体育生，早已经被最好的示范性高中市三中点名要了。由于完全没有中考的压力，他姑对他的要求也就是"不要吵闹""不要影响别人学习""乖一点"，云云。

在喻冬没来之前，十六中的第一名是张敬。宋丰丰坐在张敬身边,很快发现张敬不是埋头学习的书呆子,他有样学样,乖也乖得很有限。

张敬有个双胞胎妹妹,在隔壁(2)班,由于成绩一直在前五十名徘徊,无法进入只有四十人的冲刺班,张敬压力很大。

"我要给她提供学习资料,还要帮她追喻冬!"张敬说,"做大哥真不容易。"

宋丰丰:"别追了,肯定追不上。喻冬,你生辰石是什么?"

喻冬还是没理他。

宋丰丰已经对生辰石产生了极大兴趣,听张敬说,戴上这东西能增进幸运值,于是他也想弄一个来玩玩。

"你的生辰石……"张敬翻开手里那本花里胡哨的《恋爱前线》,"是钻石,可以增进财富和机遇。"

宋丰丰:"……"

他放弃了。

喻冬回头看他:"钻石你又不是买不起。"

宋丰丰挥手驱赶他带着嘲讽的眼神:"去去去,不要打扰我和张敬学习。"

喻冬瞥了他们俩一眼,转而去问张敬:"模拟考的最后一道数学题,老师说还有一个解题思路,复杂一点的,不过只需要画一根辅助线,你想到了没有?"

张敬立刻放下《恋爱前线》,摸出试卷:"我想出来了,先连接CF两点。"

喻冬看着张敬画线,眉头微微皱起,他的眉心仿佛隆起了小小的丘壑。窗外有人经过,嘻嘻哈哈的低笑声传进来,宋丰丰瞪大了眼睛驱赶,无声警告:不要吵!

最后一节课结束,宋丰丰把新发的试卷全往书包里塞,冲张敬和喻冬挥手:"走了。"

喻冬和他差不多同时收拾好东西，紧跟着他走出来。

宋丰丰十分惊奇："你不是要学到七点钟吗？"

学校为冲刺班的人准备了小灶，六点到七点的放学时间有老师在班里坐镇，随时解答问题。喻冬和张敬都是会留到七点的，宋丰丰则不然，他到点立刻离开，不会耽搁一分钟。

"其实你也不用那么认真。"宋丰丰说，"凭你的成绩，上市三中肯定没有问题。"

"我想稳妥一点。"喻冬没多解释，抓住宋丰丰的书包没让他走，"你每天放学都去哪里了？"

宋丰丰眼神有些闪烁："去踢球啊。"

"你别骗我。"喻冬松开手，指着楼下的操场，"操场这两天在铺人工草皮，你去哪里踢？"

"你管我去哪里踢。"宋丰丰从他手里脱离，连忙下楼。

（1）班在六楼，十六中的最高一层，隔绝所有影响，阳台和窗户都装了铁栏杆，也隔绝了所有可能在初三阶段发生的意外事件。

喻冬紧紧跟在宋丰丰身后："你是不是去网吧了？你爸说过不让你去的。"

宋丰丰有些恼了："我爸说不让我去，你是我爸吗？你怎么这么烦？"

喻冬站定了，靠在楼梯扶手上，眼皮垂下一点儿，没什么表情地看着下方的宋丰丰。

宋丰丰又走了两级，转身回头："好吧，我是去网吧。"

宋丰丰的父亲宋英雄是出海打鱼的渔民，因为考了大副证，担任渔船的大副职位，和普通的船工又有点儿不同，有了发号施令的权力和习惯。他体格健壮，身材高大，一身和宋丰丰几乎相差无几的焦糖色皮肤，脑袋剃得光溜溜，有一双似乎永远流露凶光的大眼睛。

"你要向喻冬好好学习！"宋英雄总是先对宋丰丰吼。

宋丰丰吃一口饭，又吃一块烧鸭，基本是听而不闻的状态。

"你要帮叔叔看着宋丰丰啊。"宋英雄又对喻冬轻声细气地说。

那是九月底宋英雄回来时发生的事情。他很高兴宋丰丰有了喻冬这个新的、正派的、学习比张敬还好的朋友，于是在喻冬身上倾注了许多古怪的期待。

"你帮他把学习搞上来！踢球……踢球有什么前途！"宋英雄看着喻冬，感觉自己儿子终于撞上大运，有了点儿出人头地的希望，"他喜欢玩游戏，我已经把他电脑砸了，你帮我看着他啊，别让他去网吧。学习好的人没有谁是玩游戏的。"

喻冬心想，也不对……他自己玩，他知道张敬也玩，而且他们俩都比宋丰丰玩得好。

但宋丰丰常去的那个网吧有些不对劲。

"你又跟龙哥一起玩？"喻冬问宋丰丰。

"反正不用花钱。"

喻冬惊奇极了："宋丰丰，你家有钱，很有钱。去网吧玩，一小时两块钱也拿不出来？"

宋丰丰觉得刚认识喻冬的时候喻冬比现在有意思多了，话少，人沉默，而且不会戳人痛处。

他想跟喻冬撒个谎，但是话到嘴边，又说不出来了。

"这个月的生活费都没了。"宋丰丰眼睛盯着天花板，"都输给龙哥了。"

喻冬大吃一惊："两千块都没了？！"

宋丰丰自己也不好意思，始终不敢看喻冬一眼："也……也不算什么。所以他现在不收我钱了。"

喻冬走下一级楼梯，眼睛在楼梯间的灯光里闪动着陌生的亮光。

"带我去。"他凑近宋丰丰，一字字说话，"我帮你赢回来。"

从十六中的门口骑自行车穿过几条街、一个广场，大概十五分钟就可以到达城市里最大的夜市街。

辉煌街不长，白天冷清，夜晚则热闹非凡。

喻冬和宋丰丰抵达辉煌街街口的时候才五点半，做生意的人正推着车子或者行李箱，从辉煌街的各个巷口涌进不宽的街面上，准备摆摊。烧烤摊点倒是已经摆出了各类食物，羊肉串还是生的，生蚝已经开好壳子，玉米和韭菜被竹签子穿起来，又黄又绿地摆在最显眼的地方，是招揽客人的新鲜招牌。

宋丰丰带着喻冬穿过辉煌街的街口，走向对面的龙行网吧。

龙行网吧是小城里最大的网吧，三层楼，招牌又大又显眼，晚上还会闪动各种光线，一个颇大的光污染源头。

宋丰丰把破自行车停在门口，回头看喻冬。喻冬的手缩进校服的衣兜里，脖子也缩着，正看着龙行网吧外墙上写的各种小广告。通下水道的，维修电器的，卖成人用品的，开假发票的，富婆找乐子的，还有会所招公主的。纸上用很大的字体写着座机和小灵通号码，一个个又粗又黑。

"你怎么帮我赢回来？"宋丰丰问。

"对战。"喻冬抽了抽鼻子，他感觉自己似乎有些着凉了，鼻腔里酸酸的，"我打得比你好。"

喻冬没带电脑来这边，宋丰丰家里那台是真的被宋英雄砸了，张敬倒是有，配置还不错。他们俩去张敬家里玩过，宋丰丰知道喻冬和张敬都比自己厉害。张敬难得遇到一个对手，激动坏了，几乎每周末都要约喻冬和宋丰丰去网吧联机对战。

宋丰丰挠挠头："但龙哥真的很会打。"

龙行网吧的老板叫龙哥，一个二十出头的年轻人，似乎有些不清不白的背景，在这一带是个分量不小的人物。

他在自己的网吧里设了赌局，就用《魔兽》对战来赌钱，两个人对战，再找两个人观战。对战的人各掏五十块押金，也算是公平公正，愿赌服输。

"那两千块是你这个月的伙食费、补课费、电费、水费和你要寄回老家给你爷爷奶奶的生活费。"喻冬忍不住回头看他，"你怎么输的？你输了四十局？！"

宋丰丰把喻冬拉到一边："一开始是每局五十块，我三天输了大概五百块。后来龙哥找上我，问我想不想翻盘，翻盘的话就要下一百块的注。"

说实在话，一局五十块钱对学生来说已经非常昂贵，这并不是一般人能消费得起的。喻冬心想，这根本就不是让学生参与的赌局，宋丰丰是疯了才自己去钻套子。

喻冬的脸色很不好看："你这就上当了？"

"我拒绝了。"宋丰丰的手在暗暗使劲，"他们不让我走，直到我把剩下的一千五百块全都输光。"

他一向活得没心没肺，这时候却罕见地认真起来，任喻冬怎么挣扎都不放手。

"喻冬，龙哥跟我们平时遇到的人不一样，我们走吧。"

喻冬不肯："都到这里了，走什么走。"

"我没想过让你帮我赢回来。"宋丰丰看着喻冬，"你以为我为什么现在还天天往这里跑？因为每天都有人在网吧里跟龙哥赌。他也是有输有赢的。我想找一个能赢他的人，我可以雇他，帮我把钱赢回来。"

喻冬也看着他："那你雇我。"

"你赢不了！"宋丰丰很着急。

喻冬真心诚意给他出主意："我不行的话，你再找张敬。"

"你们俩我谁都不想麻烦！"宋丰丰攥紧了喻冬手腕，"你们都要考试，别搅进这种事情。喻冬，我知道你不到这里看一看，你不会甘心。你回家吧，周妈在等你吃饭。我们是朋友，你为我好，我知道。我也是为你好，你别进这种地方。"

"你爸让我看着你！"喻冬提高了音量，"你要想我别进这种地方，你自己也不要进！"

"这种地方是什么地方？"

一句问话从旁边飘过来，说话的人似乎是笑着的，但又有些隐隐的不高兴。

宋丰丰连忙把喻冬拉到自己身后，朝着还坐在摩托上的青年咧嘴笑了："龙哥。"

龙哥留着长头发，脑后扎了小鬏鬏，也冲宋丰丰笑。他嘴里咬着一根烟，先点燃了，然后长腿一跨，从自己锃亮的改装摩托上迈下来，目光从宋丰丰脸上移到了喻冬脸上。

"哟。"他的笑意浓厚起来，"带朋友来玩啊？"

"不，不是玩。"宋丰丰的手背在身后，仍旧攥着喻冬手腕，"他听我说这里可以观战，龙哥又是最厉害的，所以来看看。"

龙行网吧里还算整洁，没有喻冬想象中的烟雾缭绕和满地烟头。龙哥直接将两人带到了VIP厢，早已有人等在那里，看到他进来纷纷起身打招呼。

喻冬扫了一眼，发现在所有人中，只有他和宋丰丰是稚嫩的学生脸。

龙哥玩《魔兽》玩得好，在这一带小有名气，设的赌局也不是冲着学生去的，宋丰丰本来不在他的坑骗范围里。但宋丰丰露财了。十六中的学生家境都一般，像他这样能连续赌三局的少之又少。虽然宋丰丰看着不像是什么有钱人家的孩子，但龙哥以为他是真人不露相，便想了个办法诓他几局。

谁料他就真的只有两千块，还是一个月所有的生活费。

龙哥跟宋丰丰说，今年之内来龙行网吧上网都不用钱。能给出这种承诺与宽待，他感觉自己已经非常慈悲，几乎是一个可以受到表彰的五好市民了。

喻冬和宋丰丰在VIP厢里看龙哥打了两局，都是龙哥赢。与他对战的青年似乎也不恼，随手就掏出一百块给了他，临走时还约他晚上一起吃烧烤。

喻冬忍不住，瞪了宋丰丰一眼：这就不是你能玩的东西！

宋丰丰认为自己读懂了喻冬的眼神："你尿急？厕所在那边。"

喻冬低头看了一眼手表，现在已经快六点了，他们要在七点左右回家，正好赶上吃晚饭。抬头时，他发现龙哥正在瞅他的手表。

"好货。"龙哥笑着说，"你什么人？我好像从来没见过。"

喻冬坐到了龙哥身边的位置上："龙哥，我跟你玩一局。"

龙哥饶有兴味地挑了挑眉："你跟我玩？怎么玩？"

喻冬："？"

龙哥笑着打量他："不用你给押金，你任我玩，怎么样？"

他的小弟们笑起来，喻冬和宋丰丰都没听懂，莫名其妙地对视一眼。

"我不押五十块。"喻冬指了指自己的手表，"这个八百多块，我暑假买的，折旧之后就算它五百块吧。我就押五百块，你敢不敢赌？"

龙哥脸上的笑意消失了。他诧异地看着喻冬，又看了看宋丰丰。在这个唯他独尊的网吧里，还从没有人出这样的天价跟他对战过。

"你很厉害？"龙哥半信半疑地上下打量喻冬，可怎么瞧他都只是个白脸的清秀孩子——衣衫整齐，指甲平滑，头发柔软干净，一个规矩的中学生而已。

喻冬跟他说实话："我最近只跟我同学对战过。"

张敬应该算挺厉害的吧。喻冬心想,我比张敬厉害一点点。

龙哥放下了烟,舔舔牙齿:"五百块就五百块,打呗。"

这一局打了足足半个小时。

结束的时候喻冬下意识看了一眼手表,六点半了,他和宋丰丰还剩半小时。

"我输了。"喻冬解了手表,递给龙哥。

龙哥没接,只是用看傻子的眼神看喻冬。

"你同学都是什么水平?"他指着宋丰丰对喻冬说,"什么技术,你比他还差!"

喻冬咬了咬嘴唇,脸上微红:"我只是运气不好!"

"有你这么攻塔的吗?你知道什么叫策略吗!"龙哥急了,心里一边想着这小孩脸红起来真耐看,一边却怒火滔天,"我跟你玩我是浪费时间!"

他骂骂咧咧,在小弟们和围观学生的哄笑声里,喻冬的脸越来越红。

"我就是运气不好!"喻冬大叫,"你敢不敢再来一局?"

龙哥气到笑了,他感觉自己成了被侮辱的那一个,就仿佛是丐帮九袋弟子跑到少林寺去找扫地僧挑战,等扫地僧拿出架势做好准备,丐帮小乞丐掏出来的却是已经折断的打狗棒。

宋丰丰急急忙忙地跟龙哥道歉,拽着喻冬要走。龙哥身后的小弟笑得停不下来,拔高嗓门问:"还赌?你拿什么赌啊?你还有五百块?"

"我有两千块。"喻冬抓住电脑桌的隔板,抵抗宋丰丰拉自己走的力量,"龙哥,我跟你赌两千块的!就一局!"

这天价数字一吼出来,周围都静了。龙哥正在有滋有味地喝汽水,不小心呛了个满脸,VIP厢里顿时只能听到龙哥咳个不停的声音。

"……我明白了。"龙哥扯过小弟的衣服擦嘴巴,"你帮同学出气来的。可你技术不济,没办法啊。"

喻冬丝毫不惧:"再来一局,你可以看看我是真的不行,还是刚才故意骗你。"

龙哥向来自诩脾气好,现在已经是一个温和善良的边缘大佬——但此刻他也被喻冬激起了一丝怒气。

"骗我?"他把可乐瓶子重重地放到桌上,起身,想在喻冬脸上摸一把,但喻冬闪得快,没被他碰到,"靓仔,赌就赌。你赢了,两千块和手表都还你,刚刚的五百块我也可以给你。但要是我赢了呢?我不要你的钱,但你今晚得跟我们一起去喝酒。"

宋丰丰连忙拦在了喻冬和龙哥之间:"龙哥,我跟你去!我能喝酒,你们找我就对了。"

喻冬惊讶极了:"宋丰丰,你还会喝酒?"

宋丰丰:"你别说话!"

龙哥一下没推开宋丰丰,于是亮出一根手指,戳了戳喻冬额头:"我不要你,黑炭,我就要跟你这个小白脸同学喝。"

喻冬抬了抬下巴:"那也要先看你能不能赢我吧。"

宋丰丰急坏了,喻冬平时不是这样的。他话少,更不会故意去惹别人生气,最多也不过是沉默无声地瞅自己,那就已经是他情绪外露的极限了。

"喻冬……"

喻冬捏了捏宋丰丰的手,没说一句话,转身坐了下来。

这一次开局很快,喻冬的打法跟之前完全不一样。观战者的电脑在俩人背后,宋丰丰一直注意着不让龙哥的小弟跟龙哥通风报信,他只能听到身后观战人偶尔发出的惊叹声音。

龙哥的阵营中,建筑一个接一个地崩溃了。

二十分钟后,龙哥认输,打出了GG。游戏至此结束。

喻冬平静地看着屏幕,又捋起袖口瞥了一眼手表。距离七点还有十分钟，他们还是没办法准时回家，得跟周兰打个电话说一声。

龙哥笑了一声，听起来也不像是生气："你真行，刚刚果然是装的。"

输了之后，他立刻清醒过来，意识到这个十几岁的少年从进门开始就在观察自己的打法。他在小孩面前和别人对战了两局，又跟小孩对战了一局，这三局已经足够眼前的白脸小孩看懂自己的路数了。

"你叫什么？"龙哥让小弟去收银台取了两千块钱，连同自己兜里的五百，一起给了喻冬，"下次再来玩啊，我认识很多高手。"

喻冬低头数钱，把两千块塞到宋丰丰的书包里，剩下五百块自己揣着，没回答龙哥的话。

龙哥的小弟怒了，认为自家大佬这回丢人丢得彻底，立刻举起拳头凶巴巴地吼："问你话！哑了还是聋了！"

眼看拳头就要砸下来，宋丰丰连忙挡着："不能打，不能打……龙哥，我这个同学学习很好的，上个月模拟考还是市里的前三名，不能打，不能打。"

龙哥挑了挑眉："哦？"

宋丰丰听到站在自己身后的喻冬极其不耐烦地低声闷哼一句："说这么多干什么？快走。"

是了——他心想，这才是喻冬，常常对他不耐烦，但其实很温柔的喻冬。

围观的学生里有人认出了喻冬，邀功一般对龙哥介绍："他是十六中初三（1）班的，学习特别特别好，今年才转学过来……"

龙哥又挑了挑眉："哦……"

没人拦着两个学生，宋丰丰冲龙哥拱拱手，龙哥又点起了一支烟，高声对着跨出网吧的两个人说："好好学习啊！"

站到凉飕飕的空气里，喻冬顿时咳嗽起来。

021

"臭死了。"他皱着眉在鼻子前扇了又扇,"宋丰丰,你千万别学人抽烟,我最讨厌人抽烟。"

"还没学会。"宋丰丰说。

喻冬:"……你真的抽烟?!"

"没有!"宋丰丰连忙辩解,"从没学过!你别跟我爸说。"

他开了车锁,才刚推出来,立刻发觉不对劲,低头一瞧,后轮的气被人放了。

宋丰丰知道肯定是龙哥的小弟干的,也没办法去理论,只能自认吃亏,先修了再说。

"我去修车。"他说,"你等等我。"

"我给外婆打个电话。"喻冬指着一旁的小卖部。

修车铺就在小卖部旁边,宋丰丰的两千块钱回到了兜里,感觉自己又变成了财大气粗的人,决定一会儿请喻冬喝饮料,以感谢喻冬的仗义。

喻冬掏出五毛钱,开始拨号。

宋丰丰打了个呵欠,他感觉到饿和冷了。两千块钱,得给周兰八百块,因为现在自己的午餐和晚餐都在喻冬家里解决,周兰还总是一箱接一箱地给他买牛奶。补课费和资料费两百块,家里的水费、电费、垃圾处理费也得两百块,冬天的衣服还没买,又得花两三百块,剩下的要给奶奶寄去。他数着手指,心想这两千块其实也没多少。

修车铺里的收音机开着,主持人正在说某位吐字不清的歌手十一月份准备发新专辑的事情。他能延续上一张专辑的成绩吗?他才刚刚办完巡回演唱会耶!拿捏着台湾腔的主持人兴奋地哼起了某首代表作。宋丰丰也会唱,于是一边盯着修车铺换胎,一边跟着哼了两句。

不远处忽然砰的一声闷响,一个矿泉水瓶滚到宋丰丰脚下,里面是冻得硬邦邦的冰。

宋丰丰抬起头，正好看到两个小青年从身边拔腿跑开。喻冬抱着脑袋，慢慢地蹲在了地上，电话也被他扯得哗啦一下摔下来了。

宋丰丰顾不上去追人，立刻飙过去，抱着喻冬，急吼吼地大叫一声："喻冬！"

那瓶冻成了冰块的矿泉水原本杀伤力很大，但没砸对位置，先砸中了喻冬的肩膀，随后反弹才撞上他的后脑勺。但喻冬的后脑勺疼得厉害，宋丰丰见他连话都说不出来，连忙扒拉开头发，果然是流血了。

他又急又怒，骂了两句，脸都白了，心里盘桓着一句话：砸傻了怎么办？

"送医院啊！"开小卖部的女人把电话从地上捡起来，"还是打120？现在下班高峰，救护车来不了那么快。"

宋丰丰猛地清醒过来，把电话一把抢过："阿姨，我先打个电话！"

他立刻拨了张敬家的座机号码。

张敬刚好回到家，接到了宋丰丰电话："又叫我去吃什么？"

宋丰丰急急忙忙跟他说了喻冬的情况，张敬也吓了一跳，问清楚位置之后让他们立刻到自己家来。

"我们去张敬家诊所。"宋丰丰把喻冬背在背后，不敢大声说话，"很快就到了，你不要怕。"

喻冬没说话，模糊地叹了一口气。那女人没要宋丰丰的钱，催促他赶紧把同学送过去。宋丰丰恨不能立刻飞到张敬家里，又怕跑得太快颠簸了喻冬，连等红绿灯的时间都觉得异常漫长，几分钟后，终于在辉煌街街口看到了张敬。

张敬的父亲是医生，母亲是护士，家里开了个小诊所，就在辉煌街的巷子里。

巷子周围密布着许多发廊和洗脚店，诊所卖得最火的东西是避孕套和避孕药。张敬父母希望他好好学习，考上省医科大，一路本硕博读过去，再回来继承家业。

张敬敬谢不敏。

"没事没事，小问题小问题。"张敬嘴角还沾着半粒白饭，是吃饭吃到中途跑出来的，他一边在前面给宋丰丰开路，一边回头安慰他们俩，"就流一点儿血，没什么的。"

喻冬被宋丰丰背着，一张脸疼得煞白。虽然因为本来已经够白，变化实在不明显，可他连嘴唇血色都没了，可见确实疼得厉害。

"……脑震荡了。"喻冬慢吞吞说出了遇袭之后的第一句话。

宋丰丰没听懂："脑？你脑子怎么了？！"

他怕极了，如果喻冬真的傻了，那他怎么都赔不起。

"不至于，不至于。"张敬哈哈一笑，"就一水瓶子，没事没事。"

他说得笃定，等到了诊所门口，自己反倒先抖着声音冲他爸喊了一句："爸！怎么办……喻冬脑震荡了！"

诊所里坐着几个输液的人，齐齐抬起头看着冲进来的三个学生。喻冬受不了这注目礼一样的场面，悄悄闭了眼睛，把脑袋埋到宋丰丰肩膀上。

张敬的父亲张格给喻冬做了一些初步检查，发现只是皮外伤，远远不到脑震荡的程度。喻冬肩膀上的伤反倒比较严重：虽然没有破皮，但已经红肿了一大块，右肩无法抬起，连带着整条右臂都麻木了。

"要是担心的话，明天再去医院拍个片。"张格说，"注意不要剧烈活动右臂和右肩，不能骑自行车，不能搬重物，写字嘛，也不要写太多了。"

喻冬很震惊："我读初三。"

张格："我知道你们都读初三，你上次模拟考总分还比张敬多十二分，对不对？你能坚持一个月，肯定全好了。"

喻冬不吭声了，他对张格的医术充满怀疑。

"那他的脑袋呢？"宋丰丰在一旁问，"脑子没事吧？"

"没事。"张格说，"就是十月这次模拟考可能考不过张敬了，你写不了太多字。"

张敬："爸爸！"

喻冬："那我全都用最简洁的算法和表述，不用写很多。"

宋丰丰："还是能考上市三中的吧？"

诊所里闹嚷一阵，张格给喻冬清洗了后脑勺上的伤口，贴上块纱布。血早就止住了，宋丰丰看着喻冬脑后的纱布，惊魂未定："真的没事？"

喻冬正为月底的模拟考心烦，见他这样问，突然想起一件事来："谁砸的我？"

宋丰丰沉默片刻，没有回答。那跑开的两个小青年他认得，是龙哥身边的人。

龙哥这个人之所以能在辉煌街地头上做个边缘大佬，是因为他基本上说一不二，很讲信用。宋丰丰凭着对他的一点儿贫瘠了解，认为不会是龙哥下令去砸喻冬的。更大的可能是，龙哥的小弟看不惯龙哥在这么多人面前丢脸，所以要替龙哥出气。

"是龙哥吧？"喻冬又问。

宋丰丰艰难地笑了笑，半天才憋出一句话："对不起。"

喻冬正盘腿坐在病床上，吃着张敬拿过来的一碟水果。张敬和父母都在外头忙活，一会儿给这个取药，一会儿给那个换药水，这里就剩他和宋丰丰两个人。咀嚼苹果让他后脑勺伤口一跳一跳地疼，他最终选择了专心吃葡萄。

"对不起什么？"喻冬没理解宋丰丰的话，"又不是你砸我。"

"你是帮我出气，才惹上了那些人。"宋丰丰坐在病床边上，给喻冬递葡萄，又伸手去接喻冬吐出来的籽。

喻冬自己扯了纸巾接着,把宋丰丰的手推到一边。他又吃了两颗葡萄,心想,光是跟宋丰丰说"你别去招惹那些人",宋丰丰是不会听的,他得给宋丰丰一点儿教训。

"其实我刚刚没说。"喻冬手里的葡萄吃了半颗,突然咽不下去了似的垂下手,狠狠地抽了抽鼻子,弄出一些模糊不清的鼻音,"我耳朵……"

他声音很低,宋丰丰有些听不清,连忙凑近:"啊?"

"我右耳听不到了。"喻冬眉头耸起,眼角下耷,嘴角随着肌肉抽动一抖一抖的,做出了一个强忍心酸的表情,"我不敢说。"

宋丰丰:"啊?"

喻冬有些气恼:"你说什么?声音大一点!我听不到了!"

宋丰丰仍旧端着碟子,碟里的苹果切成了块,果肉在空气里暴露的时间有点久了,呈现出一层锈色。半紫不红的葡萄在碟子里滚来滚去,喻冬看了一会儿才意识到,这是宋丰丰的手在抖。

喻冬从宋丰丰手里拿过碟子,瞥了他一眼。

宋丰丰的眼睛睁圆了,呆呆地看着喻冬。

小隔间里一时间静下来,只能听到外头的各种声音,器皿碰撞,小孩大哭,还有不远处辉煌街上的各种吆喝。

喻冬推了推宋丰丰:"你别告诉我外婆。"

"不可能。"宋丰丰擦了擦鼻子,"你耳朵都聋了,为什么不告诉她?"

"我不想让我爸知道!"喻冬提高了音量,"我不想让他知道!"

宋丰丰听周兰说过,喻冬和他爸爸的关系非常糟糕,他一直不知道糟糕到什么程度,现在反倒稍微有了些了解。

对喻冬的要求,宋丰丰没应声,也没有继续追问。实际上,接下来的时间里他都异常沉默,甚至去取自行车、付了打电话的五毛钱、和喻冬一起回家之后,他拒绝了周兰挽留他吃饭的请求,一个人推着自行车慢吞吞地回家了。

对于肩膀和脑袋上的伤,喻冬对周兰撒了谎。他说是踢球的时候摔的,周兰半信半疑,但喻冬说起谎来太过真实,连带过程也描述得非常具体,周兰问了几遍之后就停了。

周兰年纪大了,晚上睡得早,喻冬每天晚上都要学到很晚,家里没人看电视,两层半的小楼房静悄悄的。等喻冬艰难地洗了澡,周兰又问了他几句,才将他放回房间。

"早点休息,不要太晚了。"周兰很不放心,给喻冬又煮了一碗鸡蛋糖水,"宋丰丰今晚吃什么呢?他家又没人做饭。"

喻冬心想没人做饭,他揣着两千块钱,在外面吃什么都行。

镇痛药的药效渐渐消失了,喻冬坐在书桌前,被肩膀和后脑勺的痛折磨得只能趴在桌上喘气。

他开始后悔。为什么要给宋丰丰出头呢?他被人骗了就骗了,和他喻冬有什么关系?宋丰丰傻,他喻冬又不傻,这些人是能随便招惹的吗?

疼痛让他开始漫无边际地乱想,一会儿怨宋丰丰,一会儿怨龙哥和袭击他的人,最后把自己也怨恨上了。

今晚不知道能不能睡着。他现在开始怨张敬没有在他们离开诊所之前给他两颗镇痛药,等将一圈人都埋怨完了,又开始厌恶无能为力的自己。

以后再也不帮宋丰丰出头了。喻冬擦了擦眼睛,心想。宋丰丰人不坏,而且对自己很好,可是自己也要清醒些,这样的朋友是不能交的——想到这里,喻冬突然一顿,皱着眉头慢慢坐直身。

"交朋友讲地位,讲有没有用,那些没用处的朋友是不能交的。"——这是父亲常常挂在嘴边的话,不知什么时候居然已经死死在他脑子里扎了根。

喻冬呸了几声,终于放弃习题,转身滚到床上准备趴着睡一下。

虽然是秋季，但秋老虎凶猛，蚊虫仍旧一茬接一茬地繁衍。他趴了几分钟，起身打算关窗，忽然看见不远处的玉河桥上有个人骑着自行车过来。

那人下了玉河桥，拐个弯，从周兰家门前经过，径直往前去。

喻冬大喊了一声："宋丰丰！"

宋丰丰立刻刹车，调转车头来到喻冬楼下："你还没睡？"

"睡不着，疼死了。"喻冬跑到阳台上，"你去哪里？都一点钟了。"

路灯照亮了宋丰丰忧虑的眼睛。夜色沉重，灯光明亮，宋丰丰的黝黑肤色不显眼了，浓眉大眼的脸上是清清楚楚的愧疚和担忧。

"喻冬，我对不起你。"他认认真真地说，"我去找龙哥，我知道他们在哪里。我帮你报仇。他们让你聋了，我也要让他们……"

喻冬大吃一惊，急急忙忙打断他的话："别去！"

夜灯中的宋丰丰看起来有种莽撞的坚毅。

"我走了。"他不是来征求喻冬意见的，只是被喻冬发现，跟喻冬谈起了自己的打算而已。冲喻冬挥挥手，宋丰丰跨上了自行车，继续往前去。一根铁棍悬在他车头摇晃，碰撞出闷响。

喻冬恨不得立刻从二楼跳下去："宋丰丰！！！"

他急坏了，张口就吼："你先别走！我疼死了！"

疼倒是真的疼，这不是假话。他是真的疼死了，一说到这件事，立刻有千百种委屈涌上来，让他的哭腔顿时自然万分："你先给我找镇痛药！"

宋丰丰果然停了下来，急急忙忙回转，又跑到路灯下冲二楼的喻冬扬起头："你忍忍，我先去买镇痛药。"

喻冬心想，我都疼成这样了你还不肯听我的话？！眼泪是真出来了，他急急忙忙擦去眼泪，转头就跑下楼。

轻手轻脚开了门一看，宋丰丰还是站在路灯底下，缩脖子缩脑袋地等着他。

"我去找张敬吧,太晚了药店不开门。"他小声说,"下雨了,你别出来。"

喻冬冲到他面前,先一把按住了车头不让他走:"听好了,我没聋。我骗你的!"

宋丰丰的脑子正被镇痛药和为喻冬报仇这两件事缠绕着,乍一听喻冬这样讲,并没能立刻反应过来。

喻冬见他仍旧神情呆滞,手把车头抓得更紧了:"听好了,我耳朵好得很,一点没聋。我刚刚是骗你的,就是不想让你再去网吧,再跟龙哥那些人一起玩。"

"……"宋丰丰眯起眼睛,打量着喻冬。

小雨一丝丝地落下来,喻冬的头发上沾着细细的雨粉。他突然想起喻冬后脑勺还有伤口,连忙伸手扯了扯喻冬衣服上的帽子,给他戴在脑袋上。

喻冬眼圈发红,看起来不太精神,持续不断的疼痛让他没法睡觉也没法静心,头发乱糟糟的,一侧肩膀在衣下略略隆起,里头是掺了药的纱布。他领口的纽扣没扣好,露出大半个肩膀,上面缠着胶带与纱布,白得吓人。

宋丰丰将信将疑。他有点糊涂了,不知道喻冬什么时候说的真话,什么时候说的假话。

"没骗我?"

"没骗!"喻冬想了想,再次更正,"之前骗了,现在没骗。"

宋丰丰挠挠头,哈地笑了一声。喻冬不知怎的有些紧张。若是自己被人这样耍弄,那是一定会生气的。可喻冬从没见过宋丰丰生气,心头忐忑起来。

"骗我。"宋丰丰在喻冬脑门上戳了一手指,"你居然骗我。"

他絮絮叨叨地说了好几遍"骗我",把喻冬的手扒拉开,骑上自行车哐当哐当又上了玉河桥。

骑到桥中央的时候他停了下来,回头看向路灯。喻冬还站在路灯底下,衣衫单薄,被秋季深夜的海风吹得微微打晃。

不是都受伤了吗,这么晚还不睡?宋丰丰一边想,一边朝他挥手,让他回家。

喻冬以为他还要说些别的,疾走两步,寻到了一个撒手锏:"你千万别去了……否则我告诉你爸。"

"我不去了!"宋丰丰高声说,"你,回家,睡觉!"

喻冬这一晚上并没能睡好。他一直趴着,一会儿昏昏沉沉,一会儿又被突然袭来的痛感从半睡半醒里拉回人世,苦闷至极地抓着枕头叹气。实在没法休息,他干脆拿起错题本一页页地翻,将近五点才终于闭上眼睛,睡了一个多小时。

周兰和他都习惯了早起。

周兰年纪大了,睡不了很久,六点钟就起了床,开始在楼下扫地、做饭,声音隔着楼板一阵一阵地传来。喻冬被闹钟叫醒,发现后脑勺倒是不疼了,但致命的是肩膀:他的肩膀完全抬不起来,像裹着沉重的水泥块。

喻冬慢吞吞地洗脸刷牙,又仔仔细细地梳头穿衣服,在镜前收拾了很久。虽然受了伤,可只要出门见人就必须得干净整齐,这是他从小学会的礼节。

……昨晚阻拦宋丰丰不算。喻冬心想,那是事态紧急。

今天有英语的单词测验,喻冬拎着书包下楼,默默念诵单词。

"我帮你,我帮你。"有人从一楼匆匆跑上来,从他手里拿过书包。

喻冬大大吃了一惊:"宋丰丰?"

宋丰丰:"是我啊。砸傻啦?认不出来?"

喻冬下意识瞅了一眼手表，现在才刚过六点半。

往日这个时候，宋丰丰还在床上打滚。

虽然两人约好一起上学，但喻冬永远是那个比宋丰丰早起的人。按照惯例，喻冬会先抵达宋丰丰楼下，然后掏出钥匙开门，直奔宋丰丰的房间。宋丰丰的房间在二楼，外头就是大半个天台，摆满了各种各样的花盆。

喻冬抵达天台，先是敲门敲窗，然后回头淋一会儿花，大约三分钟之后再次敲门敲窗。

等敲门敲窗的动作重复三遍，宋丰丰才会从床上起来。

钥匙是宋丰丰的父亲宋英雄给喻冬的，喻冬从没遇上过这么重大的委托，因而每天叫醒宋丰丰的时候都尽职尽责。

也因此，宋丰丰早得让他吃惊了。

"我来接你上学。"宋丰丰拉出椅子让喻冬坐，伸手拿了一个煮鸡蛋，在碗沿磕碰几下，剥了壳递给他，"我买了一箱牛奶给你，早餐吃些热的东西，牛奶可以带到学校当课间餐。"

周兰对他的安排非常满意："不要光给喻冬，你自己也要喝。"

喻冬对宋丰丰的殷勤则感到毛骨悚然。骗人的是他喻冬，但现在受到优待的也是他。喻冬茫然中带着惶恐，一路上不知道该跟宋丰丰说什么好，直到宋丰丰问他话，他才反应过来。

两人此时已经站在了铁道口。运货的火车就要过来，铁道口两侧满是人和车，红灯在灰沉沉的天色里闪动，雨丝仍在有气无力地往下飘。

"能听见吗？"宋丰丰指着大喇叭，"那个，当当当当，嘀嘀嘀嘀……"

喻冬："……我能听见。"

他现在知道宋丰丰今天的殷勤是因为什么了。

"宋丰丰，我没聋，我真是骗你的。"喻冬后悔极了，"我错了，对不起,你别这样。"

宋丰丰仍旧将信将疑:"真话假话?"

喻冬:"真话!我要是聋了,我一定赖你一辈子,但我没有。"

宋丰丰笑了:"我有钱,你赖啊。"

喻冬:"……"

宋丰丰想了想,修正了自己的话:"对哦,你也挺有钱的。"

喻冬小声嘀咕:"那是他的钱,不是我的钱。"

"你老爸的钱不就是你的钱?"

喻冬哼了一声,不再理论。

应付了宋丰丰,到了学校还得再应付张敬。昨天张格诊疗用药,一分钱都没收,喻冬心里念着这件事,一见到张敬就跟他说了几次谢谢。

张敬表示那都是小事:"废话少说,你先告诉我昨天到底发生了什么事。问宋丰丰他也不肯讲,翻来覆去就一句'我对不起喻冬啊'……他怎么对不起你了?"

喻冬转头看向教室门口,发现宋丰丰没有走进来。他在门口就被班主任截下来,直接带到办公室里去了。

"我帮了他一个忙,但是后面没处理好,被人砸了一下。"喻冬含糊地说,指了指自己的肩膀,"你中午回家,能帮我拿一些镇痛药吗?睡不着啊,太难受了。"

"不行。"张敬立刻拒绝了,"这么一点点痛,你忍着就行。做个好汉子!"

喻冬长叹一声,不再多说。

教英语的班主任和宋丰丰还没回来,原本准备在早读时进行的单词测验也没有进行。课代表安排众人同桌之间自行背诵测验,插班生喻冬没有同桌,溜到了后座,跟张敬坐在一起。

两人根本没心思背单词,直接凑在一起聊天。

喻冬只知道张敬家开了诊所，但之前去张敬家玩都直接从后门进去，从未见过诊所内部状况，他对诊所产生了无穷兴趣："你真要当医生？"

张敬："不当啊。我晕针又晕血。"

喻冬："你们诊所正规吗？"

张敬："正规又正骨。"

喻冬知他不想多说，点点头，翻了翻桌上的书。这是宋丰丰的位置，桌面和抽屉都堆满了空白的试卷和空白的习题册。教科书上只有前几页有一些笔记，历史和政治课本上的插图全是宋丰丰的画作，左边一个通灵王，右边一个游戏王。

张敬戳戳他："喻冬，你跟宋丰丰认识也不过一个多月，为什么对他这么好？"

喻冬："你很八卦啊。"

张敬："满足一下我好奇心嘛。我也想有一个为我挨打的朋友。"

喻冬想了想，把一件件事情数给他听："我第一天到兴安街，他给我指路来着，还带我来看学校。我外婆说他平时常常帮她的忙，连饭都会做。有一次我外婆在码头收鱼，鱼太多了运不回来，宋丰丰训练回来时看到了，专门去找了一辆三轮车，自己踩，把我外婆和她的鱼都运了回来。"

他慢慢数着，把宋英雄的嘱咐也一并讲了。

"他爸也跟我说过同样的事情。"张敬说，"让我看着宋丰丰，帮他把学习搞上去。"

"你没有搞上去。"喻冬笑了，"张敬，你太坏了，你还带宋丰丰打游戏。"

"这种话听听就算了。"张敬有些不好意思，"谁还真去看着他啊？又不是他妈。"

喻冬低低笑了一会儿，忽然想起一件事："我怎么从没见过他妈妈？"

"你能解释一下，昨天下午放学之后你出现在网吧的事情吗？"班主任佟老师推了推眼镜，镜片下的眼睛紧紧盯着宋丰丰，"还有喻冬。"

宋丰丰端正地站着，没吭声。

"我现在不是批评你，只是在问你实际情况。"佟老师温和地说，示意他可以坐下来，"慢慢讲，你把喻冬带到那种地方去干什么？龙行网吧是什么地方我也知道。你一个初三学生，去那里玩什么？"

"我去上网。"宋丰丰慢慢地讲，拼命在脑子里凑出一个可信的事实，"喻冬把我拉了回来，不让我去。"

佟老师眉头一皱："就这样？"

宋丰丰十分坦然："是这样。"

"那喻冬脑袋上的伤是怎么回事？"佟老师给了糖，开始上大棒，"宋丰丰，你已经被市三中点名要了，可你也要参加考试的，你要有一个基础分，你现在连这个基础分都考不到。而且喻冬和你不一样，你不能害他。"

宋丰丰的神情有了一丝松动："我不会害他的。"

佟老师摇摇头："这不是我第一次收到你的举报了。你常常去龙行网吧玩，听说还赌博？"

宋丰丰的脸色终于变了："啊？"

佟老师盯着他，没吭声。

"没……没赌博。"宋丰丰在心里拼命跟自己说，不是赌博，是被坑了，"喻冬也没赌。"

他突然意识到，佟老师收到的举报明明是关于他和喻冬的，但她并未把喻冬喊来。今天在教室门口，她看到喻冬头上的纱布，便问了几句，只叮嘱宋丰丰到办公室听训。

宋丰丰知道老师的意思，他和喻冬不一样。但这必然的区别对待还是让他在这一瞬间，感觉到了一点不好忍受的难过。

"把你爸爸叫过来，我和他谈谈。"佟老师轻轻拍了拍桌子，"宋丰丰啊，你十六岁了，初三了。你要为自己的人生负责任，每一个选择都不是为别人，是为你自己。一世人就只有一次十六岁，你好好想想，你已经是大人，该懂事了。"

宋丰丰脸皮悄悄厚起来："我爸出海了，要到十一月初才回。佟老师你可以用电台跟他联系。"

又逃过一劫。宋丰丰心里暗暗高兴。等到宋英雄回来，这事情已经过去大半个月了，而且那时候恰好是今年最重要的全市摸底考，和他的事情相比，显然喻冬或是张敬这些学生更为重要。

按照以往的规律，如果宋英雄不在，佟老师会转而去找教导主任，也就是宋丰丰的姑姑。宋丰丰打着小算盘，等待佟老师的下一句话。

"那没关系。"佟老师看着他说，"我找你妈妈谈也是一样的。"

宋丰丰呆了一瞬，突然大喊："不！"

"宋丰丰妈妈也是老师。"张敬左看右看，发现没人注意他们俩，连忙把没吃完的馒头拿出来，一点点地撕扯，"宋丰丰跟你说过吗？她是实验中学的老师，我们市里最好的初中，给我们学校好多老师都上过指导课。"

喻冬想起来了，宋丰丰提起过实验中学，但从未说过和母亲相关的任何事。

"那宋丰丰怎么不去实验中学读？"喻冬小声问，"借读费又不是出不起。"

"他妈不让。"张敬一边吃一边说，"嫌宋丰丰成绩太差，丢她脸。"

喻冬张了张嘴，没说话，只将下巴搭在了宋丰丰簇新的习题本和教科书上，慢慢抿紧了唇。

宋丰丰的父母早在宋丰丰读小学的时候就离婚了，他跟着宋英雄一起生活。喻冬和宋丰丰认识的一个多月里，宋丰丰没提过母亲，倒是宋英雄跟喻冬讲过一次，说他们是因为生活习惯不同才离的婚。

那时候宋丰丰在厨房里煮汤，喻冬心想，也不知道他听没听到。

宋丰丰很丢脸吗？喻冬并不觉得。虽然他成绩真的很糟糕，但从小学五六年级起就是校足球队的主力，上了初中之后也立刻进了校队，十六中的足球队在全市各个中学里小有名气，宋丰丰就是这名气的一部分。

而且宋丰丰人很好啊。喻冬又想。他已经回到了自己的位子上，从张敬那里抢来一个烧卖，塞进嘴巴里默默地嚼。

喻冬不明白宋丰丰的母亲为什么不喜欢自己的孩子。

宋丰丰直到第二节课结束才回来。他的神情阴沉，整个人木木地坐在位子上，像一尊不动不摇的凶恶罗汉。张敬不敢和他搭话，只不断地在桌下踢喻冬的椅子。

喻冬埋头做题，抬手在后脑勺的纱布上挠了几下，用后座也能听清楚的声音叹气。

宋丰丰听到了，脸上的凶相顿时消失，起身询问："疼？"

喻冬："有点。"

宋丰丰转而去戳张敬："给点镇痛药行不行？"

张敬左右躲闪宋丰丰的手指，心想还是喻冬有办法，宋丰丰又活过来了。

喻冬等着宋丰丰跟自己说去老师办公室的后续，但宋丰丰没有开口。只要跟喻冬讲话，开口肯定是那句——"疼？"

吃了午饭，喻冬仍旧睡不好。这一天没有太阳，他站在阳台上，塞着耳机听听力。兴安东街和西街就在玉河桥两端，他能看到宋丰丰的家。

宋丰丰也没睡。他坐在二楼天台的边缘，长腿耷拉在外面，是一个很危险的姿势。

喻冬冲对面挥手，但宋丰丰没看到。他含着一根冰棒，在冰凉的水泥上坐了一个中午。

下午放学，喻冬决定和张敬一起做一件让宋丰丰高兴的事情。

"我们去看你训练。"张敬先把自己的书包挎在肩上，另一只手拎起喻冬的书包，"走走走。"

平时特别喜欢邀请两人去看训练的宋丰丰今天没动。

"我今天不训练。"他摆摆手，"我妈要过来。"

张敬和喻冬对了个眼色。

"什么时候来？"张敬问。

"不知道。"

张敬一拍胸脯："那我请你们吃妈仔牛杂，吃饱了再送你去开家长会。"

"算了，你和喻冬去吃吧。"宋丰丰抓起自己的书包，有些紧张似的拉了拉衣领，"我去佟老师办公室等着。"

张敬要回家帮忙，连小灶也不开了，在校门口与喻冬挥手道别。两人的家不在一处，不可能同路走。喻冬在校门口站了片刻，忽然发现这是他在十六中读书以来，第一次没跟宋丰丰一起行动。

……等他吧。喻冬心想，平时宋丰丰也是这样等待开小灶的自己的。

他从兜里掏出钱包，走到校门口旁的妈仔牛杂那里，点了牛腩、牛筋、白萝卜和丸子。回家还得吃晚饭，他不敢多吃，一片萝卜也嚼得慢吞吞的。喻冬端着塑料碗吃了一会儿，突然皱起眉。

他眼角余光瞥见了不远处的树下有个说不上陌生的人。

龙哥正将一根烟点起,仍旧坐在他的改装摩托上,半长的头发已经剪短了,是一个很新潮的发型。他将手中的打火机潇洒磕上,咬着烟冲喻冬扬起头,示意他过来。

喻冬咬了个丸子,转身背对龙哥。

"靓仔!"龙哥尴尬了,连忙从摩托上跳下来,"就是你,靓仔。过来!"

喻冬不知道龙哥来找自己做什么,但肯定没啥好事。他囫囵吞了丸子,直接往学校里走。龙哥几步追上来,一把拽住了他胳膊。

学校的门卫一直在值班室里盯着龙哥,见龙哥居然和本校学生拉拉扯扯,立刻蹿出来:"干什么,干什么?"

龙哥笑着拍拍喻冬的肩:"跟我表弟聊聊天嘛。"

喻冬不想让龙哥把他和宋丰丰去网吧赌钱的事情抖出来,跟着龙哥走到一边,才没好气躲开他,说:"谁是你表弟?"

"你呗。"龙哥松了手,笑着上下打量喻冬。

他刚从家里出来,打算去网吧看看,顺便巡视一下自己的其他店铺和地盘。经过十六中时,想起那天遇到的黑炭和白皮小孩,他便停下来瞅了瞅,没想到真就遇到了喻冬。

"学习怎么样?"龙哥一边抽烟一边问。

喻冬很反感烟味,不断地往后缩。

"要好好学习。"龙哥看出了喻冬的厌恶,但这厌恶也让他很有成就感,于是干脆往喻冬脸上吐了一口烟,"要是真的学不好,你就当我小弟,我罩你。"

喻冬忍住翻白眼的冲动,心中默念化学元素表。

龙哥见他沉默,忍不住又多聊了几句:"想考哪个学校?"

"考到哪个就读哪个。"

"没志气。"龙哥摇摇头,"要考就考最好的。别听什么'宁做鸡头,不做凤尾',那都骗人的。凤尾那也是凤啊,跟鸡能一样吗?龙哥是过来人,你听我的。我以前在三职高读书,也算是鸡头,有用吗?呸!"

喻冬背完了化学元素表,开始从 A 字母打头默背英语单词。

龙哥自顾自地跟喻冬聊天,也不管有没有应答,聊着聊着就感觉饿了,要求喻冬请他吃牛杂。

一碗牛杂还没烫好,宋丰丰出来了。

看到龙哥居然出现在这里,宋丰丰紧张地冲到两人中间,亲亲热热地揽着龙哥肩膀:"龙哥,来找我吗?"

见到宋丰丰,龙哥也没了再跟喻冬瞎聊的兴致。

"来问问靓仔的学习情况。"他把那碗牛杂塞到宋丰丰手里,冲喻冬挥挥手,转身走了。

眼瞅着改装摩托突突突一路远去,宋丰丰莫名其妙:"他来干什么?来找你?"

喻冬:"嗯,问我的学习情况。"

宋丰丰:"……"

他把自行车停在一边,大口吃完牛杂,示意喻冬一起回家。喻冬看了看他,又看了看校门:"家长会开完了?"

"没开。"宋丰丰草草擦嘴,"我妈没来。"

"为什么?"喻冬好奇道,"佟老师不是认识你妈妈吗?"

"我妈还认识我呢。"宋丰丰干巴巴地笑了一声,"那她也没来啊。"

喻冬不吭声了,跟着宋丰丰往前走。路上颠簸,宋丰丰不打算载他,两人慢吞吞一路往前走。铁道口又下闸了,运货的列车一眼看不到头,速度很慢,煤堆很高。

"她很久没看过我了。"宋丰丰突然说。

喻冬"嗯"了一声。

宋丰丰盯着那盏红彤彤的灯。

"我也不想见她。"

灯光把他的眼睛映照得微微发红。

喻冬心想,我和宋丰丰都挺惨的,都没有妈了。这难得的共通之处让他心情复杂,想说些什么安慰宋丰丰,但脑子生锈了似的,运作半天也挤不出一个字。

"明天你训练吗?"他问,"我和张敬去看你踢球。"

他们终于看到了那列长长火车的尾巴。

"给我带大只佬的大杯丝袜奶茶,"宋丰丰开始点单,"加珍珠和红豆。"

喻冬:"行行行。"

周兰做好晚饭,正在门口收拾晒干的鱼。鱼干都有手臂粗细,被猫叼走了两条,她忍不住骂起那只不知道已经跑到何处的猫:"平时没给你吃的吗!"

宋丰丰帮她把鱼装好,拎到二楼放着,再下楼时周兰已经摆好了饭菜,和喻冬坐在饭桌边上等待他。

宋丰丰很喜欢这一刻,他快快活活地坐下来,把这一天发生的不愉快事情都抛到了脑后。

海边人吃的饭,肯定要有鱼有虾。周兰今天还做了新鲜的鱿鱼,大的切成鱿鱼圈和香芹一起炒,略小一点儿的则扒拉干净内脏,在里面填满了肉馅,直接上锅蒸熟。汤是洒了葱花的鱼汤,入口鲜甜,还有一碟豆豉排骨和一碟青菜,满满地摆了一桌。

"今天为什么这么多菜?"宋丰丰一边吃一边问。

"鱿鱼都是你爸爸让人送过来的。"周兰夹起一个满是肉馅的小鱿鱼放到宋丰丰碗里,"你要吃多点。"

宋英雄所在的渔船隶属于一支船队,这次出远洋打鱼,得一个多月才能回来。由于没有卫星电话,渔船只能通过电台联系港口和地面。家里人若是有什么急事需要立刻找到渔船上的人，也必须要通过地面电台。

这鱿鱼肯定不是宋英雄那条船上的。宋丰丰知道他爸一出海就特别担心自己儿子吃不好穿不好，隔三岔五就联系地面电台，叮嘱朋友送这个送那个。

其实他在周兰家里吃得很好，至于别的方面，他只是一个学生，花费不多。

而宋英雄最最担心的学习问题，则已经是宋丰丰难以逾越的深深沟壑。

喻冬的右手不方便，只能使用左手，用勺子来舀饭。宋丰丰吃完了一碗饭，抬头看到喻冬面前那碗白饭几乎还是满的，连忙主动提出请求："我喂你？"

周兰笑个不停。喻冬瞥了他一眼，决定不予理会。

吃完饭，周兰不让宋丰丰帮忙洗碗，把他赶到二楼，叮嘱两人好好看书做作业。宋丰丰满口答应，等周兰走了，他立刻掏出一沓稿纸，摆在喻冬面前。

"我要写检讨，你帮我。"他强调道，"本来你也要写的，但是我帮你扛下来了。佟老师说，这检讨要写满八百字，我写不来。"

"佟老师不喜欢让人写检讨啊？"喻冬好奇道，"这还是你告诉我的。"

宋丰丰又掏出一支笔，打开盖子，放在喻冬面前。

"以前不喜欢，这次不一样。"他挠挠头，"月底不是有校运会吗？我被人举报到教导主任……就我姑姑那边。她也挺生气的，一定要我写检讨，如果检讨写得不满意，就不让我报名参加校运会。"

喻冬心想：初三学生的校运会，那不就是去玩儿吗？

"我手都这样了，怎么写？"他把纸笔推回去，"我说，你写，别写错别字。"

宋丰丰对这检讨非常上心，不仅仔细查书学会了格式，而且对喻冬口述的检讨内容不断挑刺。喻冬被他折腾得烦死了，最后咬牙来了一句："就这样吧，我脑袋疼。"

宋丰丰立刻消停，连忙收拾东西："好好好……那我走了，你休息。"

他愧疚极了，临走之前还下楼给喻冬冲了一杯麦片端上来："你不要看书看太久，早点睡觉。"

好不容易等到宋丰丰离开，喻冬翻开数学习题册开始做题，刚写完一个"解"字，宋丰丰又在楼下喊他。

"别吵醒我外婆。"喻冬以为他忘了什么，"什么事？"

"你耳朵，没事吗？"宋丰丰问，"能听到我说话吗？"

喻冬："……我说过了，我没聋！"

宋丰丰在楼下笑着跟他拼命比画，喻冬看明白了，是"明天继续一起上学"的意思。"你烦不烦？"喻冬小声道，但仍目送宋丰丰，直到他过了玉河桥，跑进家门。

第三章
我讨厌甜的

检讨顺利交上去了,宋丰丰没再提过母亲的事情,全心全意投入校运会的准备工作中。

说是准备,其实也不过是每天最后一节课免于呆坐在教室自习,获准去跑步而已。

宋丰丰一个人报了七个项目,连跳高、铅球和标枪都填上了自己名字。

张敬负责登记,一边写一边惊叹:"宋丰丰,你体能这么好?可是学校规定一个学生最多能报三个项目。"

佟老师正好经过,连忙把张敬拉到一边:"冲刺班的学生是特例,宋丰丰可以多报一点,你不要声张。"

张敬连忙点头,与佟老师交换了一个心照不宣的眼神。

冲刺班上女孩子居多,四十个人里头男孩不到一半,许多项目确实没办法参与,宋丰丰既然能上,当然就让他上了。张敬把大家递来的报名小字条整理到表格上,他写着写着,忽然发现喻冬没有报任何项目。

他踢了踢喻冬的椅子:"喻冬,你呢?"

喻冬死气沉沉地转头看他，指了指自己的手臂。

前一天的语文测验中，喻冬作文没写完，分数比张敬少了整整十分，这让他仿佛笼罩在低气压里，一副生人勿近的样子。

张敬蹬鼻子上脸了："那我给你报广播组吧？还是啦啦队？"

喻冬："你别写，我什么都不报。"

宋丰丰从外头跑回来，手里拿着三瓶可乐，放在自己桌上："喻冬，请你喝饮料。"

喻冬叹了一口气，放下笔，慢吞吞转过头，拿起一瓶就开始灌。自从受伤，他一面想着做题要快，写字要快，但一面又得注意保持适中的速度，免得让自己伤势更重，整个人都陷入了无可名状的矛盾之中。

忧郁的喻冬比平时还要吸引人，每天使用各种借口跑上六楼的女同学数不胜数。

宋丰丰看着张敬写的表格，问了一个不一样的问题："喻冬，你是不是不喜欢运动？"

喻冬咕嘟嘟地喝汽水，摇摇头。

"你报一个吧，手臂不是快好了吗？"宋丰丰撺掇他，"报一个我也参加的项目，我罩你。"

喻冬舔舔嘴巴，意识到宋丰丰和张敬对他的误解很深。

"我……我虽然很白，但我也常常运动的。"他指着自己，艰难地承认了因为肌肤色号而导致的误解，"我也有很擅长的运动，只不过恰好不是跑步或者推铅球。"

张敬和宋丰丰对视一眼，傻笑起来："你擅长什么？"

"滑雪。"喻冬想了想，一个个说给他们听，"草地滚球，高尔夫……骑马也算是可以吧，就骑着玩玩那种，跑起来不太行。"

张敬低头看表格上的项目，点点头："明白了，不是校运会不适合你，是我们学校不适合你。"

宋丰丰满是好奇："你还滑雪？草地滚球是什么？你这么厉害啊，喻冬。"

喻冬嘴角动了动，像是一个快速消失了的笑。他脸上浮出点儿红色，眼睛眨了几下："不算厉害。"

张敬一边笑，一边在广播组的名单里加上了自己和喻冬的名字。宋丰丰也挺有办法的。他想，喻冬也活过来了。

校运会当天，喻冬才知道自己被张敬加进了广播组。

佟老师要求所有同学必须参与到校运会中，没有例外。张敬告诉喻冬，广播组是最轻松的，他什么都不用干，只要坐在教室里做试卷，完了告诉自己最后两道数学题怎么解就行。

喻冬对张敬的安排很满意。

从六楼的走廊可以直接望到操场。所有人都去参加开幕式了，喻冬为了让自己的懒惰显得更有说服力，穿了一件夏天的衬衣，右肩的纱布在衣服下面若隐若现，佟老师见了也要"咦"地惊叹一声。

但喻冬在楼上看了一会儿，就觉得有些无聊。操场太热闹了，让他也蠢蠢欲动，想要下楼转转。

开幕式的最后一个环节是各个班级展示风采。初三（1）班的人扛着做成汽车的架子，宋丰丰就站在汽车的劣质敞篷上大力挥手，气势恢宏。他喊一句"同志们好"，跟在后头的（1）班同学就接一句"首长好"，下一句"同志们辛苦了"，之后来一声整齐的"为人民服务"。

喻冬一直在笑。宋丰丰真是黑，穿着那件不伦不类的中山装只让他显得更黑，整个人在秋季的烈阳里像是反光了一样，黑得异常醒目。

开幕式结束后，喻冬很快看到宋丰丰换了运动服，但宋丰丰没有往操场上去，反而一路朝着教学楼狂奔。

"你喝什么？"宋丰丰很快跑上了六楼，气都不见喘，拉着喻冬就问,"他们准备跟大只佬奶茶订喝的,佟老师请客,不点就浪费了。"

宋丰丰穿着篮球服,因为刚刚套着闷不透风的中山装,皮肤上带着一点儿汗珠。他扯了两张纸巾擦脸,冲喻冬露出一口白牙:"快想一想。"

"……你上来就问我这个?"

"顺便看看你。"宋丰丰从自己抽屉里找出一条发带,"无聊吧?下去呗,看我跑步。"

喻冬挠挠下巴:"那我要一杯鸳鸯,加奶和布丁。"

宋丰丰把发带套到头上:"那太甜了吧?"

"我喜欢甜的。"喻冬晃了晃脑袋,"喝甜的心里高兴。"

"胜败乃兵家常事,失败是成功之母。真不明白你为什么这么紧张中考的分数,你肯定能上市三中。这次就少十分……"宋丰丰继续在抽屉里翻找,忽然有什么东西啪嗒掉了下来,"这是什么?"

"我没在意,也没失败!"喻冬有些恼了。

宋丰丰捡起地上的东西,眼神有些诧异:"巧克力?你放的?"

那是三根不同口味的巧克力,用粉红色的丝带捆扎着,丝带上还带着一张心形的小卡片。宋丰丰打开卡片,上面只有两个秀气的字:加油。

"是你放的吧?"宋丰丰笑了一下,是又惊又喜的样子,"这个很贵。"

他拆了丝带,随后问喻冬:"有果仁的和牛奶味的,你要哪一个?"

"不是我放的!"喻冬感觉他不可理喻,"我给你塞巧克力?我有病吗?"

他又恼了。宋丰丰心想,喻冬这种城里人,真是捉摸不透。

"不是你放的也没事啊,吃呗。"他自作主张把那条果仁巧克力递给了喻冬。

喻冬不知道该对巧克力愤怒还是对宋丰丰愤怒："不吃！我讨厌甜的！"

宋丰丰拿了头带下楼，把巧克力给了张敬和班长。
班长比张敬还要敏感："谁送的？"
宋丰丰说不知道，喻冬在教室里，他也不知道。
今天是校运会的第一天，一大早就有很多同学到校准备开幕式的道具，喻冬和宋丰丰来之前班上早就已经闹哄哄的。班长回忆了半天，也没想起到底是谁放的。

"我给喻冬，他说不吃甜的。"宋丰丰把喻冬要订的奶茶告诉班长，趁着班长记录的时候，他转头跟张敬说话，"而且看起来挺不高兴的。"

"为什么？"张敬说，"他不吃甜的？那喝鸳鸯还加奶？"
宋丰丰一口咬去半块巧克力："是不是妒忌我了？"
张敬："……你想多了，黑丰，不可能。喻冬收到的卡片和零食比你的多多了，也贵多了。你还记得我们上周吃的酒心巧克力吗？那字母连喻冬都看不懂，好吃死了。"

那盒子酒心巧克力是初二的一个师妹送的，就在喻冬上学的时候。喻冬说了句"不好意思，我不能收"，学妹红着脸直接将盒子扔进了宋丰丰的车篮，转身跑了。

"好吃。"宋丰丰回味起那盒酒心巧克力的滋味，"那是俄语还是德语来着？太好吃了，就是少了点儿，一盒才四个。"

"你自己就吃了两个！"张敬愤愤不平，"喻冬会妒忌你的这个吗？"

宋丰丰耸耸肩："有道理。"

两人的注意力很快被跳高的项目吸引了过去。学习委员参加了跳高,虽然个高腿长,但就是越不过去,杆子连连落地,周围嘘声一片。他不羞不怒不恼,拨拨头发,把杆子放上去,转身对裁判说:"我再跳一次。"

宋丰丰和张敬为他远超出同龄人的镇定和风度啪啪鼓掌。

但这一次还是没跳过。

众人散去,纷纷聚集在跑道附近,男子四百米跑的分组赛即将开始了。

由于每个年级都有十二个班,分组赛要进行两次,从初一到初三。宋丰丰是初三(1)班的参赛代表,因为还没轮到他,他便在附近做起了热身运动。

张敬是兢兢业业的广播组组长,手里一堆小字条,不停往上写:"现在出现在跑道上的,是素有'飞鹰'之称的初三(1)班代表宋丰丰。他矫健的身影如同跑道上一个黑色的影子,令对手闻风丧胆……"

"过了,过了。"宋丰丰说,"谦虚。"

他完成了热身运动,初一年级的四百米分组赛也恰好开始。宋丰丰踮脚越过人群观看比赛,忽然瞥见在操场对面的观战人群里,有一个高出初一小孩一大截的白脸少年。

喻冬果然下来看比赛了。

校运会这一天太阳异常猛烈,几乎是十月最凶狠的一个白天。喻冬在阳光里眯起眼睛,神情平静,眼睛左右地看,似乎正在找人。他的白皙像是牢牢固定在基因里,很难被这海边毒辣的日光影响和改变。秋阳的烘晒只是让他的脸颊略略发红,整个人瞧着多了几分生气。

等到这一场比赛结束,宋丰丰跑过操场,直接把喻冬拉到了初三(1)班的大本营。

喻冬没有任何项目,他主要负责待在大本营,看守大家的水瓶、外套、钱包、眼镜。张敬和他一起待着,不停在小字条上书写,一会儿把宋丰丰称为猎豹,一会儿把学习委员比作飞燕,绞尽脑汁,用光了可用的比喻。

喻冬见周围没人,小声说:"宋丰丰收到巧克力了。"

"嗯,我都吃完了。"张敬继续埋头狂写。

"谁送的?"喻冬又问,"你知道吗?"

张敬摇摇头:"管谁送的,反正都吃了。"

喻冬没能从张敬这里获得答案,转头看了看周围。班上的同学基本在大本营里围成一堆一堆聊天,没有谁显得和宋丰丰特别亲密,也没有人对宋丰丰投去过分关注的眼神。喻冬盯了一圈,一无所获,倒是宋丰丰发现他一脸无聊地看来看去,起身走了过来。

喻冬呆坐片刻,转头问宋丰丰:"你不是有比赛?"

"快了快了。"

喻冬又转头看张敬:"你也有比赛。"

男子四百米跑之后,就是男子四千米长跑的第一个小组赛,张敬名列其中。

四千米长跑没人愿意报,张敬身为体育委员,交表格的时候受到佟老师胁迫,只能往上填了自己的名字。

"别对我有什么期待。"张敬看着倒是不紧张,"我对自己也没有期待。"

佟老师听到他的话,直接拧了他肩膀一把:"张敬,你可以的!"

张敬揉着肩膀,愁眉苦脸:"可以什么呀可以……体育委员我也不想当,只是正好轮到我了而已。"

对他的怨言,佟老师听若不闻,乐颠颠地捧着一个装满枸杞红枣菊花茶的保温杯,坐在树底下看比赛。她年纪不大,但非常注重养生,常常在办公室里煮茶,让学生想喝就去倒,不用客气。喻冬去找她谈事情的时候喝过几次,表示味道太淡了,不合自己口味,想自己带点儿蜂蜜加进去。

佟老师让喻冬别去人多的地方,先把手臂养好了再说。这头聊着天,那头的发令枪已经响了。喻冬猛地回过神来,扭头发觉宋丰丰已经不见。

"宋丰丰!!!"跑道上有一堆人正在边跑边喊。

佟老师慢悠悠喝下一口温茶:"能赢。"

宋丰丰先是拿了小组赛第一,紧接着果然拿了决赛第一。

"差零点二秒我就打破去年的纪录了!"他头上搭着一块毛巾,和几个人一起走回来,逮着喻冬就说个不停,"去年的纪录也是我创下的。"

喻冬嗯嗯点头。

"你怎么不去看?"宋丰丰有些失望,"我跑得很好啊,起步特别快。冲线的时候校报记者好像给我拍了张照,我看到镜头了。"

喻冬又"嗯嗯"两声,用左手拍拍大腿,权当给宋丰丰鼓掌。

宋丰丰坐在他身边歇了一会儿,拽他去看张敬比赛。

张敬的四千米长跑要绕操场十圈。他平时偶尔也打打羽毛球或者散散步,但从没参加过四千米长的竞技比赛,现在站在起跑线上,整个人都恍惚了。

"十圈!"他扭头对跑道外的宋丰丰和喻冬吼,"十圈哪,朋友!"

"十圈而已。"宋丰丰举起手里的奶茶,"你点的招牌丝袜已经到了,在终点等你。"

喻冬也对他露出了笑容,仍旧用左手拍大腿,为张敬鼓掌。

跑第一圈的时候,张敬还是有点样子,虽然不是领头的,但也不至于落后。

到了第三圈,张敬已经成了倒数第三个。

宋丰丰跟着他跑:"丝袜!你的丝袜!"

张敬熬到第五圈,开始散步。

喻冬和班上的其他同学全都随着张敬在跑道外移动:"加油!加油!加油!"

张敬抹了把脸上的汗:"求求你们别加油了!加了我还得往前跑,我下不来台。我要弃权了老师!"

佟老师连忙从啦啦队末尾赶上来:"张敬,你要是在这里弃权了,我看不起你!你明年考试,还有三年之后的大考能不能坚持就看今天了!"

张敬:"这跟四千米跑有什么关系?"

他开始散步之后,不喘了,气也匀了,争辩起来中气十足,有理有据:"佟老师,你这是唯心的世界观,一点也不马克思。"

裁判在外侧跑过,大声怒吼:"参赛选手不要聊天!还跑不跑!"

张敬:"不跑了……"

佟老师及众人:"跑!"

他的声音完全被压住,只好垂头丧气,继续咬牙散步。

张敬最后是被裁判从跑道上请下来的,他的散步行为让整个比赛进程严重延迟。张敬又开始蹬鼻子上脸:"我要坚持走到终点,明年考试能不能过就看今天了。"

裁判正好是他的政治老师,哨子一吹:"又唯心了是吧!初三(1)班参赛代表张敬,完成比赛!"

张敬回大本营后受到了热情款待,大家为他扇风,为他递上冰凉的丝袜奶茶,并且告诉他,他是十六中十多届校运会以来,第一个被裁判宣布提前完成比赛的选手,可以说是创造了历史。

喻冬的鸳鸯喝了一半,宋丰丰问喻冬去不去看自己的4×400米接力预赛,喻冬立刻说"好",跟着他过去了。

"好玩吗?"宋丰丰问他,"校运会。"

喻冬说:"我以前的学校也有校运会。"

"到底好不好玩？"宋丰丰回头看他，"这是一般疑问句。"

喻冬咬着吸管："还行吧。"

其实挺好玩的。他在心里说。

闹哄哄的一天过去了，校运会即将结束，喻冬发现周围人的情绪越来越高了，几乎所有人都跃跃欲试地等待着最后的比赛。

校运会当天的最后一场比赛，是校篮球队跟老师的表演赛。

"我们学校的篮球队虽然没有足球队这么有名，但是打得也不错。"宋丰丰把护腕和护膝解开，"你等等，我会帮你找个好位置。"

喻冬对篮球比赛兴趣不大："为什么不是足球队踢表演赛？"

"打篮球的老师比较多。"宋丰丰跟他解释，"我们学校的年轻老师比较少啊，大多是女老师。能踢满全场的男老师一只手都数得清。篮球赛相对来说容易一些。"

喻冬看了一眼手表，距离平常的放学时间还有半小时。

"半小时能打完吗？"他问，"我不想看。"

张敬已经从上午的惨败中恢复过来，头上戴着宋丰丰的头带，校服外套直接系在腰上，上身只穿了短袖衬衣："为什么不看？最好玩的就是表演赛了。"

喻冬慢慢皱起眉头。

宋丰丰和张敬都渐渐熟悉了他的各种表情。他的表情本身就不太多，皱眉这一行为往往指向各种复杂的意义：不耐烦、厌倦、审度、嘲讽……

"野蛮。"喻冬说。

人和人的冲撞，场边过分热烈的欢呼，还有拍打篮球的声音，球鞋在场上摩擦的声音，都让他感觉非常不适应。

喻冬不打算告诉他们自己曾经在观战的时候被篮球砸过，还砸得很准，正中额头。想到当时的情景，他忍不住摸了摸鼻子。要是那个球再往下一点儿，他的鼻子已经歪了。

宋丰丰对他下的定义不以为然："你懂篮球的规则吗？"

"懂啊，我看过的。"喻冬很认真，"就是懂才觉得野蛮。"

张敬不解："那足球野不野蛮？"

"野蛮。"喻冬立刻说。

张敬："那你还去看宋丰丰训练？"

喻冬："要不是宋丰丰在训练，我不会看的。"

张敬摸摸下巴："原来你认为宋丰丰也是个野蛮人。"

宋丰丰吃了一惊，连忙看向喻冬。喻冬简直无言以对："你是怎么推论出这个结果的？"

张敬抓了抓脑袋，坐在喻冬面前，神情特别认真。

他和喻冬的关系并没有宋丰丰和喻冬那样好，喻冬和他都认为对方是个聪明人，这是他们俩成为朋友的基础。张敬觉得这其实就是信任了。

"喻冬，我们这里没有高尔夫球场，也没有马场，更不会有人和你一起玩草地滚球或者滑雪。"张敬谨慎地选择着自己的措辞，以免伤害喻冬，"但是我们也有很多活动啊，打篮球，踢足球，我比较喜欢打羽毛球和乒乓球，宋丰丰他最喜欢什么，你知道吗？不是踢足球，是钓鱼。"

宋丰丰纠正他："是钓鱿鱼。"

张敬表示这种细节不重要："你现在连班上同学都没认清吧？以后上了高中呢？初三的体育课基本形同虚设，可是高中不一样了。你会打排球吗？篮球呢？或者羽毛球足球？"

喻冬看着他，神情透出些固执。

"这些很重要吗？"他问张敬，"我不觉得。"

"你还没试过怎么知道重不重要？"张敬摘了头带，把它压在喻冬的头发上，"可能试了也不觉得重要，但也许很好玩呢？打打比赛大家就熟悉起来了，很容易的。"

053

喻冬垂下眼皮,有点儿动摇。他知道张敬是好意,可是他着实缺乏兴趣。

"我打游戏很厉害。"他想起了自己的一个长处。

张敬摆摆手,不想再说:"算了算了。"

宋丰丰推了推喻冬:"今天先看比赛,明天周六了,没有课,你到我家里来,我让你开开眼界。"

宋英雄是渔船大副,那艘船也是他和几个同族兄弟一起做的,每趟都有分红,所以宋丰丰家的生活水平并不差。

兴安东街这栋两层的小楼房很旧了,是宋英雄爷爷那辈人留下来的,修缮了好几次,旧坯子外刷了新墙皮,只要不近看,没什么大的瑕疵。它和周围的小楼都一样,直上直下,大门大窗,是为了生存而起的。

宋丰丰告诉喻冬,其实他爹在稍远的城里还买了两个套间,住起来比这里舒服。只是因为宋丰丰的户口在兴安东街上,上初中时划片分区,他分到了十六中,如果住市区那就离学校太远了。

"等我上高中,我就不在这儿住了。"宋丰丰说。

喻冬从冰箱里拿出两根雪糕,闻言有点儿诧异:"你要搬了?"

"你不搬?"宋丰丰接过一根,立刻撕开,"从这里去市三中,骑自行车都要半小时,又不能住校。不是说高中很忙吗?"

"我不走。"喻冬和他一起坐在沙发上,"我跟外婆住这里,至少住到上大学。"

宋丰丰犹豫了。他在十六中最谈得来的朋友就是张敬和喻冬。张敬和他从小学一年级开始就是同班同学,可张敬的家就在辉煌街,离市三中不远,他不存在搬不搬的问题。宋丰丰反倒有些担心喻冬:"那我真有点舍不得你。"

喻冬莫名其妙:"舍不得我什么?"

宋丰丰想了想，自己也觉得莫名其妙："不知道。"

喻冬觉得跟他聊天很费脑子："你叫我来到底开什么眼界？"

他想了想，心里冒出不祥的预感。

宋丰丰把电话座机放在身边，乐颠颠地打开了电视。

"踢足球你应该是不行的了。"宋丰丰说，"我要让你燃起对篮球的兴趣。"

喻冬盯着电视看了一会儿，恍然大悟，又觉得特别无力："……《灌篮高手》？？？"

一百零一集的国语配音版《灌篮高手》，每集都被切割为上下两部分，成了两百零二个收费的视频。

这是几乎存在于每个城市电视台里的点播频道，有一个168开头的专属号码。频道里有音乐MV，有少量的电影以及大量的动画。

点播频道刚刚兴起的时候，上过很多次法制节目。寒暑假闲在家里的小孩不知道点播一个节目要收十块钱，为了看到自己喜欢的动画片，乐此不疲地拨打电话，话费账单惊人。

宋丰丰也因此被宋英雄揍过几次，之后再也不敢了。等到他现在十来岁了，手里有了数额不小的零花钱，点播台的收费也越来越低，终于可以尽情点播，不再顾忌父亲的巴掌了。

喻冬啃完了雪糕，开始吃宋丰丰家里储藏的其他零食。

他几乎每天都会到宋丰丰家里来，但很少在客厅停留，都是直接奔上二楼敲窗唤醒宋丰丰。

宋丰丰家里的陈设基本都很简单，只有电视和沙发很大，而且使用频率很高。

宋丰丰拍了拍电话，豪气万丈："想看哪一集，我点给你。"

喻冬抓了一把番薯干："为什么不直接买碟来看？两百多个视频，一个视频哪怕收一块钱，那也不少了。"

"买过。"宋丰丰抓起电话准备拨打，"被我爸掰断了，他说我不好好学习,一天到晚看这些小孩儿的东西。"

一个电话还没打完,点播频道上的菜单开始变化。片刻后,《宠物小精灵》的某集开始播放,尾巴只有一点点火的小火龙出现在屏幕上,看上去可怜兮兮的。

宋丰丰很失望:"被插队了!"

喻冬倒是看得津津有味:"我不怎么看这些。"

好不容易等到《宠物小精灵》结束,宋丰丰立刻抓紧时间,给他点了《灌篮高手》的第二十七集。

"从这里开始就好看了,前面都挺无聊的。"宋丰丰给他解说,"我特别喜欢三井寿。"

喻冬带着一点儿抗拒,但又不好拒绝宋丰丰的好意,嗯嗯地点着头,一边吃零食一边看了下去。

他一开始兴趣很淡,但看着看着,连午饭都顾不上吃了。宋丰丰给周兰打了个电话,说跟喻冬在外面吃饭,然后俩人直接泡了方便面,边吃边看。

宋丰丰搅动着纸桶里的红烧牛肉面:"还是跟人一起看比较有意思。"

喻冬则开始问他一些细致的技术问题:"带球走步具体是怎么回事?"

中间张敬给宋丰丰打电话,问他晚上去不去打球。张敬的四千米创造了十六中的历史,也让他发奋起来,决定要好好锻炼身体应付考试。

"乒乓球啊,你去不去?"

宋丰丰:"我不打这种的。踢足球,你去不去?"

张敬听到了他那头的电视声音,大吃一惊:"你在看灌篮?"

"我不看。"宋丰丰很得意,"喻冬在看呢,都看入迷了。"

张敬笑了两声,让他开免提。

"喻冬！"张敬在电话里说，"你知道宋丰丰最喜欢看点播台的哪部动画片吗？"

宋丰丰："？"

喻冬想了大概两秒钟，回忆着方才自己看到的菜单："美少女战士？"

张敬："你怎么知道？！"

宋丰丰："等等，我怎么不知道！"

喻冬："因为有大腿，还有短裙，对吧？他肯定最喜欢看变身那一段。"

张敬在那一头发出狂笑："对对对！"

电话被宋丰丰摁掉了。他推了喻冬一把："我什么时候看那个了！"

喻冬认为宋丰丰可能脸红了，但因为肤色过深，很难辨认。

两个人从早上看到傍晚，看得眼睛都疼了，一百零一集还没看到一半。一到假日，点播台人气空前高涨，《宠物小精灵》《棒球英豪》和《足球小将》不断插队，中间还有不少点歌的。喻冬听了两遍《Honey》，三遍《半岛铁盒》和六遍《波斯猫》，已经差不多会唱了。

"这个有漫画是吗？"喻冬心想，看漫画还快一些，动画的节奏实在太慢了，同个动作和情节不断闪回，还不能快进。

"有，漫画好像三十本左右吧？"宋丰丰说，"我喜欢看动画。"

"我知道。"喻冬抓起自己的滑板，"动画里有穿短裙的啦啦队。"

他摸了摸下巴，很认真地补充道："如果这么喜欢看啦啦队，我建议你点播《棒球英豪》……"

这回喻冬终于分辨出宋丰丰脸红的特点了：他连脖子到耳朵那段不太黑的地方都泛了红，整个人愤怒大吼："喻冬！"

喻冬连忙抱起滑板，一边笑一边跑走了。

宋丰丰在客厅里收拾零食残骸，想了片刻，还是点了一集《棒球英豪》，有啦啦队助阵的那种。

正看到一半，电话响了，是周兰打来的。

"周妈，喻冬刚回去。"

"哎呀……"周兰的语气有些紧张，"那算了，我等等他吧。"

宋丰丰对喻冬的事情尤其热心："怎么了？要我帮忙吗？"

"不用，不用。"那头的周兰声音低沉，听上去很忧虑，"我就是想告诉他，他哥来了。"

宋丰丰："……哥哥？"

宋丰丰从没听喻冬提过，他还有个哥哥。

在回家吃晚饭之前，喻冬先到租书店租了几本漫画。他用校徽抵押，约定周日还书，租金一本五毛钱。租书店的老板娘喜欢喻冬这种乖孩子，送了他一个袋子，让他把书拎着回家。

喻冬拎着一袋子漫画，踩在滑板上往前去。

他现在已经非常熟悉兴安街的地势。地面经过了平整处理，平时使用滑板也没有障碍。但上学的时候他还是更愿意蹭宋丰丰的车，毕竟方便。他心想，这可不是因为自己依赖宋丰丰。

夜色渐渐浓了，街灯一盏盏亮起来，街面一截明，一截暗，他在这明暗之中自如穿行。

喻冬心情很好。他度过了快乐饱足的一天，和宋丰丰、张敬这样的人在一起，他非常放松也非常舒适。到这边来读书，可能是十六年以来自己做出的最正确的决定。

经过龙记大排档，喻冬无意间转头一瞥，立刻与龙记里头的一个人对上眼。

"靓仔！"龙哥正拿着一个蟹腿啃，看到喻冬经过，立刻抬手招呼，"放学啦？"

喻冬镇定地扭头,当作没看到没听到,继续滑行。

龙哥的小弟提醒他:"大佬,今天星期六,不上学。"

"太久没读书,都忘了。"龙哥擦擦手,热情万分地奔出来,"靓仔,吃饭了没?来来来,我请你。"

喻冬没有走远,停在了大排档的灯箱旁边。

玉河桥就在不远处,但他过不去了。有个人从玉河桥方向朝他走过来,尚有一段距离时那人也停了步,对喻冬抬了抬下巴。

"去你外婆家不见你,出来找找。"

说话的青年约莫二十岁,衣着得体,鼻梁上架着细边框眼镜,下巴与嘴唇和喻冬有些相似,也是个英挺俊秀的人。

只是看向喻冬的眼神并无任何兄弟的亲热。

"过来。"他冷冰冰地说,"有些东西给你。"

"你来干什么?"喻冬并没有上前。"龙记排档,价廉物美"的灯箱就在身旁,红彤彤的一个大方块,给了他一些勇气。

青年笑了笑:"来开家长会啊。你又没有妈,爸也不可能过来,那只有我了。"

喻冬一时间答不上话,只紧紧攥着自己的滑板。

龙哥凑上来,一眼就发现情况不对劲。他是混了多年的边缘大佬,决定给喻冬撑腰:"靓仔,这是谁?"

"我是他大哥。"青年皱眉打量龙哥,"你又是谁?"

这两人皱眉的表情倒是有一点点像的。龙哥看了青年两眼,"呸"地吐了嘴里牙签:"我是他大佬!我罩他!"

"你才出来多久,当上小流氓了?"青年嘿地一笑,冲喻冬抬了抬下巴,又说了一遍,"有东西给你。"

喻冬和龙哥都被"小流氓"这个词刺伤了。喻冬咬了咬嘴唇,只把滑板捏得更紧。龙哥的反应则激烈许多:"你说谁是流氓?!"

青年几乎已经失去了耐心:"喻冬,你不要这个,那我可就丢了。"

喻冬谢绝了龙哥为他撑腰的好意，慢吞吞抬腿走了过去。

喻唯英比喻冬年长六七岁，大学毕业之后就在公司里给喻乔山帮忙。他颐指气使惯了，公司上下都知道他是喻乔山的大儿子，是太子爷，没人对他不恭敬。他好不容易来这臭烘烘的渔村一趟，看到喻冬的臭脸，心情愈加恶劣。

两人确实不是同一个妈生的。

直到自己母亲患病离世，喻乔山把喻唯英带回来，喻冬才知道，早在和自己母亲结婚之前，喻乔山就已经和别人生了孩子。

那只不过是一年前的事情，但已经足够让十几岁的年轻人彻底崩溃。

他看到了喻乔山写的信，那些情意绵绵的话并不是对母亲或者自己说的。他称呼别人为"我的最爱"，称呼喻唯英为"最好的儿子"。

喻冬心想，那自己是什么呢？自己的母亲又是什么呢？三口之家十几年的幸福生活是一个假象，喻乔山简直是个再出色不过的演员，他演得太好了。

喻冬知道喻唯英很聪明。喻乔山的两个孩子脑子都不差，喻唯英回家的时候已经是个临近大学毕业的社会人，跟喻冬这样的初中生玩起心计，就像戏弄一个孩子。

"你说你妈知不知道呢？"没事的时候喻唯英就跟喻冬闲聊，带着一丝平静的笑意说，"你说她是知道好，还是不知道的好？"

喻冬翻检母亲的遗物，并未发现任何说明母亲对此事一清二楚的证据。在婚前婚后的日记里，他看到的都是一个快乐而幸福的女人。喻唯英告诉他，他的母亲才是第三者。喻冬和喻唯英打架，挠伤了喻唯英的脸。喻乔山回家之后发现喻唯英脸上的伤，又气又急，反手就扇了喻冬一个耳光。

喻冬一想到这些事情就觉得脑袋疼。

喻唯英给他带来的是两份文件，要让他签字。

在路灯下看完文件，喻冬将它们紧紧抓在手里，没有给喻唯英："我不签。"

"你妈的两个子公司一直是爸爸代管，现在不过让你签字让出股份。"喻唯英点燃了一支烟，"这没什么关系嘛。等他死了，这些东西都是你的。"

喻冬很大声地骂了一句脏话。

喻唯英着实吓了一跳，他喜欢逗喻冬玩，有时候带着恶意，有时候只是出于习惯。但喻冬居然会说脏话，这可是之前从未听过的。他突然间愈加厌恶起这个小渔村，恶狠狠地斥了一句："闭嘴！"

眼角余光瞥见方才那油腻的小流氓还在不远处带着小弟探头探脑，喻唯英更觉得这渔村和喻冬都令人生厌。

"文件我送到了，签不签你自己可以再考虑考虑。你不签的话，爸爸没办法管得更深入，等到你大学毕业，这两个公司还做不做得下去，谁都说不准。"喻唯英慢慢吐出一口烟，"我还会来的，来给你开家长会，考试加油。"

他轻笑一声："努力考华观中学吧，咱们可以当校友。"

喻冬冲他"呸"了一声。这是跟宋丰丰学的。

喻唯英又惊又怒，往后跳了两步，气得快说不出话了："你冲我吐口水？！"

这脏兮兮的地方，脏兮兮的喻冬，都让他火气上头。喻唯英转身就走，经过龙记大排档门口时，忽然有水朝他泼过来。

"你干什么！"喻唯英大怒，指着龙哥就吼，"混账！流氓！"

龙哥拿着一个还在滴水的盆，神情充满惊奇。那洗鱼洗虾的水全是腥气，对面青年的皮鞋和裤管都被溅上了，龙哥等着他破口大骂，可他翻来覆去，只知道斥骂自己为"流氓"。

龙哥龇着牙，挥动拳头朝着喻唯英那边踏了一步。

喻唯英吓了一跳，喉咙动了动，扭头走了，步子比之前还要快。

龙哥嘿地笑了，从桌上拿起一根牙签叼在嘴里："什么玩意儿。"
回头再看，喻冬已经不见了踪影。

校运会结束后，紧接着就是全市的摸底考，宋丰丰和张敬发现喻冬学得越来越凶了。

"喻冬对市三中有什么执念吗？"张敬问宋丰丰。

佟老师跟张敬说，以他的体能，明年的体育考试最多只能考个二十分，而能拿三十分满分的人，光是十六中可能就有近百个。张敬被这十分的差距吓住了，每天下午最后一节课都拉着宋丰丰，让他帮自己训练。

此时张敬刚跑完一千米，坐在操场边上跟宋丰丰聊天。

在操场上跑步训练的人里，初三年级的越来越多了。

"以他的成绩，就算考失手了，上不了市三中，也能上华观啊。"张敬说，"两个学校都是好学校，就是市三中名气比华观大一点点而已。"

宋丰丰也不明白。

市里最好的高中是市三中和华观中学，每年这两个中学为了争抢中考前三名都花样百出。宋丰丰之前曾经接触过华观中学的老师，华观也想要他，但宋丰丰嫌华观太远太偏，最终还是选择了市三中。

他想了一会儿，认为自己可能找到了答案："肯定是想和我上同一个学校。"

张敬嗤笑。

"那他在这里也没多少认识的人，就我跟你比较熟悉。"宋丰丰觉得自己的推论很有道理，"是吧？肯定是这样的。"

张敬摇摇头："喻冬不可能这样。他跟我们不同。"

宋丰丰收起了笑容，盯着面前跑过的田径队。

"他心情不好。"他说，"我说请他吃妈仔牛杂或者喝大只佬奶茶，他都没理我。"

张敬却开始担忧自己的成绩了。

"看喻冬这样，我也担心自己考不上市三中。"他挠挠耳朵，和宋丰丰一起看着田径队的女孩从跑道上经过，"我不知道喻冬怎么想，但我还是很希望和你们一起读同一个高中的。唉，听说市三中很多美女。"

宋丰丰的思路被张敬打乱了，但很快接上了这个新的话题。

"那华观呢？"

"华观多帅哥。"

"我们学校多什么？"

"废柴。"

喻冬很感激张敬和张格。他以为张格只是个黄绿医生，但开的药和推拿活血的手法都很合适，摸底考的前两天，他已经可以轻松写完语文和历史、政治这类试卷了。

考完出来，张敬脸色很不好，拉着学习委员就问："最后一道选择题的选项真的没有问题吗？"

学习委员永远一脸平静："没有问题。如果你算不出来，就是你算法有问题。"

宋丰丰打着呵欠经过："才五分，放轻松。"

"才五分？！"张敬没办法跟宋丰丰说明这五分的可怕之处，"我上次的数学比喻冬多三分，全市排名比他靠前了十一名！"

"是了是了，你上次是全市数学第一。"宋丰丰顺口说，"可是你的总分比喻冬低。"

张敬脸色更差了："喻冬一定会做。"

学习委员："我也会做。"

张敬："……你们能好好安慰我吗？"

喻冬考完了，心情还是不好，想到喻唯英还要来开自己的家长会,难免又要被他羞辱一次。他跟周兰提过,希望她去开家长会,但佟老师不答应:"我联系过你爸爸,他说让你大哥来开。你外婆年纪大了,考试的事情她听不懂的,不要闹脾气了。"

　　回家路上宋丰丰不停地找话题跟喻冬聊,喻冬有一搭没一搭地应着。宋丰丰又一次问他为什么一定要考市三中。

　　或许是需要跟人交流,这次喻冬没有隐瞒。

　　"全市的重点高中就两所,我不想去华观。"他一边喝鸳鸯奶茶一边走,还低头踢地上的小石子,"不想跟那个人做校友。"

　　"哪个人?"

　　"他们让我喊他哥哥。"

　　宋丰丰恍然大悟。他很想追问这位神秘的"哥哥"的事情,可提起这人,喻冬显然充满不快。宋丰丰踟躇片刻,压下心底的疑惑。

　　喻冬经过小超市,钻进去买了两包牛奶糖。他把空的奶茶杯子放在垃圾箱上,随手拆开包装,给了宋丰丰两颗。

　　运载货物的火车咔咔咔地从铁道上经过,这次运载的不是煤块而是木材,在车厢上堆得像山一样。

　　牛奶口味的糖果非常甜腻,宋丰丰咂巴着这甜滋滋的味道,问喻冬:"你到底喜不喜欢吃甜的?"

　　喻冬:"喜欢,吃甜的心里高兴。"

　　可你看起来也没多高兴。宋丰丰想着,随口问:"那我上次给你巧克力,你怎么不吃?"

　　喻冬转头看他,白牙咬着嘴里的一颗硬糖,眉头微微蹙起,是一个回忆的表情。宋丰丰看到那颗糖在喻冬嘴里碎了,他好像听到了那一声细细的"咔嗒"声响。

　　"什么巧克力?"喻冬转过去盯着红彤彤的信号灯,嘴角微微抿起,似笑非笑的样子,"我忘了。"

　　两人慢腾腾回到玉河桥,正要分道扬镳,宋丰丰忽然看到桥面上站着一个人。

宋英雄穿着拖鞋立在桥上，一脚踩在矮墩上头，另一脚在地上不耐烦地啪啪拍打。

"宋丰丰！"他冲着宋丰丰大吼，"过来！"

父亲回来就意味着又有许多海鲜可吃。宋丰丰十分兴奋，哐当哐当推着自行车奔过去："嘿！老爸！"

宋英雄抓住儿子的车头把儿子拖到家门口，宋丰丰一头雾水，但看父亲这架势，可能要揍人了。

"听说你带喻冬去网吧赌钱？"宋英雄一双眼睛要喷出火来，"不仅赌输了，还害喻冬被人砸了脑袋？！"

喻冬在家里吃完了饭，洗着碗跟周兰聊天。自从女儿离世，周兰就再没见过喻乔山。一是喻乔山不过来，二是周兰也不愿意瞧见他。

喻唯英那天到访，周兰正在等喻冬回家吃饭，听了喻唯英的自我介绍，当即脸色就变了。喻唯英话都没说完，周兰挥着竹编的大扫帚，直接把人赶出了家门。

她怎么会愿意见喻乔山或者喻唯英？这两个人中的任何一位，都只会让她想起自己被蒙骗直到离世的女儿。

喻冬没在周兰面前提起这些事情，以免引起周兰的伤心事。他洗了碗筷，捋起袖子跟周兰一起收拾宋英雄刚刚拿过来的两袋海货。大鱼大虾装满了编织袋，周兰甚至忧愁起来："冰箱放不下了。"

好在最近天气渐渐冷了，倒不怕坏。祖孙俩正在收拾，忽然听见对面街闹闹嚷嚷的，似乎有人在大叫。

喻冬竖起耳朵听，周兰十分镇定："肯定是宋英雄和宋丰丰。"

宋丰丰从自家的二楼蹿上了隔壁屋三楼的天台，宋英雄上不去，在街面上气得大叫："爬这么高我怎么揍你！下来！"

天色早就暗了，天黑助人胆，宋丰丰趴着天台边缘跟他爹互喊："给我留点面子行不行！"

"要面子你还去网吧赌钱？！"宋英雄豪气万丈地吼道，"下来！"

宋丰丰缩缩脑袋，下意识看了对面街一眼。兴安西街18号的门开着，一个瘦巴巴的人果然站在门前。宋丰丰沮丧坏了，他现在连喻冬饶有兴味的表情都想象得到："别喊了！别人都听到了！"

父子俩吵了半天，喻冬为了看戏，甚至跑到了玉河桥上，嚼着番薯干津津有味地观赏完全程，并打算下周返校跟张敬好好分享。

摸底考的成绩出来，喻冬退步了。

上一次模拟考是全市前三，这几乎是十六中建校以来最好的成绩，自然被老师们寄予厚望。但这次的成绩不行了，学习委员和张敬都排在他前面，喻冬的排名直接掉到了前五十。

佟老师告诉他成绩排名时顺便也安慰了他："没关系，有波动很正常，下次再考回来就行。你胳膊不方便，这是客观原因。"

张敬和学习委员总分相差五分，耿耿于怀："就是那道选择题了。"

他对喻冬的忧郁表示十二万分的理解，并且试图安慰他："开家长会也没事啊，你成绩一直都好，你爸妈肯定不会怪你。"

但开家长会那天，留在学校里帮忙分发成绩单和其他资料的张敬发现，喻冬的位置是空的。

喻唯英来是来了，但不打算进教室，也不想坐在喻冬的位置上听老师两个小时的废话。他直接找到了班主任佟老师，表明身份和来意，简单聊了聊喻冬的情况。

他自己肯定是不愿意过来的，但这是喻乔山的要求。喻冬名义上还是他血脉相连的弟弟，尚未成年。他开了四个小时车专程来到这儿，关心喻冬的学习情况，这个举动是非常加分的。

跟佟老师聊完之后，喻唯英直接就往周兰家去了。

他怕了周兰的竹编大扫帚，不敢进去，只在门外远远晃荡。喻冬在楼上晾衣服，喻唯英喊了他两声，总算把人喊了下来。

"文件我不会签的。"喻冬见到他，第一句话就是这个。

喻唯英刚离开学校，心里还有一点儿要和喻冬谈心的浅薄热情，听喻冬这么一讲，顿时想起了更为重要的部分。

"不用你签了。"他笑着说，"已经转给我了。"

喻冬脸色一变："怎么转的？"

喻唯英跟他解释，那两间公司虽然是他母亲留给他的，但由于他现在未成年，所以一直都是喻乔山代管。喻冬不肯出让自己的股份，喻乔山便行使了自己的管理权限，以促进公司运营的名义，把喻冬的一部分股份让给了喻唯英。

"他没有这样的权利！"喻冬气坏了，"他凭什么？！"

他攥紧拳头，站在冷风里，胸口一股郁气越来越烈，只觉得头晕目眩。

一个无能为力的孩子。他永远都只是一个无能为力的孩子，面对朝自己压下来的所有狰狞面孔，毫无还手之力。

喻唯英还想说些话缓和喻冬的情绪，抬头发现喻冬突然蹲下身，抓起了门口的一个花盆，才开的黄菊花在茎上摇摇晃晃。

喻唯英吓了一大跳："别——"

喻冬已经将花盆朝他扔了过去。

好在他躲得快，花盆没砸中，砰的一声巨响，在街面上滚了几下。

喻唯英只觉得喻冬不可理喻："你干什么？！"他被激怒了，冲过去直接甩了喻冬一耳光，"你敢砸我？！"

"我没满十六岁……"喻冬被他打得一个趔趄，立刻弯腰又抓起了一个花盆，"砸死你也没事。"

宋丰丰骑着自行车出门，准备找喻冬一起去吃夜宵，才到玉河桥上就听到了喻冬的声音。他猛蹬几下，险险躲过花盆，在喻冬身边停了，重重地推了喻唯英一把："你谁？！"

"法盲！"喻唯英见喻冬举起花盆，脸色顿时变了，"你……"

喻冬忙不迭地指着宋丰丰："你拦着他啊！"

宋丰丰不清楚事情始末，但喻冬的架势太吓人了。他连忙下了车，二话不说直接将自己的自行车举了起来，冲喻唯英砸过去："滚吧你！"

喻唯英躲开了花盆，却没能躲开宋丰丰突然举起的自行车，被车轮子砸个正着，一道泥印子从肩上一直印到脸颊。

他待不下去了，一边怒斥"流氓"，一边拔腿就跑。

这地方给他留下的印象全都太糟太糟，才两个多月时间，不吭声也不反抗的喻冬就被同化成了流氓，而喻冬身边的那些人，瞧着比喻冬更似古惑仔。喻唯英掏出手帕，大力擦着脸上的泥印，并决定以后无论如何都不会再过来了。

走了几步，抬头发现面前就是龙记大排档的招牌。他惊魂甫定，又被重重惊了一下，连忙扭头绕路，远远离开。

那两个花盆填满湿漉漉的泥土，又大又重。喻冬放下花盆，坐在路边喘气，右肩隐隐作痛，像是已经复原的筋肉又遭受了挫伤。

宋丰丰收拾了路上的花和泥，拖着那花盆回到喻冬身边。花盆用铁丝箍紧，并未砸碎。宋丰丰坐在喻冬身边，开始往花盆里填土，将可怜巴巴的黄菊花重新种回去。

周兰已经歇下，耳朵又有点儿背，并未听到外面的喧闹。喻冬头疼极了，扶着额头不声不响。宋丰丰种好花，推推他肩膀："你胳膊没事吗？"

"……他是我哥。"片刻沉默之后，喻冬慢慢开口了。

他一点点地跟宋丰丰说起了一直不愿意提的事情。他的家庭、他的父亲和母亲、不认识的阿姨与完全陌生的"哥哥"，一幕覆盖了幸福假象的话剧。

喻冬病了很长一段时间,不肯说话,最后甚至说不出话。喻乔山把他送去疗养,大半年后终于恢复,整个人却已经瘦得脱了形。回到家中的喻冬发现,父亲已经再婚,他隔壁的客房住进了"哥哥",不认识的女人在家中出入,俨然一副女主人的架势。

为了照顾他的情绪,喻乔山恩准他不必称呼女人为"妈妈",但必须叫喻唯英"哥哥"。喻冬干脆不吭声,紧紧闭嘴,像是要把这种沉默永远保持下去。

"是我自己提出要到外婆家来的。"喻冬把脑袋埋在手臂里,闷声闷气地说,"我再也不想回去了。"

一想到母亲留给自己的东西就要被喻唯英夺走,他又气又沮丧,肩膀微微发抖:"他们还要抢我东西……"

宋丰丰呆呆地听完,只觉得自己在听一部剧情狗血的电视剧简介。

但剧里的人是他朋友,是喻冬。他坐在喻冬身边,忍不住拍拍喻冬的背:"那什么公司……你现在能管吗?"

喻冬闷闷地回答道:"不能。"

宋丰丰的思维很直接:"你以后能管吗?就成年之后,大学毕业之后?"

喻冬慢慢抬头,惊奇地看着宋丰丰,仿佛听到了一个傻问题:"当然能。"

他眼圈发红,睫毛都湿了,宋丰丰怜悯地抓了抓他头发,他没躲开。

"它现在还是你的吗?"宋丰丰又问。

喻冬擦擦眼睛:"是我的,但是有一部分被他拿走了。"

宋丰丰:"那你以后再拿回来不就行了?现在你没办法管,他们要拿走,你也阻止不了。既然这样,就以后再抢回来。"

他认为自己的思路是非常有道理的,就像古惑仔抢地盘一样,地盘永远在那里,有时候易主也是没办法的事。真正的大佬不会唉声叹气或者哭唧唧,而是卧薪尝胆,苦等机会,在合适的时机带上忠心耿耿的马仔,一路砍过去,重新做大佬。

喻冬想了想:"……有点道理。"

宋丰丰很少从他口中获得过肯定,顿时高兴得不得了:"你现在做不到,以后做得到就行了嘛。"

喻冬觉得这句话很耳熟:"这话谁讲的?"

"佟老师。"宋丰丰说,"她劝我好好学习时都这样讲。"

喻冬哈的一下笑了。被宋丰丰这样搅和,他心头的不快消散了很多。自己现在是无能为力,但以后呢?以后的事情,喻乔山和喻唯英也都料不准的。

"我中考一定要考到前三名。"喻冬告诉宋丰丰,"我爸希望我去读华观中学,但我不想和刚刚那个人做校友。我爸很固执,他说除非我考得特别特别好,才会让我自己选学校。你懂的,只有考到前三名,市三中的人才会对我有兴趣,那时候我就有选择的权利了。"

宋丰丰顿时明白:"那是得好好考。"

他这时候才发现喻冬脸上有渐渐浮现的巴掌印,是刚刚喻唯英打的。打的正好是右脸颊,看那痕迹,显然很用力。

"你脸疼吗?"宋丰丰紧张了,"耳朵呢?耳朵疼不疼?能听到我声音吗?"

喻冬揉揉脸,自己倒没觉得严重,只是宋丰丰的问题让他特别无力:"能!我说一万遍了,我没聋。"

"你太会说谎了,我不信你。"宋丰丰起身拍拍屁股,"我帮你涂药?"

"我以后绝对不骗你,行吧?"

宋丰丰稍觉满意:"那当然可以。"

没了心理负担,喻冬在十二月中旬的五校联考里,嗖地蹿成了总分第一。

佟老师找他谈话,教导主任和校长也找他谈话,个个都让他继续保持,不要有负担。不起眼的十六中可能会出一个中考状元,这是建校以来的头一回,校长的地中海发型看起来都光亮许多。

拿了第一的喻冬没负担,始终稳定保持在前三十名的张敬也没有负担。

这一天,张敬主动给宋丰丰打电话,问他圣诞节准备怎么过。

宋丰丰正和喻冬在家里看点播台,有一搭没一搭地跟张敬聊天。

"圣诞节还去不去教堂?"张敬也在看点播台,这是他每天难得的闲暇时间,"听说今年还会放烟花。"

"去啊。"宋丰丰问喻冬,"圣诞节去不去教堂玩?"

喻冬:"不去。"

宋丰丰:"有糖果饼干发,今年还会放烟花。"

喻冬:"不去了,我要看书。"

宋丰丰:"哎,陪我去呗。"

喻冬回头看他一眼,应了:"好吧。"

"谁?谁陪你去?"张敬连忙问,"你这就约到人了?"

"刚约了喻冬。"

张敬惊呆了:"约喻冬干吗?约女孩啊!上次送巧克力给你的是谁,你找到没?"

宋丰丰:"没有。"

张敬恨铁不成钢地叹气:"约个女孩好不好,约男的有意思吗?"

宋丰丰心想,这人脑子是不是学坏了,不是你打电话来约我的吗?

张敬还在那头絮絮叨叨:"约你最喜欢的那种类型嘛,白皮肤、大长腿，是吧？圣诞节啊，多浪漫……"

　　电视里，上杉达也正趴在窗口偷看体操队的女孩们训练，贴身的体操服勾勒出少女身形。喻冬指着屏幕，戳了戳宋丰丰，对他坏笑两声："你最喜欢的。"

　　宋丰丰脸皮变厚了："知我者喻冬也。"他冲话筒喊道，"我就约喻冬了！"

第四章 ♥
礼物，礼物

平安夜正好是周日，不用上学。喻冬对这活动兴趣寥寥，但出于朋友情谊，还是决定牺牲学习时间陪他们俩玩玩。他踩着滑板在兴安街周围逛了几圈，想给张敬和宋丰丰挑个礼物。

小的礼品店也不是没有，格子铺刚刚兴起，发光发亮的、毛茸茸暖烘烘的小物件儿摆在分隔清楚的格子里，看店的女孩拿着一本口袋本的言情小说，看得昏昏欲睡。

喻冬发现这些礼物都不适合宋丰丰。

"给女朋友买礼物吗？"店主倒是热情万分，"这种发圈现在很流行的，还有这个手链，蔡依林同款。"

喻冬谢绝了对方的推销，继续踩着滑板漫无目的地逛。途经租书店，他突然有了个主意，于是匆匆捞起滑板钻进店里。

"老板，最近有什么新漫画吗？"喻冬问。

老板是个戴眼镜的青年，闻言抬起头，推了推眼镜，亮出手里的漫画："我推荐这个，单行本今年才出完，我托人从香港带了两套，想要的话可以转一套给你。"

封面上是硕大的"H2"两个字。

喻冬定睛一瞧，又是安达充，又是打棒球，又是青梅竹马牵扯不清。他立刻想起宋丰丰热爱欣赏的《棒球英豪》中的某些片段。想了片刻，喻冬决定换个别的，不让宋丰丰看这么多体操服和啦啦队裙子。

"帮我进一套全新的《灌篮高手》。"喻冬说，"圣诞节前能到吗？"

平安夜晚上九点整，张敬骑着自行车，准时准点停在玉河桥上。

"宋丰丰！"他先冲着西面喊，随即转头朝着东边，"喻冬！"兴安街上的人对圣诞节和平安夜都不感兴趣，吃完饭的老头老太围坐在灯下摸纸牌打扑克。初冬的海风又湿又冷，张敬喊了两声，在桥上直打哆嗦。

周兰也在摸纸牌，听到有人喊外孙的声音，忙起身回答："喻冬在宋丰丰家里！"

张敬认出了周兰，周兰也想起了张敬是谁。那个圆脸的、有点儿胖乎乎的男孩子来家里找过喻冬几次，无一例外都是讨论问题，或者邀喻冬去逛书店。但张敬今天穿得挺帅气的，围巾在脖子上绕了两圈，遮住了圆胖的脸部轮廓，一双明亮的眼睛显露了出来。他个子丝毫不比宋丰丰甚至喻冬矮，只是因为有些赘肉，平时看起来壮实很多。冬季所有人穿的衣服都多，他的胖和壮反而不太明显了。

"在宋丰丰家里等你呢。"周兰示意他赶快过去。

张敬跟周兰问了声好，踩着车继续往宋丰丰家里去。

宋丰丰正在客厅里拆一个长的纸箱，张敬放好了车，好奇地钻进去，才看一眼就叫出来："天！全套灌篮！"

喻冬坐在沙发上，慢悠悠地喝着热茶。他心里有些得意，显然自己这份礼物不仅让宋丰丰惊喜，也让宋丰丰很有面子。

"这是你的，张敬。"他从大衣的口袋里掏出一个小的盒子递给张敬。张敬没想到自己也有礼物,又惊又喜,拆开了发现那是一台新的电子词典。

宋丰丰瞥了一眼,立刻说:"还是我的好。全套啊!三十一本!全新的!"

"我这也是全新的。"张敬想要电子词典已经很久了,平时常常借喻冬的来用,嘴里念叨着如果自己也有个词典,英语成绩肯定比喻冬还好。他哀求了好几遍,父母终于松口答应他春节就买,但他没想到喻冬居然就这样送来了。

"喻冬啊喻冬……"张敬翻来覆去地看那台词典,嘴里念叨着喻冬名字,张开手臂就要拥抱他。

宋丰丰把他拦住了:"抱什么抱什么?我这礼物比你的电子词典还贵,我都没抱。"

"我的礼物呢?"喻冬放下杯子,冲互相扯来扯去的张敬和宋丰丰摊开手掌,手指活泼地动个不停,"来来来。"

张敬和宋丰丰对视一眼,脸上都露出了尴尬的表情。

喻冬停了手,有些讶异,有些委屈:"……没准备?"

"我们互相不送礼物的。"张敬跟他解释,"就去教堂玩一趟……我们一直都不搞礼物这一套。"

"哦。"喻冬收起了手,点点头,"行吧。那快出发啊,不是说人挺多的吗?"

海边的城市包容着各种各样的信仰。临海的乌头山山顶上有佛寺,香火鼎盛,无论信不信佛,人们都喜欢在逢年过节时候去上一炷香,祈求佛祖仁爱普世,随手可赐予一丝慈悲。佛寺不远处有妈祖庙,高大的妈祖像立在山腰,默默注视海面。出海打鱼的人只要在归途中看到妈祖像,便知道离家不远。

教堂就在乌头山的山脚,小小的一栋三层小楼,楼顶设一个十字架,白墙面上悬挂一个黑色牌匾,书"基督教会"四字。

喻冬坐在宋丰丰的车后,听张敬和宋丰丰给他介绍这一路上所见的东西。

他幼时在这里生活过几年,周兰带他去打鱼,带他收鱼,带他赤脚踏入柔软的海滩,从沙子里刨挖海贝和小蟹。但城市发展太快了,从渔村变成小城市,不过是十几年时间而已,有许多地方已经改头换面,喻冬看着都觉得陌生。

三人骑着两辆自行车,在沿海的公路上前进。

临海公路一侧是堤坝和黑沉沉的水面,他们前进的这侧则栽种着许多凤凰树。虽然已经是初冬,但秋季的酷热给凤凰树带来春天降临的错觉,居然也开出了不少的花。此时花纷纷落尽了,偶尔有些特别顽固的,此时也被冬风吹落,打着圈慢慢降下来,落进喻冬上衣的兜帽里。

黑色的水面反射着滩岸的灯光,在水天交接的地方有渔船点亮大灯,错落的星辰便排成一线,远远浮在海上。

"这里有个道庙,喻冬你回头看。对,就是那里,没灯的地方。"张敬指着喻冬后方说,"以前我见过道士呢,最近几年都不来了。下次我带你过来玩,里面基本没人,就一个看门的。"

喻冬记得这地方:"这不是一个什么……文化遗址吗?能随便进去?"

"可以可以。"张敬哈哈大笑,"看门的是我三叔公,有我带着,你随便进。"

"我也要来!"宋丰丰插嘴,"里面有一棵杨桃树,结的果特别好吃。"

张敬回头骂他:"你还说!前两年带你来,你又吃又摘,一棵树的果都被你弄完了,我差点被打。"

路上渐渐能看到越来越多的学生,三五成群地往乌头山那边去。宋丰丰指着前方回头对喻冬说:"看到了吗?就海边那栋小白楼,特别亮的那栋。"

喻冬扶着他肩膀站起来,立刻看到了山脚下的教堂。

学生们都是来教堂这里玩儿的,路在临近教堂的方向拐了个弯,直接往乌头山上去了。教堂临海,门前是一个小广场,小广场边上有阶梯,走下去就是海滩。虽然已经九点半,海滩上却热闹非凡,有人在海滩上架起烧烤摊卖夜宵。

"别过去,别过去。"宋丰丰一把拉住喻冬,"龙哥在那边卖烧烤啊,别让他看到你。"

张敬在路边买了三杯凉茶,递给身边两人:"说到龙哥,他那天带一个女孩到我家看病,完了,居然跑来问我喻冬这次考试考得怎么样。"

他指着喻冬:"他好关心你学习。"

喻冬:"……是的,他真的很关心。"

三人全都觉得龙哥对学习的热诚实在莫名其妙,但想不出理由,话题很快转到了龙哥带来的姑娘身上。那姑娘在龙哥的大排档里工作,十八九岁,肚子里已经有了四个月的胎。张敬的父母检查出来之后一直在骂龙哥,龙哥的马仔听不下去了,告诉他们这跟龙哥没一点关系,是他们偶然看到那姑娘蹲在路边吐,才晓得出了事。

"她男朋友不知道去哪里了,身上又没钱,不敢跟家里讲,龙哥就出钱带她来店里检查。"张敬说,"龙哥正在搜刮那家伙,要是那人被找到,肯定惨了。"

喻冬和宋丰丰面面相觑:"黑道大哥也做这种事?"

三人喝完凉茶,在小广场上转了两圈,疯狂试吃水果店的水果,尔后拍着肚子钻进教堂。

教堂里已经挤满了学生,只有前面几排坐着神态平静的基督信徒。学生们自然都是来领礼物的,正一个个排着队从神父手里接过糖果和饼干。发礼物的人有四五个,面前放着两个大纸箱,喻冬踮脚看了一会儿,发现两个纸箱中的礼物不一样。

"你读几年级?"神父问宋丰丰。

宋丰丰一头雾水:"初三。"

神父放下糖果饼干,从另一个纸箱里拿出笔和笔记本,递给他:"好好学习,好好考试,愿主保佑你。"

他的声音已经略略沙哑,脸上倒还是慈祥表情。宋丰丰有些为难:"不要笔记本,要糖和饼干行不行?"

神父:"……"

他仍旧慈祥笑着,迅速给宋丰丰换了一份礼物。

喻冬发现,只要说是初三或者高三,神父和发礼物的人就会多说两句话,然后给出笔和笔记本。他接受了笔和笔记本,连连致谢。张敬也坚持要糖和饼干,到手之后立刻塞给喻冬:"圣诞礼物!"

喻冬:"……好敷衍。"

张敬从挎包里掏出他爹的海鸥相机:"我今天还带了装备,免费给你拍照,免费冲洗——不是,我出钱帮你冲洗,免费过塑,免费送货上门,满意吧?"

喻冬吃了糖,嘻嘻笑着:"满意满意。"

人太多了,喻冬和张敬被挤到了教堂外面,宋丰丰则不知跑到哪里去了。喻冬立在小广场的边缘,慢吞吞地吃着张敬的糖果和饼干,看广场和海滩上的人燃放烟花。张敬跑到海滩下面冲他喊:"笑一笑!笑一笑!"

喻冬咧嘴冲他笑了,挥舞着手里的棒棒糖。

宋丰丰终于挤出教堂,像是完成了一件大事似的,高高兴兴地来到喻冬身边。

"基督教很好啊!"他大声在喻冬耳边说,"我问过神父了,他说即便不信耶稣,向耶稣许愿耶稣也听得到的!"

喻冬问他许了什么愿。

宋丰丰的眼睛里带着笑意："你今天高兴吗，喻冬？"

"高兴。"喻冬手里还剩最后一个棒棒糖，顺手递给了宋丰丰，"你到底许了什么愿？"

"我祝愿你以后的每一天都比今天还要高兴，遇到的都是好事，想要的都能得到。"宋丰丰在周围人的喧哗之中大声说，"喻冬，这是我送你的圣诞礼物！"

喻冬捂着耳朵大叫："怎么你们的礼物都这么敷衍啊！"

宋丰丰揽着他脖子："喜不喜欢？喜不喜欢？快说！"

"不喜欢！"喻冬一边笑一边挣扎。

"你说过不骗我的。"宋丰丰隔着衣服咯吱他的腰，"到底喜不喜欢？"

喻冬一边笑一边躲："喜欢！很喜欢！"

张敬放下相机，很忧愁。喻冬真是个好模特，可是宋丰丰这么一个黑皮突然钻进来，严重破坏了画面的平衡和美感。浪费胶卷。他愤愤地想。

对时刻准备着考试的初三学生来说，期末考实在不值一提。没有学习压力的宋丰丰过完了圣诞节，便开始期待元旦和不久之后的春节。

"你春节回家吗？"他问喻冬。

喻冬正和他在铁道口边上的鸡丝粉店里吃早餐，闻言摇摇头："不回，跟我外婆一起过。"

"那我也跟你们一起过行吗？"宋丰丰说，"我爸过了十五才能回来，这次去得特别远。一个人看春节晚会很凄凉。"

喻冬点点头："来呗。"

他对圣诞节时喻冬突然袭来的礼物念念不忘："喻冬，元旦和春节我们就不要互相送礼物了吧？"

喻冬想了想，小声说："元旦不送，但春节你要给我送。"

宋丰丰心想，这又是城里人的什么新规定？他连忙问："为什么？"

"大年初一是我生日。"喻冬亮出一排白牙，笑着说，"这回不能用许愿来搪塞了啊。"

宋丰丰点点头："我记住了。年三十看完晚会我就不回家了行吧？给你过生日，在你家睡就行，初一我带你出门玩儿。"

喻冬不知道周兰有什么安排，所以不敢随便应承，想了个理由："二楼那个客房用来放杂物了，没地方给你睡。"

宋丰丰惊讶极了："我才不睡客房，你房间不行吗？"

喻冬："我床那么窄！"

宋丰丰显然考虑周全："我们注意一点，不要随便翻身就行。"

元旦如期而至。被中考倒计时的压力笼罩的初三学生格外珍惜这个假日，连学习委员都来约张敬，问他要不要一起去打机。

张敬受到了惊吓："你也玩？！"

学习委员平静地对张敬点头："去不去？我可以带你。"

张敬戳了戳喻冬的背脊，对学习委员介绍："喻冬也玩的，比我还厉害。"

喻冬躲开他的笔："别戳我，我不去，元旦我有事。"

在抽屉里偷偷看《灌篮高手》的宋丰丰抬起头："你去哪儿？"

喻冬要去取钱。

每个月第一天，父亲喻乔山会准时将一个月的生活费打进喻冬的卡里，但兴安街周围没有银行网点，喻冬得坐公车到市中心才能取到钱。

一千五百块的生活费对于喻冬来说绝对够用了，甚至可以说绰绰有余。他会把一千块给周兰当伙食费和零用钱，剩下的五百块自己揣着。由于平时确实也没多少机会花钱，他这半年来攒了两千多块。

张敬先是听宋丰丰说自己一个月能支配两千块,随后又知道喻冬能支配一千五百块,这对每周只有二十块钱早餐费的张敬来说,已经可望而不可即了。

"好有钱啊!"他掐着宋丰丰的脖子,"喻冬就算了,你怎么也这么有钱?!"

宋丰丰和他对掐:"这钱又不是光给我的,包括我奶奶那边了。"

元旦这一天,宋丰丰来找喻冬,问喻冬要不要自己陪他一起去。喻冬没让他陪,叮嘱他好好看书。相对于之前的模拟考和摸底考,期末考已经算是非常简单的了,如果宋丰丰考不出一个过得去的成绩,等宋英雄回来,宋丰丰肯定要遭殃。

喻冬借了宋丰丰的自行车,一路骑到市中心。他先取钱,然后去商场给周兰买新衣服、新鞋袜。

周兰常说喻冬和宋丰丰给的伙食费都太多太多了。一个老人和两个孩子,花不了这么多的钱,她每天挖空心思地给俩人做各种好吃的,菜场上无论多贵的东西,她都舍得。

她对喻冬的学习不了解,只知道自己外孙成绩很好,根本不用担心,因而能引起她关注的主要是喻冬的体重,你怎么不胖呢?你的脸好像圆了点儿?

喻冬渐渐明白,在周兰心里,他这种瘦和宋丰丰那种黑都是不健康的。她一心想把喻冬和宋丰丰都照顾得像张敬那样——圆脸,有肉,脸上常常带笑。

他把买好的东西挂在车头,戴着随手买的新帽子,一晃一晃地回家了。

"我已经有很多衣服了!"周兰被喻冬拿回家的衣物吓了一跳,"还买这么多!花了多少钱?"

"没多少钱,这件才八十块。"喻冬拿出一件棉衣,翻出剪刀,眼明手快地把写着价格的标签牌剪下扔进垃圾筐,"今天元旦,商城都在打折。你穿穿看暖不暖。"

周兰半信半疑,拢了拢花白的头发,问他:"你给自己买了吗?"

"买了。"喻冬指着头顶的线帽笑,"风好大啊,我耳朵都要冻掉了。买个帽子,上学放学都不怕。"

祖孙俩正聊着天,家里电话忽然响了。周兰才瞥了一眼,脸上的喜色立刻褪去。喻冬顿时明白这是父亲的电话。他连忙压住听筒:"外婆,我听,你把衣服拿回去。"

喻乔山等接听等得已经有些不耐烦:"不在家?去哪里玩了?"

"有什么事?"喻冬连招呼都没跟他打,直愣愣地问。

喻乔山被他的态度气到快讲不出话:"你就这样跟我讲话?嗯?你连句爸爸都不喊我?谁给你钱供你生活,供你读书!"

喻冬没吭声。他听到喻乔山身边还有别人,是一个细弱的女声,似乎在提醒喻乔山别生气。喻冬没来由地想起那头落荒而逃的喻唯英,突然笑了起来。

"你笑什么!"喻乔山冲他大吼,"你春节到底回不回来?!"

"不回,我跟外婆过。"

喻乔山沉默片刻,再开口时语气已经有些软化:"过年了啊,冬冬,你不回来看爸爸?"

"不回。"喻冬还是那句话。

"你去了快半年,没给我主动打过一次电话,也没有回过一次家!"喻乔山又怒了,"上次你哥哥去看你,去看家长会,你还指示你的流氓朋友打他?!"

"他不是流氓!"喻冬只觉得自己的脸颊隐隐发疼。喻乔山的那巴掌,还有喻唯英的那巴掌,它们带来的痛楚从未消失,反而始终潜藏在他的皮肤里,只等待适当的时机浮现出来,又赠他无可摆脱的屈辱和痛楚。

"你跟哥哥道歉没有？"

这回喻冬听清楚了。喻乔山身边的女人在劝他：不要再说这个了。而在女人的声音之外，他还听到了喻唯英在说话：没关系没关系。

喻冬顿时明白了：喻乔山正在当着那些外人的面骂自己。

"他打了我！"喻冬冲着电话大喊，不甘、愤怒和委屈齐齐涌上来，他竟然鼻子一酸，眼泪顿时满了眼眶，"你也打我！我不回！"

他放下电话，呆坐着连连喘气，不停地抹眼睛。周兰还在房间里换衣服，听到声音连忙穿着新外套走出来，把喻冬抱在怀里。

喻冬很想哭，但强忍着。

他完全不想回家。那完满幸福的三口之家没有他的位置，他是喻乔山生命中的异类。

是的，他记得喻乔山写给那女人的信中就是这样说的。

元旦过后没几天，初三迎来了期末考。

期末考结束之后，初一初二可以放假，初三继续补课一周。冲刺班的学生既紧张又高兴：这将是他们在中考之前最长最好的假期。

补课结束的那天，佟老师和课代表带着一堆试卷走了进来。每一科都发了近十张卷子，英语自然也不例外。喻冬收拾好了自己的试卷，又给宋丰丰整理桌上的东西。宋丰丰去训练了，他得帮他带回去。

张敬摇摇头："他不做的。"

喻冬："他都直接抄我的。"

张敬："过年出来玩啊，我带你去看花市。"

喻冬："宋丰丰说带我去。"

张敬："那我带你去买彩票。"

083

喻冬:"宋丰丰也说带我去。"

小城市里过年的花样不太多,每一种宋丰丰都许诺要带喻冬去玩,张敬顿觉无趣:"好吧。我过年有压岁钱,把上次圣诞节的照片洗出来再拿去给你们。"

试卷发完了,教室里闹哄哄的,佟老师声嘶力竭地叮嘱他们,假期务必注意安全,记得过了初十准时返校补课,不要玩烟花爆竹,不要去危险的地方,不要跟着宋丰丰去打架斗殴或者打机赌钱以及必须控制住自己,不要谈恋爱。

最后一句"新年快乐"说完,年轻的学生们纷纷挥动新发的英语试卷应她:新年快乐!

教室里一片喧闹,这个学期彻底结束了。

喻冬骑着宋丰丰的自行车回家,一路上又收到不少女孩送的礼物。宋丰丰不在身边,他根本不懂拒绝。张敬和学习委员陪他走了一段,两人基本上来者不拒,不仅帮喻冬收礼物,甚至挑挑拣拣:"这个软糖你吃不吃?我妈很喜欢,可以给我吗?"

两人在铁道口分道扬镳,张敬和学习委员去黑网吧打机,喻冬则赶回家和周兰一起大扫除。

以前在家中过年,这个时候母亲都会请人过来打扫卫生。他们住的房子很大,角角落落都要清理,至少得请三个人。

相比之下,周兰的两层小楼倒还算轻松。她平时很注重卫生,没事就洗洗刷刷,年前的这次大扫除主要还是清理不用的物件,重点倒不是清洁卫生了。

喻冬戴着便宜的浴帽,爬上人字梯,仰头用抹布擦洗吊扇。

擦完一片扇叶,低头准备清洗抹布时,发现宋丰丰不知什么时候来了,正递给他一块干净的抹布。

"要是张敬在就好了。"宋丰丰感慨,"让他把你现在的形象拍下来,肯定就没那么多女孩给你送礼物了。"

他不断帮喻冬换洗抹布,等喻冬转战厨房清理抽油烟机,他才坐下来吃午饭。

"宋丰丰,你家里卫生搞好了吗?"周兰问他。

"没搞。"宋丰丰舔舔嘴巴,放下汤碗,"我都不知道从哪里搞起,昨天扫了蜘蛛网,今天准备擦擦窗。家里没什么人气,算了,不用搞。"

喻冬坐在人字梯上,扶着门框探出头:"我帮你。"

宋丰丰嚼了嚼嘴里的黄豆迅速咽下,再开口时已经改了说法:"行啊行啊,要搞干净点。"

喻冬盯着他:"佟老师今天跟我们说,千万不要跟着宋丰丰去打架斗殴或者打机赌钱,也不要谈恋爱。"

"我什么时候谈恋爱了?"宋丰丰大口吃饭,含糊不清地说话,"我每天都跟你和张敬混一起,跟谁谈啊?"

吃完午饭,喻冬跟宋丰丰回了家。宋丰丰家里太乱,喻冬一看到就觉得头大:"你怎么还没收拾好的你的模型?上次来的时候不是都跟你讲过了吗?放在外面招灰尘!你明明有个柜子。"

"你好烦。"宋丰丰瘫在沙发上,摸着肚子指挥他,"喏,先去擦窗吧。擦干净点,我要检查的。"

喻冬踢了踢他的腿:"起来!"

宋丰丰见他似乎真的生气了,连忙起身,拿过浴帽戴在脑袋上:"我去擦,我去擦。你坐,坐,看看点播台吃吃零食,不要动了。"

喻冬和宋丰丰一起擦窗,宋丰丰没话找话地跟他聊天:"你的生日礼物我已经准备好了,特别棒,你一定喜欢。顶级待遇!"

喻冬好奇了:"是什么?"

宋丰丰神神秘秘:"到那天你就知道了。"

"哦……对了,你放心,床单、被子都是新的。"喻冬说,"我们一人一床被子,谁都不用抢。但是我的床真的不宽,你睡相好不好?"

宋丰丰："我喜欢抢别人被子。"

喻冬把抹布扔在他脸上："那你睡地上吧！"

大年三十转眼就到了。要工作的人无心工作，上了半天班就悄悄往家里赶；没工作的人，比如喻冬宋丰丰这样的学生，就在家里帮忙买菜、贴门神，结伴到辉煌街买对联。

辉煌街平时是个热热闹闹的夜市，年三十则是个热热闹闹的年货市场。对联、鞭炮、蜡烛全都红彤彤，这边一千响，那边一万响。瓜子果仁摆了一路，摊主身边随时摆着小扫帚和小垃圾铲，一边招呼客人尽管尝，一边迅速清扫果皮瓜壳，保持摊前整洁干净。再往前走就是花市，朱顶红、君子兰、仙客来、南天竹和金橘是最常见的，水仙和瑞香被大太阳晒得尤其精神，香气混杂在一起，甜蜜芬芳，一直往鼻子里钻。

张敬牵着四五岁的表侄子，正把他从一人高的金橘大盆栽前拉开。

"你就买给他嘛，八百八十八块钱一盆，不贵不贵。"宋丰丰看热闹不嫌事大，摸摸那小孩的脑袋，"欢欢，哥哥说得对不对？"

"很贵。"小孩奶声奶气地回答，"我们买不起的。"

"他不是要这盆金橘。"张敬把小孩抱起来，捏了捏他的鼻子，"他要拆树上的红包。"

为了招揽顾客，金橘树上缀满了红彤彤的封包袋，一个写着"招财进宝"，一个涂了大金元宝，再翻下一个，是"财源滚滚"。

能买得起这种大盆栽的人家，至少得有个宽敞的客厅或院子，买回家后当然也会在树上系无数红包袋，里面是真金白银装着钱的，寒酸些的一块两块，五块也就顶天了，阔气点的能装十块、五十块。喻冬家里当然也有这样的盆栽，整棵树的红包都是他拆的，一百一个，他若拆了家里所有金橘的红包，能多出几千块压岁钱。

张敬劝那小孩："我们去买对联啦。这些袋子里都是空的。"

"哥哥帮你摸一个有钱的！"宋丰丰自告奋勇要去摘红包袋子。摊主给了他一个，他眼明手快地往里塞了五块钱，递给小孩。

小孩拆出来了，他认得数字"5"，又惊又喜，举着纸币往张敬鼻子上凑："不红的五毛钱！"

"对对对，五毛钱。"张敬把钱收了，"叔叔帮你收好，以后给你娶老婆。"

喻冬买了一盆水仙花，手里托着，紧跟他们俩往回走。

"我家里以前春节还会插桃枝。"他说，"能开花那种。"

张敬："哦。"

喻冬："上面还会挂小灯笼，很好看。"

张敬："哦！"

喻冬恼了："你'哦'什么？"

张敬脸皮很厚："没什么，逗你玩。"

宋丰丰不乐意了："逗你家小孩去。"

"不公平！你可以逗，我为什么不行？"张敬装出一副耍赖的样子，"我也想跟喻冬做好朋友，我也要抄喻冬的作业。"

三个人说了半天话，终于在人群中挤到了卖对联的地方。有的摊点卖已经印刷好的对联，黄澄澄大字上敷了金粉，一摸就簌簌地往下掉。有的摊点则有老先生坐镇，一张长桌，桌上铺两条红的对联纸，纸边一个大碗，碗里是一把吃饱墨汁的大狼毫。

那先生认得宋丰丰和张敬，于是给他们都打了折。大门得贴，阳台和天台的门也得贴，厨房要贴一张，喻冬和宋丰丰的卧室门口今年必须贴，"大展宏图"那种。

宋丰丰看着老先生写了一张贴厨房门上的"年年有余"，眼珠一转，问他："厕所也能贴吗？"

"贴什么？"张敬在一旁问，"出入平安？"

老先生白了张敬一眼:"我给你写一张,你贴家里诊所门口,敢不敢?"

张敬抱着小孩默默缩了回去。

三人满载而归,宋丰丰拿着老先生免费写的一对"有小便宜,得大解脱",问喻冬:"贴你家?"

"贴你家。"喻冬手里仍旧托着那盆呼呼冒香的水仙,"你以后早上上厕所再超过十分钟,我就不等你了。"

宋丰丰装扮好自家门楣,骑着自行车哐当哐当经过周兰家,一直往港口骑。

"去哪儿?"喻冬骑在人字梯上贴门神,原本那两位冷白皮的尉迟恭和秦叔宝终于功成身退,换上两张正气凛然的大红脸,"准备吃饭了!"

"我去渔监那边!听电台!"宋丰丰蹬得飞快,一下就没了影。

在没有卫星电话的年代里,渔监电台是联系陆地与远洋渔船的工具。宋丰丰抵达渔监局门口时,那里早就站满了人。他先到一楼登记,填上了宋英雄和自己的名字以及宋英雄所在渔船的编号:南渔1356。

"南渔1091的家属呢?到你们了!"

有人站在二楼大喊,随即便是一帮老少纷纷涌上楼梯,喜气洋洋地进了电台的调度室。

"今年开始搞卫星电话了。"负责登记的人认识宋丰丰,跟他多说了两句,"让你爸给你买个手机,不是小灵通啊,是新的那种。最迟到年底吧,卫星信号覆盖整个南海海域,你们随时都可以联系上,不用通过我们电台了。"

宋丰丰吓得不轻:"那他随时都能打电话来骂我了。"

话虽这样说,跟宋英雄通话的时候,他还是兴高采烈地跟父亲分享了这个消息。宋英雄自然答应给他买电话,但是要放在喻冬手里："这种手机里面有游戏的！你不要玩游戏了我告诉你，好好学习！"

挤在电台调度室里的全是南渔1356号渔船上的船员家属，每个人都认识宋丰丰。宋丰丰觉得丢脸了，连忙压低声音："老爸！留一点面子好不好？"

宋英雄的声音先是经过了渔船上的发射器，随后转为电波经过卫星，最后才抵达地面的渔监电台。宋丰丰总觉得，在调度台的另一端说话的人，和他父亲平时的音调是完全不一样的。被转换了数次之后，还原出来的声音还带着电流的细微声响，此时此刻与他对话的仿佛一个陌生的船工，一个他熟悉但又生疏的人。

"丰丰，新年快乐。"宋英雄突然温柔起来，"哎，你要听话，好好学习，肯高肯大。"

宋丰丰被他的温柔弄得无措："老爸……新年快乐。你注意安全。"

"跟着喻冬好好学啊。"宋英雄说，"不要欺负喻冬，人家以后是干大事的人，你要跟他做朋友。"

通话时间限制在每人两分钟，还有很多人等着与船上的船员通话，渔监局的院子里挤满了叽叽喳喳说话的家属，还有人不断赶来。门卫和渔监局的领导跟男人们聊天，互相分发香烟，摁亮打火机；女人们抱着孩子，围成一个旁人无法融入的圆圈，又说又笑；老人们佝偻腰背，撑着四脚拐杖，因为耳背而必须用颇大的音量说起儿孙们的好话坏话；小孩们自得其乐，拿着摔炮在院子边玩儿。小小的白色纸包里裹着细而圆的火石，往地上一丢准能听到脆脆一响。

这是一年中，所有爱和所有思念，最浓最深挚的一夜。

宋丰丰蹬着他哐当哐当响的自行车回到兴安街，远远看到玉河桥上站着一个瘦削的少年。

喻冬背对着他，正眺望城市的方向。天色暗了，有人吃完年夜饭开始燃放烟花,灿烂的烟火在还残留着晚霞的天空里炸开一朵又一朵,但因为隔得太远,什么声音都听不到。

宋丰丰知道喻冬他们已经拜完神。喻冬的外公、喻冬的妈妈都会在这一夜,经由亲人的邀请而从别处返回,喝一口人间的淡酒。

喻冬在等自己,宋丰丰知道喻冬在这冷夜里守着玉河桥的用意。

"我回来了!喻冬!"宋丰丰冲着他大喊,带着满心欢喜,等待预料之中的回首与笑意。

周兰做了一桌子的好饭菜,几乎连碗筷都摆不下。宋丰丰和喻冬嘴上说着太多了太多了,坐下之后立刻鸡鸭鱼肉吃个不停。

一切收拾好,正好是八点了。宋丰丰从家里把他的大电视搬到周兰家,调到中央台,喜气洋洋的晚会已经开始。

晚上十点左右,周兰让喻冬去煮鲍鱼粥,夜宵得吃点儿热的东西。宋丰丰半信半疑:"你还会这个?"

喻冬:"不要小看我好吧?"

他不让宋丰丰跟着去厨房看,捣鼓半天,果然端出几碗热气腾腾的稠粥。

宋丰丰表扬他两句,拿起勺子在自己碗中翻了几下,抬头问:"有放大镜吗?"

喻冬:"要这个干什么?"

宋丰丰:"找鲍鱼。"

喻冬呆愣了片刻,脸上以肉眼可见的速度迅速蹿红,转身就往厨房里跑。

他忘记把鲍鱼放进去了。

三人吃了一碗虾米粥,宋丰丰火速给张敬打电话拜年,忙不迭与他分享喻冬的这件丢脸事。

周兰熬不了这么久,回房睡觉了。宋丰丰和喻冬在客厅里打了一会儿牌,十二点的钟声终于响起。

宋丰丰先跑回自己家,把长长一串鞭炮从二楼天台垂到一楼,用火机点燃了。好不容易等它烧完,他立刻跑回周兰家里。

"我来点!我来点!"他抢过喻冬手里的火机。

噼噼啪啪的声音远远近近,在城市的各个角落响了起来。天空是红的,布满了呛鼻的硝烟气味,两人跑回二楼阳台上,挤挤挨挨地,看着楼下鞭炮一个个炸开,炮的亮光像火蛇一样,渐渐逼近了最大最响的终点。

喻冬捂着耳朵,发现宋丰丰在大炮团炸响的瞬间冲他大喊了什么。

"生日快乐!"宋丰丰又凑近喊了一遍,"喻冬!生日快乐!以后每年都给你过生日!"

阳台上有一盏小的节能灯,灯光略显惨白。宋丰丰现在看起来一点儿也不黑了,他快快乐乐地笑着,咧出一嘴白牙,浓眉下是笑弯了的眼睛,黑的眼珠子里映着两个小小的喻冬。

喻冬把他拉回房间,关上了阳台门,将不适的硝烟全都挡在外面。他房间里充满了烟花与鞭炮的气味,不得不暂时打开电扇驱散。两人洗了澡回来,哆哆嗦嗦地缩回床上,宋丰丰从背包里拿出了给喻冬的生日礼物。

床上有两个枕头,下面都压着崭新的红包袋。周兰知道宋丰丰要来过年,特意给他也准备了一个。宋丰丰每个月给的伙食费她根本用不完,全放进红包里,又还给了宋丰丰。

喻冬掂了掂那纸包,心里隐隐觉得不妙:"这什么?"

"宝典!"宋丰丰坐床上披着被子,露出个脑袋盯紧了喻冬,"你拆啊。"

喻冬穿着柔软的衬衣与长裤,盘腿坐在床上,开始拆纸包。他头发擦得半干,脑后的发丝还带着水汽,贴在了脖子上。因为肤色白皙，显得头发更黑了。宋丰丰发现喻冬身上哪儿都很白，脖子也好，手臂也好，连露在袜子和裤管之间的脚踝也是白净的。

纸包里装着几本厚重的书，两册试卷集，都用纸带捆着。纸袋上是一行烫金大字：从好到更好——中考最后100天冲刺金卷。

喻冬扔了这些考试资料，学着张敬的劲头去掐宋丰丰："你就送我这个？！"

宋丰丰没提防，一下被他压到了被子上："啊！你不喜欢吗？！张敬说这个是他最喜欢的！"

"你信他？重新送！"喻冬笑着说，"我不满意，你以后一天送一个，送到我明年生日为止。"

他额前头发甩动，有细小水珠落下，滴进宋丰丰眼里，宋丰丰下意识眨了眨眼。

"你头发还湿着。"他抬手摸了把喻冬的头发，"起来起来，别掐了，我帮你吹干。"

喻冬的头发软，沾了水之后，摸起来又湿又滑，很凉。宋丰丰吹了一会儿，问他："要不你剪个我这样的平头？很方便，根本不用吹，擦两把就干了。"

喻冬嗯嗯两声，像是没仔细听他在说什么。宋丰丰低头一看，喻冬正在翻看那套100天冲刺金卷，并且久久地盯着一道函数题，非常专注。

张敬之所以说"最喜欢"这套资料，自然是有原因的。宋丰丰很高兴自己送的礼物能给喻冬带来实质的帮助："是不是很好？"

"还行吧。"喻冬把资料放好，又冲他露出凶相，"不对，我不喜欢，你重新送一份。"

宋丰丰："行行行，你说什么就是什么。"

他觉得自己已经将喻冬的头发充分吹干，便催促喻冬上床睡觉。两人同盖一床被子，被面中央压紧在床上，以免冷空气顺着被子的缝隙钻进来。宋丰丰认为喻冬睡相不好，于是坚持自己睡外侧，两人聊天的时候他便能看到喻冬被灯光照亮的半张脸。

年三十的这一个晚上，许多人家里都是不关灯的，亮着一盏两盏小的灯，让整个房子都充满光明，似乎这样就可以驱除邪魅，干净祥和地迎接新年的第一天。

喻冬只开了书桌上的台灯，亮度有限，不至于太刺眼。

他是独生子，为了让他独立，在他很小的时候，父母就给了他独自支配的房间。喻冬想了又想，发现这是他上学以来第一次和别人一起睡一张床。

"……市三中不用住宿吧？"他问。

"住宿要申请的，你这位置不可能批准住宿。"宋丰丰说，"你不喜欢住校？"

"没住过。"喻冬心想，那太好了。他对住校生活的所有想象都来自影视剧——冰凉的床板，必须要与别人共享的卫生间和开放式浴室，门无法关上，随时有宿舍管理员拿着电筒突然推门而进。他是不适应这种环境的。

喻冬正想象着高中的生活，身边的宋丰丰忽然慢慢靠近："喻冬。"

他的口吻非常神秘，喻冬也莫名紧张起来："什么？"

"你有没有喜欢的女孩子？"宋丰丰咧嘴一笑，满脸八卦表情。

喻冬认真想了想，回答："没有。学习比较重要。我说认真的，班上还有十来个人我从来没讲过话，也根本喊不出名字。"

宋丰丰显然非常失望："可你常常收到女孩子的礼物。"

"我没怎么吃啊。"喻冬振振有词，"大部分都给你和张敬了。"

"以前呢？"宋丰丰不依不饶，"你以前不可能没有，就连我这样的，六年级就谈过恋爱了。"

喻冬："……六年级？怎么谈的？"

"往事不必再提。"宋丰丰立刻岔开话题,"你到底有没有啊?"

喻冬告诉宋丰丰,他确实没有。事实上,在母亲患病离世之后,喻冬曾经休学过一年。那是他非常艰辛的一年,吃了许多药,还在白墙白床的疗养院里住了大半年。

宋丰丰一下就愣了:"为什么?"

"我不会说话了。"

他先是发现父亲把陌生的女人和男孩带回了家中,并让他称呼那年长自己几岁的孩子为"哥哥"。之后喻冬开始不出现在喻乔山面前,整日将自己关在房间里,也不跟人有任何交流。喻乔山过了几天才渐渐觉得不对劲,费劲巴拉地把喻冬从房间中拉出来,接着才发现,喻冬讲不出话了。

心因性失语并不是特别难以治愈的病症,喻冬在疗养院里一直待到可以正常发声才回家。

但家已经变样了,熟悉的装饰没了踪影,母亲的书柜被撤走放在杂物房,书房甚至放了一架钢琴,墙上挂着喻乔山和另一对母子的照片。

后来他就因为跟喻唯英争执,被喻乔山甩了一巴掌。再后来,他心平气和,用超出同龄人的冷静与镇定,慢慢跟喻乔山沟通,终于获得了来到这里的许可。

"我休学后再没去过学校,以前的同学朋友有没有找过我,我也不知道。我们学校是国际学校,能进去读书的不是富二代就是权二代,我可能已经成为他们的一个笑话。"喻冬在被子里蜷起腿,翻了个身,和宋丰丰面对面,他察觉宋丰丰也曲着腿,两人膝盖碰到了一起,"所以你这个问题我没考虑过。"

宋丰丰:"我帮你打那个谁……喻唯英。见一次打一次,真的。"

喻冬笑了:"打他有什么用啊?他又不是最重要的。"

宋丰丰犯愁了:"那我揍你老爸?我可以啊,但你不要生气。"

"不用揍。"喻冬神情平静,宋丰丰甚至以为他此时开解的不是自己而是他宋丰丰,"痛一阵没意义的,我要他痛更久。"

说这话的喻冬瞧起来非常陌生,他的声音很轻但很稳,声线如同自行车在雨地里留下的车辙,很快消失了。但宋丰丰却意识到,他的朋友已经向他吐露了某种不可对外人语的重大秘密。

为了让自己的表现与这秘密相符,宋丰丰也将声音压低:"我永远都会帮你。"

喻冬笑了一笑,不知是信或不信。他的笑脸被灯光照亮,连同眉毛与睫毛,甚至是脸上细小的汗毛。宋丰丰忽然惊了一下似的,转开了眼睛:"对了,明天我也要跟你们去拜神。"

周兰对佛祖的信仰,每逢春节都是最充沛的。

前往乌头山佛寺的路满是人和车,交警挥动指挥棒,满头大汗地指挥交通。这是一个暖洋洋的大年初一。

喻冬记得自己小时候是来过这里的。因为太小了,手脚都短,但又特别想自己走,于是连爬带滚地擦干净了从入口到佛寺的一百八十八级石阶。

周兰给两个孩子祈求神佛保佑,宋丰丰则请了三个护身符,一个给周兰,一个给喻冬,一个留给宋英雄。

捐完香火钱,和尚认得周兰,请她留下来吃斋饭。周兰知道宋丰丰打算带喻冬去街上玩儿,便让他们俩注意安全,记得回家吃晚饭。

宋丰丰十分惊奇:"周妈,佛寺里也可以摸纸牌吗?"

周兰和几个熟识的老太坐在浓密的榕树底下,铺开几张报纸,放上吃的喝的以及一副长而窄的纸牌。纸牌背面是蓝色的,正面则画着喻冬看不懂的图案。

"我们都捐了香火,佛祖哪里还敢怪!"有老太哈哈笑着,"黑丰,你玩不玩?你小时候很厉害的。"

喻冬第一次听到宋丰丰的这个外号,忍不住笑出声。宋丰丰脸上看不出羞赧,耳后却都红了:"什么黑丰?我现在不黑了。"

他推着喻冬往另一头走。

"这里有棵神树,专门许愿的。"宋丰丰把他拉到佛寺后院。这里也是人山人海,一棵百岁的小叶榕就在院中,粗细不等的气根长长地垂下来,红的嫩叶像花一样,掺杂在绿油油的枝叶里,鲜艳得很打眼。树上挂满了祈愿的木牌,人们还在不断地往上扔。木牌系着红绸带,在空中划出漂亮的弧线,准确地搭在了树上。

树下的人纷纷鼓掌,为自己不认识的陌生人。

"很难扔的,你写一个,我帮你扔上去。"宋丰丰将喻冬带到一旁的木台边上,有几个和尚正在那里登记,身后竖着一块木板:开光许愿牌200元一个。

那"200"元的数字显然是新贴的,仔细打量,能看到底下黑乎乎的数字"50"。

"太贵了吧!"喻冬吓了一大跳,"都是骗人的。"

宋丰丰见他不愿意,于是自己掏两百块买了块牌子,让和尚帮忙写上喻冬的名字。那和尚是宋丰丰的远房亲戚,悄声说一般只能写两个愿望,但他能给宋丰丰写四个。

"身体健康,学业有成。"宋丰丰说。

和尚认真写了,字挺漂亮。

"叱咤风云,大仇得报!"宋丰丰又说。

和尚:"……什么?"

始终没法把"大仇得报"写上去,宋丰丰遗憾极了。他骑自行车载着喻冬去广场玩儿,一路嘀咕这件事。

喻冬站在车后面,无论宋丰丰说什么话,他都觉得很好笑。

广场上的人比佛寺更多,大喇叭一刻不停地吼着:"十万张彩票！五万礼品和现金！中奖率高达百分之五十！"

"张敬每年都跟他表哥表嫂出来摆摊，这彩票要卖三天，他一天能拿两百块。"宋丰丰早就打听好了张敬他们的摊位，和喻冬挤了过去。

到了摊前就发现，学习委员也站在那里。

"两张两块，三张五块，一张五十块。"学习委员把刮出来的彩票放在张敬面前，"兑奖。"

张敬都呆了："你什么人啊！买了五十张，就刮中这么多，赚死了！"

学习委员和身边的女孩对视一眼，两人看起来都很困惑。

"张敬，你会不会算数？我花一百块买了五十张，还亏着呢。"学习委员冲他伸出手，"快，给钱。"

摊上只有张敬一个人，他把奖金给了学委，学委和身边女孩转而到另一摊去买了。宋丰丰对学习委员的运气没兴趣，关注点全落在了他牵着的姑娘身上："女朋友？"

"实验中学的高才生。"张敬立刻指点着两人的背影，跟宋丰丰介绍，"就上学期参加全国数学竞赛时认识的。"

宋丰丰也想了起来："对对对，我们市里三个金奖，实验中两个，都是女孩，我们学校一个，就是他。"

张敬惆怅极了："要是我没感冒发烧，我也能认识她。"

喻冬掏钱买了十张彩票，全都刮开，没中。宋丰丰又买十张，也是没中。两人恼了，揪着张敬让他使用黑箱手段找出能中奖的彩票，张敬在他们俩手底下挣扎不已。

正玩着，旁边那一摊上突然发出惊呼，有人刮出了三等奖。三等奖是实物奖品，一台遥控落地扇。

学习委员攥着彩票，神情自若，大步朝着主席台走去。

他是今天刮出三等奖的第一人，主席台上的歌舞暂时停了，主持人把话筒伸到他面前:"中奖者还是个学生!你激动不激动?觉不觉得自己运气很好!"

学委冷静地伸出大拇指和食指,把几乎戳到自己鼻子上的麦克风稍稍推正:"和运气无关,这是概率问题。"

落地扇到手了,主持人又问他对名牌电扇满不满意。

学委看着包装上的参数:"挺好的,我家没有电扇。"

主持人大吃一惊,围观群众则纷纷发出叹息表示心疼。

喻冬也震惊了:"学委家里条件这么差?"

"他住海景区的大别墅。"宋丰丰说,"家里都是空调。"

学委抱着电扇,又回到张敬的摊位前。

"佟老师说了,控制自己,不要谈恋爱。"张敬拿起彩票在他面前挥动,"你再帮我买几张,我就不告密。"

学委看着女孩,让她选几张彩票,然后跟张敬三人解释:"我表妹。"

宋丰丰:"表哥表妹,成双成对。"

学委淡淡掏出钱:"我再买十张。"

姑娘挑出十张,学委拿着硬币唰唰刮开。

张敬正跟喻冬说起洗照片的事情,忽然又有一张彩票递到了他面前。

"中了。"学委说,"一百块。"

张敬:"……"

学委咧嘴一笑:"不用兑了,我直接给你们。记住,保密。"说完便抱着电扇,高高兴兴地走了。

好不容易等张敬的表哥表嫂和侄子逛街回来,张敬立刻脱离了收摊工作,拽着宋丰丰和喻冬去洗照片。喻冬佩服学委的运气,甚至开始打坏主意:"不是还有两天吗?我们把压岁钱凑一凑,约学委继续来买彩票吧。"

张敬："喻冬，你不要学宋丰丰这么坏啊。"

宋丰丰对张敬的诋毁没有在意，趁着喻冬走在前面，一把将张敬拉到了身边："你拍到了喻冬的单人照吧？"

"拍到了，特别帅。"

"给我多洗一张。"宋丰丰顿了一下，跟他解释，"我给周妈。"

张敬了然地摆出"OK"的手势："Yes,sir！"

等待取照片的时候，张敬问喻冬情人节打算怎么过。

喻冬不只没想过谈恋爱，对情人节也没有任何想法。

"那天是正月十七。"他提醒张敬，"我们在补课。"

店员拿出照片，宋丰丰离得近，伸手接过，随口说："那就只能全班一起过了。"

张敬沮丧："学委肯定有活动。"

他的父母现在是私人诊所医生，年轻时却也是喜欢写诗画画的文学青年，那部海鸥相机是两人结婚时买的，张敬懂事之后也开始摆弄，技术完全合格。在他的镜头里，喻冬和宋丰丰都带着蓬勃的笑容、白的教堂、被灯火映亮的黑色夜空，还有在两人身后蹿起的烟花，全都带上了厚重色泽。

"帅不帅？帅不帅！"张敬得意坏了，抽出喻冬的单人照凑到宋丰丰面前，"百分百还原喻冬的帅气！"

宋丰丰想承认，又觉得在喻冬面前承认有些丢脸，连忙岔开话题："你看看有没有废片吧！我刚刚翻了一下，你把陌生人也拍进去了。"

喻冬却在想别的事情。这一卷胶卷拍完了，里面有卖烧烤的龙哥、龙哥的马仔、发礼物的神父、唱圣歌的信徒、牵手接吻的情侣，有各种各样的人，可就是没有张敬，他像是忘记把自己也拍进去，只顾着隐藏在镜头外面。

"下次出去玩我帮你们拍啊。"喻冬说，"我也会拍的。"

张敬没认真听他讲话，全神贯注地看着手里一张照片。

照片是他在教堂唱诗班开始表演的时候对着坐在底下的人群拍的，光圈调得很大，最中央的一个人尤为突出。那是他们都不认识的女孩，穿着校服，外面还套上了大棉服，把自己裹得臃肿，但脸是小而白净的，几绺头发从酒红色的毛线帽里钻出来，被教堂顶上的灯光打亮。

她发现了张敬，并且直视张敬的镜头，神情介于吃惊与警惕之间，嘴唇微微张开，像是下一刻就会冲他喊出"不许拍"。

宋丰丰发现了张敬的异样，趴在他背上把照片抢了过来："你什么时候拍了个美女？"

"还给我！"张敬连忙回身跟他抢，"我随便拍的，不认识。"

"这是实验中学的校服。"宋丰丰指着女孩的衣服说。

张敬终于把照片抢回来，小心放进纸袋子里："是就是呗，也没什么。"

三人走出冲印店，宋丰丰摸着下巴回忆："奇怪了，我觉得那女生有点面熟，好像在哪儿见过。"

他苦苦地回忆，最后终于想起来了。

虽然母亲不肯来见自己，但宋丰丰偶尔经过实验中学的门口，还是会停下来一阵子。他跟自己说，我要在这里买一杯奶茶，买一串烤鱿鱼，买两支笔。但他也从来没在学校门口遇上过想见的人。有一次路过时，他发现实验中学门口的公告栏里贴着颇大的彩色海报，靠近了才看清，是全国数学竞赛获奖者的照片。实验中学有两个学生获得了金奖，都捧着奖杯，站在领奖台上合影。其中一个是学委的表妹，而另一个略高一点、更好看一点的，则是张敬偶然拍下的这个姑娘。

因为好看，所以给人印象深刻，就连只瞥了几眼的宋丰丰也能记住。

他告诉张敬，张敬难得地不耐烦起来："金奖就金奖啊，关我什么事？"

宋丰丰和张敬从小学一年级开始就是同班同学，又因为身高一直都差不多，你长我也长，做过好几年同桌，张敬心里想什么宋丰丰完全清楚。他揽着张敬脖子往前走，一边坏笑："让学委的表妹帮你介绍吧？喜欢人家了是不是？"

"现在学习比较重要！"张敬大喊，"要控制自己，不谈恋爱！"

他从宋丰丰手底下挣脱，跑回彩票摊位上继续干活。

而张敬给喻冬拍的那几张照片，他单独洗出来给了喻冬。喻冬想了想，把自己和宋丰丰合影的那张递给宋丰丰："要不要？"

"不用，不用。"宋丰丰摆摆手，"你自己拿着就好。"我有呢。他心想，张敬之后还会给我的。

但喻冬又问了一句："真的不要？"

"收起来吧。"宋丰丰说，"不就是照片嘛。"

我也会有的，他心里又想。

喻冬脸上掠过一丝尴尬，低头把照片放进纸袋里，揣回自己衣服口袋。

情人节果然没人有心情过。开始补课的第一天，佟老师就带来了一件可怕的消息：三月中旬就要和临近的两个城市举行三市联合模拟考，考试难度将是他们这一年中最大的。考分会进行五市综合排名，并且市里也会单独进行排名。"自己是什么水平，考考就知道了。"佟老师最后说。

现在还是寒假，学校里非常安静，只有初三（1）班的学生每天早早来到教室，偷偷补课。

除了这个联合模拟考之外，还有四月底就要开始的体育考试。佟老师一边强调要全身心投入复习，一边又强调绝对不能落下锻炼。

"张敬！说的就是你！"她最后总是这样补充一句。

张敬把头从试卷上抬起来,又苦恼又无奈地"唉"一声,算是应答。

足球场终于修好,宋丰丰的球队又要开始训练。他努力了几天,终于成功地在二月十四日当天早上五点半起了床。

他先是裹着被子在床上呆坐,喊了两句"老爸",随后想起,元宵那天回来的宋英雄已经在昨天下午拎着大包小包的海货回了老家,家里只剩他一个人。

书桌上摆着新的相框,里面是他和喻冬在教堂面前的合影。张敬还在相框里放了张自己的一寸照,说是"三人合影",一个都不能少。

宋丰丰睡眼蒙眬地盯着照片看了一会儿,渐渐变得精神了才起身洗漱。

出门的时候才刚六点,天沉沉地黑着,街面缝隙残留红色纸屑,是元宵节放鞭炮的残痕。他把外套的帽子也戴上,系紧绳子,开始往辉煌街方向跑。

抵达张敬家门口时,辉煌街上只有卖早点的人在活动。蒸笼掀开了,白茫茫的蒸气像一团蘑菇云,腾地蹿到半空中。

"张敬!起床!"宋丰丰在楼下冲着二楼的房间喊,"跑步了!"

片刻之后,房间的灯亮起,张敬顶着一头乱发推开窗:"我的天,你真的来了?"

"……不是你说让我叫醒你,提前回学校跑步的吗?"宋丰丰提醒他,"现在没到六点半,你到学校还能绕操场跑半小时。"

张敬揉揉眼睛:"行,我这就起。"

宋丰丰完成一个任务,转头跑去买早餐。辉煌街上有一家包子铺卖的叉烧包和流沙包特别好吃,可就是做得少,一般七点就卖完了。他排了两分钟的队,买了五六个大包子,放在衣服里裹着保温,又一路跑回兴安街。

喻冬在阳台上哆哆嗦嗦地活动身体，默背历史，抬头就看到宋丰丰裹得又圆又胖，从玉河桥上跑过来。

他非常惊奇："今天不用我去叫醒你？"

宋丰丰非常得意："以后都不用了。快下来吃早餐，我买了很好吃的包子。"

从这一天起，宋丰丰早上就成了先叫醒张敬，再给喻冬带早餐的信使。

张敬心里过意不去："你不用这么折腾。"

"我还想跟你们做同学。"宋丰丰自己倒不觉得这很折腾，毕竟也不算特别远，"你的体育考试一定要考满分。"

张敬问他："那你呢？能考上基础分吗？"

宋丰丰沉默了。

补课结束了，放假一天，随后便是正式开学。

这一天喻冬起得很早，一个上午都在自己房里写写涂涂。宋丰丰前一天就说好了自己要睡懒觉，张敬不许打电话，喻冬也不许上门找。

临近中午，周兰让喻冬去喊宋丰丰来吃午饭，喻冬抱着自己已经做完的一本"从好到更好"的金卷，还有两本笔记本，往宋丰丰家里去。

宋丰丰果然还没醒。喻冬记得前一天晚上自己是凌晨两点多的时候睡的，而直到他入睡，玉河桥对面宋丰丰家里二楼的房间还亮着灯。

开门进入宋丰丰家中，电视机还蒙着防尘的布，喻冬看了一眼，确认宋丰丰昨晚没有看动画。

之前下了几天雨，今天勉强出了太阳，二楼天台上的花花草草与冷风僵持，节后才终于肯冒出嫩红的新芽。喻冬敲宋丰丰的房门和窗户,没回音,于是拧开门把,走了进去。

宋丰丰的房间比喻冬的大得多,就像是宋英雄把一楼的客厅、卫生间、厨房和卧室全都规划好了,二楼却懒得打理,直接给儿子框出一个区域当成房间。这是宋丰丰的书房、游戏室、杂物房,也是他的卧室。

喻冬小心穿过放满了漫画和崭新教科书的书架,发现自己送他的《灌篮高手》被他装在盒子里,放在书架上唯一有玻璃推门的地方。

宋丰丰还在床上睡觉,两床厚被子把他圈成一个长条肥茧,只留鼻子和眼睛露在外面。喻冬走到床边,盯着宋丰丰看了一阵,突然觉得很好笑,伸手去捏他的鼻子。

宋丰丰被捏醒了,发现喻冬在面前,稍稍吓了一跳:"去跑步啊?"

他一下没想起今天是假期,以为自己没睡醒,耽误了张敬和喻冬锻炼身体:"你等等,我马上就好。"

"来叫你吃中午饭的。"喻冬说,"今天星期天,明天正式开学,你忘了?"

"……忘了。"宋丰丰又倒回床上,裹着被子滚来滚去,"我继续睡,你不用理我。"

喻冬由他去,转身将自己拿来的东西放在书桌上。他发现书桌上多了个相框。

相框里是自己和宋丰丰的合影。说是合影,其实又有些不太准确,因为宋丰丰没有看镜头,而是盯着身边的喻冬,正开口说着什么。喻冬手里拿着最后一根棒棒糖,正要往宋丰丰手里塞,眼睛还朝着张敬的镜头。

他记得,宋丰丰那时候对他说圣诞快乐,祝愿自己想要的都能得到,未来的每一天都比那天快乐。

相片的右下角还有一张张敬的一寸照,水蓝色底,他抿着嘴,露出拘谨的微笑。

喻冬笑起来，伸手去拿相框。没料到身后忽然冲来一股颇大的力气——是宋丰丰直接从床上蹿起来，一把将相框从他手中抢过："别动！"

喻冬的手还停在半空，原本放相框的地方什么都没有了，反倒露出底下压着的另一张照片。

是喻冬的单人照。白净秀气的少年，手里举着一根棒棒糖，笑得很好看。

那天的尴尬又回来了。喻冬一时没看到桌上自己的照片，连忙举起双手跟宋丰丰说明："对不起，我不知道你不喜欢别人碰你的东西。"

宋丰丰穿着单衣从被子里钻出来，神情有些慌乱："不……不是不是，你可以碰。"

喻冬只好转换话题，指着桌上的金卷对他说明。

"这是我已经做完的一套金卷，张敬说得对，真的很好。每一套试卷中我都给你圈出了五六道题，全都是基础题，不难的，解题过程和思路我全都写在上面。你把这些圈起来的题目每道题至少做三遍，或者抄三遍，把解法记下来，不懂的随时来问我，我保证你的数学分数至少增加六十分。"

他又打开了笔记本。

"第一本是物理和化学的重点内容，我写了课本的页数和参考书的页数，你一定要背熟，或者抄到记住为止；第二本是英语的各类常用词组和句型，还有政治和历史的重点。你把这些东西都记住了，考到基础分数绝对没有问题。"

书桌上是摊开的数学书和草稿纸，宋丰丰昨天晚上一直都在看。

喻冬发现语文课本并未在桌上，于是又补充了几句："语文你要加快写字的速度，作文一定要写完，书里说了要背的古诗词和段落必须背熟……"

他突然停口，视线落在了桌面上自己的单人照上。

宋丰丰听到半途，才知道喻冬过来是给自己送资料的，还没致谢就发现自己偷藏的照片不知什么时候落在了书桌上。他手上还拿着相框，连忙伸手去捂，但喻冬眼明手快，已经一把抓起照片。

"我的照片？"他很惊奇，"为什么这里会有我的照片？张敬给你的？"

他看到宋丰丰的耳朵红了。

"我帮周妈要的！"宋丰丰说，"她那天跟我说，你长大之后的照片她一张都没有。"

"那你不给她？"喻冬问。

宋丰丰不知道怎么回答，干脆放下相框，又钻进了被子里，连头都给蒙住了："我忘了。"

喻冬坐到他床上："那我拿回去给她？"

宋丰丰犹豫两秒钟："好吧，拿走拿走！"

"我给你的资料你记得看。"喻冬语气一转，变得有些凶，"一周之后我会检查的。"

"知道了。"宋丰丰闷声闷气地说。

"起床吧，吃午饭了。"隔着被子，喻冬在他肩上拍了拍。

宋丰丰听到喻冬很干脆地离开，门咔嗒一响，随后天台上传来下楼梯的声音。宋丰丰把被子放开，长长舒了一口气。又得跟张敬要胶卷洗照片了，他心里想着，翻了个身，突然看到枕边的东西。

喻冬没有把自己的单人照拿走，而是放在宋丰丰床头，还给了他。

宋丰丰立刻抓住照片，冲出房间，跑到天台边上。此时喻冬正好走上玉河桥。

他想起自己见喻冬第一面的那天，也是这样的：他在二楼，喻冬在玉河桥上，太阳有点凶，热辣辣的。

"喻冬！"他大喊，"照片你不要了？"

喻冬回头看他："忘了。"

宋丰丰心说，你骗鬼呢，刚刚手里还拿着。他下意识想问喻冬"真的假的"，但话到半途突然变了："下午……去不去打球？乒乓球，不伤你的手。"

"叫张敬吧。"喻冬说，"你记得做题！今天就要做。"

宋丰丰嚅啜半天，问他："我也送你一张照片呗？我自己的。"

喻冬："我不要。"

宋丰丰："为什么？！"

喻冬："太黑，招邪。"

第五章
钓鱿鱼

联考转眼就到。

喻冬考了个总分第一,张敬仍旧稳定地保持在全市前五十名,学委紧随其后。张敬八卦极了,在排名上找学委表妹的名字,结果发现那姑娘全市排名十六。

宋丰丰罕见地考过了基础分,连佟老师都震惊了:"我一直以为你是四肢发达、头脑简单的类型。"

宋丰丰:"那老师你可能对我有一些误解。"

佟老师:"我误解你三年了是吧,我初一就是你的班主任!"

宋丰丰嘻嘻地笑,把喻冬给他的笔记本和金卷献宝似的拿出来:"我有喻冬给的秘密武器。"

日子乏善可陈,他仍旧早起训练,去叫醒张敬,给喻冬带辉煌街的早餐。转眼就到四月底,初三的学生要迎来体育考试了。

张敬蔫蔫地说:"我可能就拿个二十分吧。"

"给自己一点信心!"宋丰丰给他鼓劲。

喻冬在一边戴上护膝,提醒宋丰丰:"你不要理他,他考数学之前还跟我说自己可能只拿一百一十分。"

结果考了一百二十分,全市唯一的一个满分。

张敬脸皮极厚,闻言嘿地笑了:"给自己留一点余地嘛。"

这时学委已经跑完了一千米,喘着气过来,找出自己的水瓶。

"过了吗?"

"过了。"学委平静地说,"我的目标是满分。"

张敬目送学委离开,内心难得地燃起了熊熊斗志。他想跟宋丰丰或者喻冬分享,回头却发现宋丰丰正在给喻冬按摩手臂和大腿。

"光天化日!有伤风化!"他坐到宋丰丰身边,"大哥也给我按按,我紧张。"

宋丰丰去跑步,换喻冬给张敬捶打肩膀。

体育考试的项目有五个,除了每人必考的跑步之外,还有可供选择的投掷实心球、跳远、足球和篮球四项。张敬选了投掷实心球和跳远,喻冬选了跳远和篮球,宋丰丰选择的是跳远和足球。

"你把我照片给宋丰丰了?"喻冬捶打片刻,听到了起跑的枪声,下意识转头看向跑道。还没轮到宋丰丰那一组,跑道上他认识的人只有班长。

"是啊,他说要,我就帮他多洗了几张。"张敬闭着眼睛随喻冬动作晃动肩膀,"他家里很多照片的,你有时间可以看看。"

喻冬一顿:"很多照片?什么照片?"

"就大家的照片。"张敬睁开了眼睛,班长从他面前呼地跑过,速度飞快。

这一组男子一千米跑结束之后就是宋丰丰那一组,他看到宋丰丰已经站在了等候区。

"他这个人很长情的,平时不太看得出来。小学一年级去秋游拍的照片他都保存着,还有小学毕业的同学录,他也问所有同学要了照片贴上。"

喻冬想起来了。因为临近毕业,陆陆续续有人拿着同学录来让

109

他写。可这些人他完全不认识，基本都是宋丰丰帮忙挡了下来。初三（1）班写同学录的风气倒是很冷，只有班长拿着砖头大的一个本子四处传，不写满八百字他还要批评你。

原本也只是随口一问，自己也不清楚问这问题的原因是什么。喻冬在听到张敬的回答之后，沉默了下来。

他并不是特殊的那一个。这让喻冬心里仿佛松了一口气，躲过了某种可怕的预测，但在庆幸之余，又有些许不甘与难过，像是清水里落下了一点杂质，不重要，但是看得到。

"那你知道他六年级谈恋爱的事情吗？"喻冬不想问，但忍不住。他对宋丰丰所有自己未知但又奇特的事情都充满了好奇。这世上的任何一对新朋友都应该是这样的。喻冬对自己说。

张敬想了片刻，大声笑出来："他说那是谈恋爱？！"

喻冬："是啊，谈恋爱。"

"我当时坐他前面一排，跟他吵架了，他就扯我同桌的马尾，然后嫁祸给我。"张敬回忆，"后来不知道看了些什么乱七八糟的书，说小男生表达爱意，就是欺负自己喜欢的姑娘，他就把这故事套他自己身上了。"

喻冬："……"

真相太过无聊，他哈地笑起来。与此同时，发令枪响了。

起跑线在操场另一端，宋丰丰起步最快，立刻成了领头的那个。

"他能跑进三分二十秒。"张敬说，"腿长就是有优势，好嫉妒，好嫉妒！"

喻冬松了手，扭头看比赛。宋丰丰跑完一圈，已经和第二个人拉开距离。好在这不是竞技比赛，只要能跑进三分三十五秒，就是十分。

两人看得专注，张敬的肩膀突然被拍了一下。他回头，看到自己的双胞胎妹妹蹲在身边，手里拿着一本厚厚的线圈本。

张曼和张敬虽然是双胞胎，但长得并不十分相似。两人性格差异很大，平时张敬和喻冬他们一起玩，从来不带张曼，喻冬对张敬的妹妹一点儿也不熟悉，只知道她对自己很感兴趣。

张敬一见张曼的本子就皱起眉头："我来帮你写，行了吧。"

"哥哥……"张曼拖长了声音，又可怜又亲昵地拉他的手臂。

张敬知道，张曼只要一对自己撒娇，肯定是有事相求。他拿过线圈本，顺口问了一句她的成绩。张曼和张敬不一样，她热爱运动，体育考试对她来说非常轻松。

"都能过，一定满分。"张曼跟张敬说着话，眼神一直往喻冬那边瞟。

张敬知道喻冬不喜欢被人盯着看，挥手让张曼走开，然后把线圈本塞到喻冬手里。

"帮个忙，帮我妹写写同学录吧。"张敬说，"看在宋丰丰的面子上，你帮帮我，不然我会被她念叨死的。"

喻冬只好接了过来。写什么呢？他翻开同学录，看到上面几乎都写满了一半。

十五六岁的学生，会在上面画表情，写稚嫩的祝福。"永远都是好朋友""友谊长长久久""拥有美好的未来"等等。喻冬小心地翻看，里面还有很多照片，张曼的朋友都是和她差不多类型的小姑娘。不少人直截了当地祝愿她：把男神抱回家。

喻冬："我还是不写了吧。"

张敬："求你了。"

他没能求很久，因为轮到他跑步了。

十六中参加中考的人不多，体育考试一天就结束了。整个初三（1）班一共四十人，三十八个拿了满分。

只有张敬和学习委员得了二十八分。

张敬脸色苍白，坐在地上喘气，抓住学委的裤腿："我们怎

111

么办？"

学委喝完一瓶可乐，看他的眼神就仿佛看着一道五分的基础选择题。

"卷面考多两分，搞定。"学委说。

宋丰丰没想到喻冬也拿了满分，非常高兴，说要请喻冬吃校门口的妈仔牛杂。

一年四季，无论什么气候、什么温度，妈仔牛杂的牛杂锅永远热气腾腾。四月底的临海城市渐渐热了，早晚温差很大。学生们早上还穿着长袖校服，到中午纷纷脱下，露出里头的短袖。他们将校服的袖子打个结，捆在腰上，个子瘦高的人晃荡着走路，看上去很有架势。

喻冬和宋丰丰都是这样有架势的人，两人站在妈仔牛杂摊前买东西，总要高出旁人一个半个脑袋。

卖牛杂的老太已经认得这两个学生了，她对喻冬尤为友善，闲着就爱问："你的皮肤怎么这么白啊？"

喻冬："不知道，天生就这样。"

问得多了，连宋丰丰也好奇："你真的晒不黑吗？"

"没黑过。"喻冬吃着煮透入味的白萝卜片，被烫得连连抽气，"晒多了会脱皮。"

"放假你不回家吧？我带你出海钓鱼。"宋丰丰有些不甘心，"我不信还有人晒不黑。"

喻冬想起他和张敬说的话："钓鱿鱼吗？"

"鱿鱼是晚上钓的……你喜欢钓鱿鱼？也可以啊，我带你去。"

宋丰丰大咧咧地许诺着，奇怪的是喻冬觉得宋丰丰绝不会食言。他信任宋丰丰。

回家路上，宋丰丰跟他说起一件事。那天佟老师找到宋丰丰说成绩的事情，宋丰丰以为佟老师会怀疑他作弊，因为自己的成绩提高得太快了。

"怎么可能？"宋丰丰推着自行车，喻冬把自己小塑料碗里的最后一片牛腩叉起来，递给宋丰丰吃，"她看到你做题的。"

宋丰丰和张敬坐在最后一排，最靠近后门的那个位置，夏天特别凉快，冬天冷得脑子发僵。

张敬和喻冬讨论题目的时候，不止一次看到佟老师悄悄从后门走进来，悄悄站在宋丰丰身后，看他做数学题。一开始佟老师还是很吃惊的，后来发觉宋丰丰确实认真，她不让喻冬和张敬出声，又悄悄退出门外，绕到前门才走进来。

"她是不是要结婚啦？"宋丰丰吃着牛腩，问喻冬，"好像是暑假？"

"我们要送礼物吗？"喻冬扔了塑料碗和小竹签，跑回宋丰丰身边。

"故意挑暑假应该就是平时太忙，而且不想让我们送礼物吧？"

"她老公就是初二那个政治老师吗？有点地中海那个？"

不知不觉，话题又转移到了别的地方。

四月结束，五月来了。就连五月也过去得特别快，转眼六月就到了。

高考的新闻暂时压倒一切，佟老师的声音嘶哑了，每天都在提醒他们："高考过后就是我们的战场了！"

喻冬对一切形式上的鼓舞都缺乏感知力，动员大会上也只是随便举举手，没有开口喊口号。学委和班长跟张敬聊天时偶然说出，大家都觉得喻冬很冷漠，为人不热情。

张敬说没有吧，他就是跟大家不太熟。宋丰丰没吭声，自顾自地埋头背英语。

张敬推推他："宋丰丰跟喻冬熟，他最清楚了。"

宋丰丰这才抬起头："喻冬挺好的。"

一句话说完，他也没再补充，继续皱眉埋头，狂抄句式和词组。

并不是他不想为喻冬辩解，也不是任由喻冬被他人误解，而是他知道喻冬也不在意这些。喻冬挺好的，可到底哪里好，为什么好，这些事情如果要一一解释，那就太麻烦了。

只要他和张敬知道就行了，别的人无所谓。宋丰丰心想。

从五月份开始他不再去喻冬家里吃饭。宋英雄结束了又一次出海，回来后决定在宋丰丰考试结束之前都不再出远门，一心做好宋丰丰备考的后勤工作。

宋丰丰一开始是非常高兴的。由于宋英雄的工作，他一年到头能和他同桌吃饭的时间并不多。但很快他就郁闷了：宋英雄做饭的手艺和周兰差别太大，他对儿子又特别殷勤，每顿都要宋丰丰吃两大碗饭才算过关。

"想去你家吃饭。"宋丰丰闲着没事，给喻冬打电话说。

喻冬简直莫名其妙："来啊，过桥就是了，我们正在吃。"

"今晚吃什么？"

"番茄鱼头汤，蒸扇贝，炒蒜苗，五杯鸭和青椒炒肉。"

宋丰丰口水都流下来了："我家吃白斩鸡和白灼虾。"

喻冬："……你怎么天天都吃这两种？"

宋丰丰："我爸做的，他说有营养，能把脑细胞养大养多。脑细胞大了多了，我就聪明，所以我必须吃。"

喻冬表示没听过这种说法。他有幸吃过宋英雄做的白斩鸡和白灼虾，白斩鸡太老，咬得牙齿累；白灼虾则太淡，没办法下饭。

他对宋丰丰充满怜悯："明天请你吃妈仔牛杂。"

宋丰丰："那我明天给你买流沙包。"

他现在不需要每天去叫醒张敬和喻冬，但仍旧每天都和喻冬一起上学。他坚持早起跑步，拎回早餐，在喻冬家门口一边等他一边背单词和政治历史的知识点。喻冬出门之后跨上他的自行车，两人再一起上学。

五月底的最后一次模拟考成绩也出来了，虽然总体排名没多大变化，但所有人的卷面分都增长了五六十分。

这次模拟考难度最低，连宋丰丰的数学都考过了九十分，他很惊奇。

喻冬这次也仍旧占据全市排名第一的位置，紧跟在他后面的几个都是实验中学的学生。张敬落后了几名，还在市三中的保险线内，学委提高了几名，终于离自己的学霸表妹越来越近。

张敬发现学委最近不怎么做题了，开始频繁地看书。

"押作文题。"学委说，"我觉得今年的关键词可能是科技、未来、选择这一类词语。"

张敬有点怀疑："你这是赌博。"

学委："我表妹也是这样想的。我们讨论很久了，可能的题目大概会集中在十个关键词里。而且可能会出现某些表示情绪倾向的词语，比如快乐、后悔、科技发展带来的好处，或者某种选择带来的坏处。这是最近几年出题的趋势，都会带上一点议论性。"

喻冬对他们俩刮彩票的运气念念不忘，听他这样讲，立刻拉着宋丰丰凑过来："我信你，求细讲。"

张敬没把这事情放在心上，直到他坐在中考考场上，并且翻过语文试卷背面，看到作文题目："请以'这次选择，我不后悔'为题写作"。

憋了半天，张敬默默在心里说了一句脏话。

中考结束那天发生了什么事，宋丰丰和喻冬都想不起来了。

张敬说班长哭了，佟老师在校门口等他们，看到班长哭着出来，吓得手里的喇叭咚地掉到了地上。结果班长在她面前号了一句"做得太顺了，我是不是看错题了，老师"。

宋丰丰和喻冬都只是觉得饿，饿坏了。哪怕他们在这一年里每天都不停地往肚子里塞各种各样的食物，可仍旧饿。经受巨大消耗的三天过去了，仿佛脑子里的东西全都被驱赶出去，只剩空空的肚肠。

宋英雄借了一辆面包车，全程接送宋丰丰和喻冬。和同学朋友挥手说再见后，他们蹿上了车。宋英雄问："不估分了？"

"想估就估。"宋丰丰抱着肚子歪在后座，"过几天可以回校对答案，但就是从高分到低分这样招啊，没什么可估的。"

他如果考上了基础分就可以上市三中，考不上，也有其他不错的中学等着要。喻冬的目标是全市前三名，他倒是最需要估分的那一个。

宋英雄通过后视镜看他："你怎么了？"

"我饿。"宋丰丰饿得胃都抽搐了，中午因为太紧张，他几乎什么都没吃。

宋英雄立刻开车回家，说周妈这时候应该都做好饭了，就等他们回去了。宋丰丰嗯嗯地应着，在座位上蜷成一团躺下。

"终于考完啦……"他嘟囔着，"爸，我觉得我考得可以。至少一半的题喻冬和张敬都跟我说过，资料上都有，我会做的。"

路上拥堵，宋英雄认真开车，只随口应了两句。宋丰丰没能等到父亲的赞扬，动了动脑袋，闭上眼睛。

宋英雄很少赞扬他，至于母亲，那就更少了。他想了又想，在自己整个初三中，给予他最多赞许的是佟老师和喻冬。

喻冬这样聪明的人，怎么会夸我这样的傻子呢？宋丰丰想不明白。就连张敬有时候也显得不耐烦，因为把宋丰丰困住的基本上是基础题，如果他们再把时间浪费在讲解基础题上，那就太不值得了。可喻冬从来都很耐心，举例子、画函数图，从这道题联想到那道题，还会总结各种题目的潜藏规律，宋丰丰甚至觉得他讲得比老师还好。

如果我以前的数学老师是喻冬，我肯定学得很好。宋丰丰心里头充满了遗憾：要是早一点学就好了，即便有一半的题会做，可还有一半是不会做的呀。他皱起眉头，离开考场时的信心已经全都消失了，一颗心填满了忐忑。

正想着，耳朵被人挠了一下。

宋丰丰睁开眼，发现喻冬正低头看着自己。宋英雄在前面说起今晚的菜，广播电台里有个男人在声嘶力竭地唱"重视能治肚饿／未曾获得过／便知我为何"。喻冬冲他竖起一个大拇指，晃了晃，一边笑一边对他说了句无声的"厉害"。

宋丰丰突然间就一点儿也不郁闷了。

但因为心情轻快得过分突然，嘴角不自觉扬起的笑和仍旧紧皱的眉头搭配起来，让他像个不懂得管理表情的蹩脚演员。

喻冬心想，新鲜啊，宋丰丰害羞了。

考完之后，喻冬和宋丰丰除了吃喝拉撒外，狠狠埋头睡了两天。

估分当天，俩人是被张敬从床上直接抓起来的。宋丰丰在玉河桥上等喻冬洗漱，倦意让他的脑袋搭在张敬肩膀上，又闭上了眼睛。喻冬拿着口杯和牙刷蹲在门口刷牙，一双眼睛盯着他们俩。

张敬也盯着喻冬："你看他一嘴泡沫，还瞪我……这跟电视上的富二代完全不一样！假的！"

宋丰丰睁开眼睛："他白啊，有钱人都白。"

张敬把他脑袋推开："不见你白？"

"我又不是有钱人。"宋丰丰打了个呵欠，"我连什么是草地滚球都不知道。"

三人又去铁道口吃鸡丝粉。由于已经不是上班高峰期，店里人不多，三人慢悠悠点单，全都加了煎蛋、鸡腿和鸡翅膀。

鸡丝粉的汤很讲究,是用撕扯完鸡肉的鸡架来熬的,怎么调味、熬煮多久、怎么配比,旁人全不知道。店主是一对小夫妻,鸡汤配方从男人祖上传下来,据说熬煮的时候连老婆都不能进厨房看。

鸡汤鲜美,鸡皮韧脆,鸡肉鲜嫩,还得配上容易入味的细切粉。大锅就架在店里,盛装着煮好的鸡汤。一碗碗白色切粉放在桌上,鸡丝卧在粉上,还带着温度。鸡腿、鸡翅膀和煎蛋也全都摆在桌上,女人拿过单子一瞧,忙不迭往面前的三个碗里夹鸡翅膀,然后用力从汤锅里舀出一勺汤,浇在粉和肉上,吱吱有声。

一勺正好盛满一碗,汤面几乎与碗沿持平,端起来必须慎之又慎。

鸡腿抽去骨头后切成片,单独用一个长的小瓷碟装着。煎蛋则直接摆在汤和粉之上,是一碗乍看起来没什么颜色,但却香得异常勾人的鸡粉。

"要葱还是香菜?"女人抓起配料,问他们。

"葱。"三人齐齐回答。

于是葱也洒了进去,热汤熏出暖香。

张敬一边吃一边观察老板娘,片刻后,他像发现新大陆似的低声说:"她手臂好多肌肉。"

"你每天舀几百勺鸡汤,也能练出来。"

对于宋丰丰的话,张敬只嗤笑一声,摇摇头。经过体育考试之后,他养成了每天早上跑半小时、晚上跑一个小时的习惯。加上最近备考,既费心又费力,原本那点儿超出基准线的胖已经没了,脸部稍稍有了些轮廓,连手臂上都隐隐浮现了肌肉的形状。

"宋丰丰就不说了,喻冬怎么也这样?"张敬嚼着鸡腿肉问他,"你不打球也不踢球,甚至不跑步,你是怎么保持的?"

喻冬埋头吃粉,不搭理他。

三人连汤都喝得一干二净,瘫在位置上揉肚子。铁道口又下闸了,铃声叮当叮当地响,运煤的列车咔嚓咔嚓地响,一盏红灯在蓝天白云底下亮着。

喻冬估分很快,他飞速地浏览正确答案,是最先结束估分的人。

写下预估分数之后,佟老师眼睛一亮:"喻冬,可以啊,这分数。"

喻冬心里其实是得意的,但他向来不在这种事情上表露喜悦,笑也笑得拘谨。

佟老师轻轻拍了他脑袋一下:"十几岁人,高兴就笑,不要装深沉。"

目前为止,喻冬的估分是所有人中最高的,甚至比之前数次模拟考都要高。佟老师心里高兴,在一旁走来走去的副校长心里也高兴:十六中可能要迎接建校以来的一个纪录了——他们培养出了一个中考状元!

至于喻冬前面的两年和十六中有没有关系,这种细节不值一提。

张敬对自己的分数很满意,虽然没有猜中作文题,但他完全正常发挥,市三中和华观中学两个示范性重点中学肯定任他挑。

写完自己的分数,张敬跑回座位,跟着喻冬一起给宋丰丰算分。

宋丰丰应该是过了基础分,不只过了,还超出至少八十分。

"你确定你都记住答案了吗?"张敬连问几声,"真的吗?确定吗?"

身边的喻冬和宋丰丰已经在击掌庆祝了。

"今天我请你们。"宋丰丰激动坏了,在操场上跑了两圈,突然生出个念头,"我请你们去网吧玩通宵!"

三人又吃了一顿妈仔牛杂,连带在老太面前狂夸喻冬一顿,老太高兴得差点不收状元的钱。

"不收钱是不行的!"张敬和宋丰丰跨上自行车飞快跑了,"我们共青团员,打家劫舍我们不干!"

喻冬把一张五十块钱压在装凉茶的大茶壶下,好不容易才脱身。

张敬和宋丰丰在不远处等他，毫无义气地狂笑，眼泪都出来了。

"你答应娶她孙女了？"张敬大惊小怪，"那小孩才刚上学前班！"

"滚！"喻冬把张敬从自行车上拖下来，夺车跑了。张敬踩在宋丰丰自行车后，三个人摇摇晃晃地穿过大街小巷，抄近路往网吧去。

夏天到了，最热也最干脆的季节。太阳依惯例猛烈，暴雨依惯例猛烈，还有蓄势待发的台风，都会先后造访这座城市。

街道两旁种满了小叶榕，细细长长的气根从树上垂落，随之垂落的还有不慎从叶上翻滚下来的小虫子，被一根线黏着，艰难地、一窜一窜地往上爬，像拽着蛛丝的炼狱罪人。

路边有人推着自行车卖雪糕，车后放了个大箱子，上面贴着张纸：各种雪条，两元一根。学生从他面前呼地经过，有个白脸的少年回头提醒他："冰都融化了！滴下来了！"

龙行网吧里挤满了人。虽然未成年人不得到网吧上网，但网管会主动提供各类真真假假的身份证号，让他们开机输入，得以过关。

龙哥在楼上玩他的顶配电脑，听马仔说靓仔和他朋友来了，忙不迭滚下来，握着喻冬的手又问："考得怎么样？"

宋丰丰都要被龙哥感动了。

"还行。"喻冬艰难地抽出手，"正常发挥吧。"

他也不知道龙哥到底是随口问，还是真的对自己寄予期望，但龙哥似乎对他的成绩很有信心，一听是"正常发挥"，立刻乐了："那就没问题了，肯定上三中！"

他站上一张椅子，冲网吧里的人大声说："我的靓仔考上三中啦！今日网费……"

所有人齐齐地转头看他。

"……网费统统打九折！"

顿时嘘声四起。

龙哥嘿嘿地笑,从椅子上跳下来,小声对喻冬他们说:"你们随便玩,不收钱。"

三个人也不客气了,立刻开始联机打《魔兽》。

打完两盘,喻冬发现龙哥还没走,反而搬张凳子坐在了自己和宋丰丰之间。

"你大哥还来找你吗?"龙哥把一支烟咬在嘴上,并没有点,声音从他牙齿间传出来,"不用怕,他如果来,你就找我。我说了罩你就是罩你,不讲大话。"

喻唯英没来过,倒是喻乔山在中考完的第二天给喻冬打了电话。周兰接了,没好气地说喻冬在睡觉。

——那你把他叫醒,我跟他讲讲……

——不叫!

然后周兰便挂断了电话。喻冬认为外婆做得很对。他能猜到喻乔山要说什么,无非是再次提醒他填报华观中学。华观不只是喻乔山的母校,也是喻唯英的母校,喻冬进去了能受到很多照顾。

但他偏偏就不愿意。

喻冬简单地多谢龙哥。龙哥把手肘撑在桌上,一双微眯的笑眼盯着喻冬,问他:"你有没有空?我带你出海钓大鱼。"

喻冬察觉到龙哥对自己的亲昵和兴趣,稍稍超出了自己现有的知识范围。

还没开口,龙哥身后的宋丰丰讲话了:"龙哥,我都跟喻冬约好了,我会带他去。"

龙哥恼了:"黑仔,闭嘴啦!我跟靓仔讲话,关你什么事?"

宋丰丰似乎不怕,笑着又说:"龙哥贵人事忙,不麻烦了。"

龙哥觉得他很没有眼色,正要继续骂多几句,喻冬开口了:"不敢跟你去。"

"为什么?"龙哥愣了。

"怕又会被人用水瓶砸。"喻冬声调平静,也不看龙哥,纤长手指只在键盘上敲个不停。

电脑屏幕的光线把他的眼睛映亮了,可眼里全是平静,似乎并不为曾经受袭的事情感到恼怒,只是阐述一个普通不过的事实。

龙哥看了宋丰丰一眼,宋丰丰也正瞧着龙哥。

在喻冬被砸之后,宋丰丰曾经一个人跑到龙行网吧找过龙哥。他当时气冲冲地质问是不是龙哥在搞鬼,龙哥抄起桌上的登记表格先打了宋丰丰脑袋一下,随后才慢悠悠转身,看向自己的马仔。

"砸你的两个人我已经教训过了。"龙哥问喻冬,"你不满意,我再狠狠教训他们一顿?"

龙哥当时就跟宋丰丰讲过,绝对不是自己让人下的手。而且在受袭事件之后,龙哥正式跟各个马仔宣布,这个靓仔自己罩着,一直到他考上清华北大。

喻冬压根儿没想到龙哥对自己寄予这般厚望,顿时愣住,半天才讷讷地回答:"可……可以了……"

他那一点装出来的硬气,在龙哥轻描淡写的"断手断脚"面前消失得一干二净。

龙哥亲密地揽着他肩膀,拍了又拍:"有龙哥在,你不要怕,啊。"

喻冬活动肩膀,悄悄从龙哥手底下滑出来。龙哥也不在意,手继续搭在喻冬肩上,看他玩游戏。喻冬玩游戏的时候一声不吭,宋丰丰和张敬倒是聊得热闹。龙哥用欣赏的心态盯着喻冬看了十几分钟,渐渐也觉得无聊,最终还是转过去,与宋丰丰两人聊了起来。

被人围观的感觉很不好。喻冬如芒在背,坐都坐不稳。龙哥的马仔对喻冬充满好奇,原先只觉得他是个学习不错的白面小靓仔,但看他玩了几盘,纷纷真心实意地围拢过来,闷不吭声,聚精会神地看。

这些视线都给喻冬带来巨大压力。

他很不喜欢被人这样盯着。

就像他所有的秘密，关于家庭的，关于他父母的，所有本该隐藏在自己沉默冷淡表象之下的秘密，渐渐地都暴露在外面了。

龙哥就坐在身边，喻冬想跟宋丰丰说我们走吧，但他不敢越过龙哥讲话。他之前是没怎么把龙哥放在眼里的，一个小混混，开了几家店，养了一些同为小混混的马仔，瞧着也没有什么背景，他怕什么？

可今天他怕了。

无论是龙哥对自己无来由的古怪亲昵，还是他随口说出的断手断脚跟喂鱼，都让十六岁的喻冬意识到，他与自己是截然不同的。

今天龙哥穿了件紧身的灰色背心，手臂与背上都是结实的肌肉，一道复杂的文身布满他左肩与左手的所有皮肤。

就在这时，龙哥突然转头。他一下看到喻冬的眼睛，茫然又带着几分怯怯的惶恐，像受惊小兽的双目。

"怎么了？"龙哥咬着烟笑，"怕我？"

喻冬立刻转开眼神，他和龙哥身后的宋丰丰对上了。

"糟糕！"宋丰丰突然站起来，"喻冬、张敬，你们在佟老师的表格上签字没有？"

喻冬在瞬间捕捉到了宋丰丰的意图。他眼里的惶恐立刻变得更浓厚了："我也刚想起来，你签了吗？"

宋丰丰急坏了，一把揪着张敬的衣领，另一只手捞起桌上的鸭舌帽，对着龙哥连连弯腰道歉："龙哥，我们先回去签字。都忘了，完了完了，今天必须签字确认，不然报不上去……"

他们谁都没说要为了什么签字——本来也没有任何需要他们仨签字的内容——但龙哥却分外关心："怎么考个试，记性就变差呢？你们要长点记性啊。签完回来玩。"

"不要钱？"宋丰丰走几步，又急急回头问一句。

龙哥终于按下打火机，把咬在齿间的烟点燃了。他笑得意味深长："不要钱，想来就来。"

宋丰丰一直笑着哈腰点头，直到把喻冬和张敬拽出网吧才松了一口气。

张敬一头雾水："签什么字？"

宋丰丰没理他，转头把鸭舌帽扣在喻冬脑袋上："你怎么出这么多汗？"

站在街上，喻冬才觉得身上微微发凉。

"空气不好，呼吸困难。"他随便找了个理由。

张敬发现喻冬脸色苍白，很忧虑："出这么多汗，是不是肾虚？最近有没有失眠多梦、手脚冰凉、尿频尿急……"

为了给喻冬确诊，张敬拉着两人回诊所。喻冬一脱离网吧，就不出汗了，精神也好了，三人在张敬家吃完午饭又闲聊一阵，重新精神勃发。

他们再也没去过龙行网吧，平时不是挤在张敬的房间里玩游戏就是打牌。张敬的父亲张格是《大众软件》的忠实读者，宋丰丰和张敬打机的时候，喻冬就坐在地上，一本接一本地看旧杂志。

偶尔他也会翻到新型手机的广告或者简讯，想到宋丰丰和宋英雄以后可以通过卫星电话联系，他便默默把型号记了下来。

几天过后，他把最近几年的"大软"都看完，张敬和宋丰丰也玩腻了游戏。

三人带好装备，委婉地拒绝了张曼的跟随，仍旧骑着哐哐响的两辆自行车，跑到海边游泳。

海边长大的孩子很少有人不会游泳。但对他们来说，"会"游泳和"懂"在海里游泳，是完全不同的两件事。

习惯在游泳池和江河里游泳的孩子是不能贸然下海的。在喻冬下海之前，张敬和宋丰丰反复不停地跟他讲各种注意事项。他们去的是一片少人的海滩，在城市的另一面。塌了一半的堤坝在海水里冒出头，宋丰丰指着堤坝告诉喻冬："绝对不能游出这条破堤外面。"

喻冬点头。

张敬也指着那条堤坝："也不能靠近破堤。"

喻冬又点头。

可张敬和宋丰丰还是不放心，末了直接跟喻冬说："算了，你还是跟着我们吧，不要自己游。"

过了堤坝就是真正的海域，深，风浪大，危险。而堤坝下方的浅滩上布满了深浅不一的海窝，虚松的沙子浮在海窝上，一个个小小的旋涡藏在水中，一旦被缠住了脚，就会被直接拉进海窝里，根本无法挣脱。有时候退潮了，浅滩从海水里露出来，海窝里满满地汪着混着沙子的水，不清不浊，看不出深浅。不熟悉情况的人往往以为那只是一个小水洼，踏入时才猛觉不对——但已经太迟了。

每年夏秋，不知有多少人贪图浅海安全，却困在那些状似毫无威胁的海窝里。

喻冬脱了衣服，果然是三个人之中皮肤最白的一个。

连张敬也好奇了："你跟我们一起游几天，看能不能晒黑。"

喻冬信心满满，笑着摇摇头。

宋丰丰已经钻进海里去了。他从小就在这一片海里玩儿，对这一带非常熟悉，此时划动手脚浮在海面上，看着还没下水的喻冬和张敬。

他知道喻冬白，但没想到真的全身上下都白。在这样的热带城市里，喻冬是一个肤色格格不入的异类。

那天晚上，喻冬拎着一袋海贝回家，一路上不停抓挠脖子，脖子后的皮肤又疼又痒。宋丰丰开始还不觉得有异，吃晚饭的时候才发现，喻冬的脖子和后肩都脱皮了。

喻冬和周兰都不紧张:"从海水里出来再暴晒,是会这样的。"

宋丰丰心疼坏了:"好惨哪!"

他找来这个药那个膏,帮喻冬厚厚涂了一层,嘱咐他睡觉时候趴着睡,别把脱皮的地方蹭破了。药膏是半透明的绿色固体,在脖子和肩膀上揉开了,散出浓郁的气味。

喻冬被宋丰丰搓得很痒,缩起脖子笑。

"过两天再去。"他兴致勃勃,"下次你教我捉鱼。我看到有小鱼,手指大的,抓回来蘸一层面粉和鸡蛋液,再炸一炸……"

周兰常常给他做这样的小菜。那些是怎么都长不大的小鱼,在水里游动时鱼身近乎透明,鱼刺鱼骨头都是软的。用热油炸好后,外头一层面粉和蛋液混合的壳酥脆,鱼肉软嫩,肉里细细的鱼骨提供了些微嚼劲,口感十足,喷香开胃。喻冬就着一碟炸小鱼能吃两碗粥。

宋丰丰不知道说什么好:"你都脱皮了。"

"我说了吧,你还不信。我晒不黑的。"喻冬对他笑,眼神既活泼又狡黠,"脱皮过两天就好了,我以前去海南玩也是这样。"

"你喜欢我给你捉吧。"宋丰丰不答应,"你别去了。"

"要去。"喻冬很固执。

宋丰丰:"你去……也行,但你不能下海,要穿长袖和有领子的衣服,记得带一把防紫外线的伞,就撑伞坐岸上等我们。"

喻冬:"我疯了吗,去海边还打伞?"

宋丰丰没办法说服喻冬,决定暂时转移喻冬的注意力:"你歇两天,我去找人借船,带你出海钓鱿鱼。不要谈条件了啊,再谈条件不带你去。"

喻冬果然上钩了。他从未钓过鱿鱼,为了这项新鲜的活动,他不再执着于下海脱皮。但炸小鱼每天都能吃到。宋丰丰在海滩上走一趟,就能拎回来一袋活蹦乱跳的小活鱼。

好不容易等到喻冬的脱皮症状好转,宋丰丰果然履行了承诺。

这一天,两人早早吃了晚饭,为了空出肚子装晚上的鱿鱼,都只吃了个半饱。

两人拿着专用的钓鱿鱼钩和鱼竿,往码头走去。

经过龙记大排档的时候,龙哥看到了他们,免不了又逮住他们问个半天。

"我和你们一起去啊!"龙哥揽着喻冬的肩膀,"我钓鱿鱼好厉害的。"

宋丰丰和喻冬拒绝了半天,好不容易脱离龙哥的控制。

给宋丰丰提供小船的是宋家的远方亲戚。小渔村里的人,要是往上一辈辈地细细捋宗族关系,个个都沾亲带故。马达在船后叭叭叭地响,小船往海面上驶出去了。

此时正是傍晚,天还没彻底黑下来。在近海海域打鱼的船只正逐渐回港,海面上全是拉长了的笛声。

天与海就靠遥远的那几艘船来分隔,入目都是一色的金红。

宋丰丰回头提醒喻冬检查一下酒精炉,发现喻冬正坐在船中,入神地看着远处一艘返港的船。

他专注而温柔,目光追随一只飞越渔船的海鸥,五六点的金色阳光在他脸上敷了绒绒的一层。

"喻冬。"宋丰丰看他一会儿,有些不好意思似的扭过头,但很快又说,"你以后见到龙哥不要理他,他不太正常的。"

喻冬的注意力回到了宋丰丰这里:"不太正常?"

宋丰丰似乎认为自己接下来的话难以启齿。

"有人看到他在酒吧里摸人屁股。"他小声说。

喻冬半是惊讶,半是茫然:"哦?"

宋丰丰:"你懂我的意思吗?"

喻冬："好像……不是很懂，他为什么摸人屁股？"

宋丰丰只好直截了当："他好像喜欢……"

喻冬睁大了眼睛，似乎想笑，但又没有笑出来："哦……"

日光把喻冬脸上的神情照得一清二楚，但宋丰丰不知道他是真的没懂，还是装作不懂。

宋丰丰有些急了，勾勾手指，让喻冬靠近自己："怎么讲呢……"

他趴在喻冬耳朵边上说了几句话。

喻冬："……"

宋丰丰："懂了吗？！"

喻冬还是愣着，神情古怪极了，最后憋不住哈哈笑了一声："还……还能这样？"

他的脸迅速红了，从脖子到耳朵，再到脸颊和鼻子，全都因为宋丰丰刚刚的话而红透了。

宋丰丰只能装作自己见多识广："你以为！"

他迅速转过脸，趁喻冬不注意，飞快地拍了拍自己同样热烫的脸颊。

酒精炉的蓝色火舌舔舐着薄薄的锅底，细小的水泡在锅底生成，一串串浮到水面，随后破裂。和龙哥有关的话题就此终止，谁也没再提起。

宋丰丰停下船，开始往水里抛钩子。

钓鱿鱼的鱿鱼钩长得也跟个鱿鱼似的，尖长脑袋，触手则是银光闪闪的金属钩，尖端有个小倒刺。

天彻底暗下来了，喻冬看了一眼手表，他们在海面上慢悠悠地飘荡，已经过去将近一个小时。

四面都黑乎乎的，船上点着灯，宋丰丰把一个瓦数稍大点儿的小灯挂在船舷边，就悬在鱿鱼钩上方。

喻冬发现周围也有和他们差不多的船，几个人，小炉子，几根鱼竿与鱿鱼钩,几盏小灯。

"喻冬,鱿鱼来了。"宋丰丰挺高兴地喊他,"你小心点,过来看。"

喻冬转移到宋丰丰这边时,他已经飞快闪到了锅子那头。

被灯光照亮的一小片海水里,有飞快游动的银白色物体,似乎正在围着灯光打转。它们光滑柔软的躯体被灯光照亮了,又因为移动飞快,乍一看,白得像银色的雪片。

喻冬吃惊不小。这还是他头一回直接在海里见到活的鱿鱼。

钓鱿鱼不需要任何饵料,只要一个钩子和一盏灯就够了。鱿鱼是趋光动物,在黑暗的海洋之中只要看到有光,立刻就伸屈手足,直直往光源的地方扑。人只要在光源处放下钩子,鱿鱼一旦碰上了就肯定跑不了。它们柔软的身体立刻会被钩子挂住,着急的时候还会一口口地往外吐墨,船周围的水色也会稍稍变暗。

喻冬看得都呆了。

"钓住一条了!"喻冬大叫。

宋丰丰正往沸腾的清水锅里放姜片。喻冬不知道该称呼鱿鱼为一条还是一只。海水清澈,他能看到钩子上挂的鱿鱼一条条增多。

"现在不算多,最多是四五月份。"宋丰丰用筷子搅动沸水,姜片煮熟了,辛辣的气味冲得他微微眯起眼睛,"鱿鱼冬天要到南海那边过冬,就更接近赤道的地方,比海南岛还南……"

"东南亚?"喻冬主动提示他。

"对对对,差不多。"宋丰丰高兴地点头,"等到四五月份,我们这边的海水水温渐渐恢复,它们就会回来产卵生小鱿鱼了。那个时候的鱿鱼是最肥的,特别香。但我爸他们有个习惯,那个时候大家虽然也出海钓,但是不能钓多,如果发现是要生鱿鱼仔的,还要放回水里。"

渔民对海洋有天然的敬畏。远航归来的人会遥遥凝望乌头山的妈祖像,若捕到太小的鱼则会放回水中;若捕上了满腹鱼卵的稀奇大鱼，船长还会拿着喇叭在驾驶舱里大吼：找死吗！放回去！

海世世代代给他们吃穿，给他们子孙吃穿。他们是靠海讨生活的，渔船出航，渔船归来，带回海洋的无穷馈赠。

这一点儿尊重，跑海的人全都懂。

"现在鱿鱼仔全都生出来了，长大了，所以我们才出来钓。四五月份的时候海上还会有渔监和水警巡逻，我们这种小船钓一些没关系，那种就不行了，被抓到要罚钱扣船的。"

喻冬一直听得认真，此时顺着宋丰丰指的方向抬头一看，附近不知什么时候来了一艘大船，船舷上围了一圈灯泡。就在喻冬看的时候，所有的灯啪嚓一下全亮了。

俩人清楚地听到临近一条船上有人笑骂："那个臭龙！又来抢鱿鱼！"

宋丰丰吃了一惊，连忙收回手。喻冬也没想到那居然是龙哥的鱿鱼船，两人又想起了方才的话题，脸上再次发热。

那头灯光太亮，鱿鱼都被吸引了过去，几艘小的船开始往更远一点儿的地方驶。

船上有人认得宋丰丰和喻冬，跟他们打招呼："黑丰，带喻冬学钓鱿鱼啊？考得怎么样？"

宋丰丰顾不上抗议自己肤色了，拿起筷子遥遥地点向喻冬，骄傲极了："今年状元！"

喻冬："没有，没有，还不知道……"

那几艘船上的人已经鼓起掌了："肯定是肯定是！黑丰，你呢？能读高中吗？"

"何止！我就要和你儿子做校友了！"

那人惊讶了："你都考得上市三中？！"

他们聊得高兴，喻冬发现钩子已经挂满了鱿鱼，于是收线起竿，一把提了起来。

130

"等等！！！"

宋丰丰和对面的人一起大喊。

但来不及了——在离水瞬间，所有垂死挣扎的鱿鱼憋足了劲，使足力气狠狠喷出一口浓墨。

喻冬根本没想到还有这一下，带腥气的水和黑墨已经全溅到了脸上和衣服上。他拎着那串还在兀自扭动的鱿鱼，完全呆了。

宋丰丰抓起身边的毛巾往他脸上擦，一边擦一边笑。

在周围的笑声里，喻冬恼羞成怒，一把捏着宋丰丰手腕："不提醒我！"

"是我的错，我的错。"宋丰丰只好认了。

喻冬的衣服全脏了，他干脆脱了上衣，裸着上半身继续放钩子。宋丰丰守着小锅，也觉得热，两人只穿着沙滩裤，一个负责钓一个负责清理和煮。

最好吃的鱿鱼不需要多余的烹饪调料，放在加了姜片和盐的锅里烫熟就行。薄薄的鱼身颜色变了，柔软的触手也不再摆动，但新鲜的、只属于这片刻黄金烹调时间的香味浓得盖过了大海的咸腥。

喻冬又拉起一杆鱿鱼。他这回学精了，拉出水面之后不敢立刻抬到船上，而是在水面稍稍一拎。鱿鱼吐完了墨，一只只有气无力地挂在钩子上，被喻冬取了下来。

转眼已经钓了整整一脸盆。

宋英雄又出海去了，宋丰丰继续在周兰家里吃饭。这一大盆鱿鱼分一些给张敬，再分一些给隔壁的张妈、六叔、王伯和七婆，剩下的就是他们自己的。

喻冬坐在宋丰丰对面，对着那个还在不断沸腾的锅子开始吃鱿鱼："火调小一点。"

烫熟的鱿鱼直接吃是鲜甜的，味道虽然淡，但绝对不寡，细细嚼起来，在韧和嫩里能尝到甜丝丝的海洋滋味。

宋丰丰又拿出两个小塑料碗，一碗倒些酱油，一碗倒些辣椒酱。两人蘸蘸这个蘸蘸那个，吃得不亦乐乎，都觉得此时此刻就差一点酒。

"但我不会喝酒。"喻冬被鱿鱼烫得伸出舌头，不断哈气，"你会？"

宋丰丰："我从小就跟我爸爸学喝酒。"

喻冬不信："咦……"

他促狭地笑了。

宋丰丰专心烫鱿鱼，抬头时忽然看到喻冬脖子上有半滴没擦干净的墨点。黑乎乎的半滴墨，在喻冬的白皮肤上格外醒目。

"你这里……"他下意识伸手去抹，碰到喻冬皮肤时，喻冬下意识往回缩了一下。宋丰丰继续往前探手，直到把那滴墨完全抹去。

喻冬："……"

想到龙哥，还有宋丰丰刚刚偷偷在他耳边说的那些古怪事情，喻冬挠挠耳朵，有些许的不自在。

眼看快到午夜，两人终于返航。他们吃得太高兴了，不知不觉就把脸盆里的鱿鱼又干掉了十几只。

两人商量后认为，被吃掉的应该是张敬的份。

想到张敬给他们俩提供了玩游戏的工具，他们又逗留了一阵，把属于张敬的那些鱿鱼钓足了。

两人拎着一大袋鱿鱼回家，宋丰丰说他现在就给张敬送过去。喻冬蹲在家门口就着灯光分好给张妈、六叔、王伯、七婆的分量，抬头发现宋丰丰正慢吞吞地在玉河桥上走，认真盯着自己的手指，不知道在看什么。

"十二点了！"喻冬对他喊，"明天再送吧！"

第二天，宋丰丰直接把鱿鱼拎到了学校。

张敬一家人去省城玩了一趟，张曼把头发剪短了，尾稍烫卷。

暑假回校没人穿校服,她套了一件颜色清爽的连衣裙,俏皮的发卷在肩膀上晃动,迫不及待地要让喻冬和宋丰丰见识自己的新造型。

宋丰丰看了大吃一惊:"你原来这么靓吗?"

张曼:"那你以为我是什么样的!"

宋丰丰:"比张敬靓多了。"

张曼追着宋丰丰打,宋丰丰在走廊上跑,手里的鱿鱼一路往下甩水。

佟老师叉腰站在门口声嘶力竭地大喊:"哪个家伙带鱼来学校!哪个!"

在充满鱼腥味的教室里,所有人都领到了自己的分数条。

张敬把鱿鱼挂在窗外,看完自己的分数条,很满意,又过去看宋丰丰的,也仍旧很满意。

"喻冬?"

喻冬的神情很古怪。

"我们班的喻冬啊,是今年的总分第二!"佟老师在上面敲敲讲台,"太可惜了!就比第一名差两分!就一道选择题啊!"

第一名果然是实验中学的,至于到底是谁,他们并不认识。

宋丰丰先是感觉稍稍失望,随后又很快高兴起来,推了推喻冬,小声说:"你可以上市三中了。"

"嗯。"喻冬紧紧攥着自己的分数条。

接下来就是在学校填报各自报考的高中,填报完毕回去等通知书就行。

张敬和他们一样报了市三中,张曼这次考得很好,排名紧紧黏在学委之后。但她报的是华观:"我不想再被我哥的阴影笼罩了。每个老师都跟我说,学学你哥哥,他成绩多好。"

张敬很理解:"太好了,我也不想被你的阴影笼罩。每个老师都跟我说,带带你妹妹,她就差一点。"

133

张曼又要打张敬,张敬火速举起鱿鱼防御。

学校里已经有各个高中摆起宣传牌。他们很简单就选择了未来就读的学校,难的是那些分数不上不下的人。

喻冬站在华观中学的宣传牌前。喻唯英当年是华观的风云人物,他的名字也同样出现在华观的简介中,还配了照片。宋丰丰和张敬也凑过来和他一起看。

"好丑啊!"宋丰丰语气热烈地贬低喻唯英的外貌,"他隔壁这个好看一点,人上的还是外国大学,比喻唯英厉害。"

张敬:"喻唯英到底是……喻……?"

他忽然闭了嘴,悄悄看喻冬。

喻冬摸着自己的手表,眼神阴沉,一直没有离开过喻唯英的照片。

"我要回家一趟。"他低声说,"跟……我爸爸讨论讨论,去上哪个学校的事情。"

离家大半年,喻冬第一次主动给喻乔山打了电话。

喻乔山很快接听,以为喻冬出了什么事。喻冬告诉喻乔山自己的成绩,喻乔山非常高兴,笑得豪爽,但声音从听筒里传出来有些瓮声瓮气。

周兰这几天不在家,出远门去探望自己的老朋友,张敬和宋丰丰在桌边一边吃午饭一边听喻冬口吻冷淡地打电话。今天这一顿是宋丰丰做的,只有一碟咸鱼、一碟青菜外加一罐子腐乳,完事。

喻冬把自己家里的那些事情掐头去尾告诉张敬。张敬第一次亲耳听到这种豪门秘事,又觉新鲜,又觉诧异。

"不是豪门。"喻冬跟张敬解释道,喻乔山是白手起家的,只是碰上了好时候。

计算机产业刚刚兴起,他恰好抓住了机遇,得到了一些关键的技术，因而才在短短数年间迅速积累，成为行业内数一数二的人物。

"我三十号回家。"喻冬说，"就是后天。需要我给你们带什么吗？好吃的、好玩的，或者球衣、球服都行。"

"你是回家谈判啊，还是去玩啊？"张敬问。

喻冬耸耸肩："都差不多。估计谈不了多久，要不就他始终不答应，要不我很快说服他。"

宋丰丰喝着第二碗粥，抬头提醒："我三十一号生日，你能回来吗？"

"当然能，我不会在家里过夜的。"喻冬点点头，"你要什么礼物？新球鞋？"

张敬很不满地放下碗。

"你们这种富二代怎么那么讨厌呢？"他屈起手指，敲敲桌面，"圣诞节送礼，过年送礼，什么都要送礼。又不是送人情，有意思吗？你看，今天你送给宋丰丰，那宋丰丰改天肯定要送还给你。然后等到过啥节了，你还得回礼给宋丰丰。接着宋丰丰又要送还给你……"

他唠唠叨叨说了半天，最后来个总结："子子孙孙无穷尽也。"

宋丰丰："……你确定这句话没用错？"

"不送了啊。"张敬说，"你如果送，我也要送。我最近手头没钱了。"

其他两人知道他打的其实是这个主意，毫不留情地嘲笑起来。

张敬剪了新发型，买了新衣服、新鞋子，加上天天锻炼，看上去不仅没那么胖，而且还多了几分利落的少年气，自觉比之前顺眼很多。

"学委表妹帮忙打听到的，他女神也报了市三中。"宋丰丰咬着咸鱼的鱼尾笑，"就是多你两分的那个中考状元，叫什么来着……名字好难记。"

"关初阳！"张敬急忙补充。

宋丰丰和喻冬敲桌狂笑。

喻冬回家那天下着大暴雨，邻居把他送到火车站。喻冬在车上睡了一觉，醒来时火车还在前进，窗上是密密的雨帘，水一股股地往下泼，像是有人站在车顶往下倒水。

在模糊的窗玻璃之外，田野与低矮群山的上空露出了明净的蓝天。

喻乔山没到车站接他，喻冬走出出站口，远远看到喻唯英站在人群里。

喻唯英看上去跟周围格格不入，商务气息太浓了，满脸的不耐烦。喻冬知道这肯定是喻乔山的要求。喻唯英不想见到他，他同样也不想见到喻唯英。他转身悄悄从另一个出口溜出去，跳上公车，继续在最后一排打盹。

这里也在下雨，虽然相隔几百公里，但夏季的雨云宽度惊人，统辖了一大片土地。

到了别墅区门口下车，喻冬发现自己把雨伞忘在了火车上。他到保安室借伞，那保安还认得他，惊讶不已："喻冬，你怎么黑了？"

喻冬惊奇且高兴："真的吗？"

他撑着印有物业标识的大黑伞慢慢往山上走。别墅区占据半面山，开车很方便，在雨天里步行则稍稍有些吃力。

喻冬打量自己手臂。他的白是在疗养院里捂了大半年才捂出来的，他并不喜欢。

走到半途，路上哗哗驶来一辆车，拐弯甩尾时泼了他一身水。喻冬气恼，抬头发现那是喻唯英的座驾。车子很快在路上消失了，他继续撑着大伞，慢吞吞地一步步往上走。

曾经有过那么几个瞬间，喻冬觉得喻唯英也是个可怜人。

喻唯英的母亲是在跟喻乔山分手之后才发现自己有身孕的。分手的原因很简单，喻乔山和喻冬母亲在一起了。

136

当时喻乔山想要从一个科研组里获得重要的行业技术，但科研组的负责人极难攻下。阴差阳错之下，喻乔山偶然认识了学校里一位正在读研的女学生。巧得很，那姑娘是科研组负责人的弟子，而且也是他的干女儿。

　　喻乔山怎么会放过这个机会。他只稍稍一查便查到，女学生曾为一位在街上突然倒地的老人实施心肺复苏，争取到了极为宝贵的抢救时间。那个老人正是科研组负责人年迈的老父亲。负责人夫妇无儿无女，便干脆认了女学生做女儿，又是感激，又是疼爱。

　　喻乔山确信自己第一次以那女孩男友的身份登门拜访的时候，当时已经白发苍苍的两位老教授并不知道自己的真正目的。

　　结婚之后，他想要的东西很快就到手了。

　　老教授认为喻乔山是个有能力的人，那几项专利技术放心交给他去运作。喻乔山的事业很快有了起色，并且越来越红火。

　　喻冬出生后不久，喻乔山的前女友来找他了。家庭的穷困与亲人的重病榨干了女人所有的钱财和力气，她不得已抱着喻唯英偷偷地来找喻乔山，求他给自己和孩子一笔能活命的钱。那时候的喻唯英已经七八岁了，可是因为没有户口，连学都上不了。

　　喻乔山从什么时候起把自己的妻儿称作"异类"，喻冬不知道；喻乔山到底有没有对母亲付出过真心，他也不知道。但他在自己成长的十几年里，自认为应该是被喻乔山爱着的。那些疼爱和真心，应该是没办法伪造的——直到喻唯英故意将那些信件展示给他看。

　　喻冬找不到这一切变质的节点，只能告诉自己：一开始就是变质的，只是你还稚嫩，你不懂而已。

　　家里只有喻乔山，刚刚回来的喻唯英和他的妈妈似乎不在。

　　换了衣服后，喻冬拉出一个小行李箱，把房间里的一些衣物和零碎东西都装了进去。喻乔山等他吃饭，却看到他拎着行李箱下来，吃了一惊。

"我以为你要搬回来。"他略显不满,"怎么还要去住那边?"

喻冬很惊奇。喻乔山的口吻自然得仿佛自己已经原谅他了。

"我不回来,继续跟外婆一起住。"喻冬坐在桌前看着他说,"爸爸,可以吗?"

他许久没喊过喻乔山"爸爸",此时眼神里充满恳求和哀切,像揣着种种不安,等待着父亲的答案。服软的喻冬很有杀伤力,喻乔山的语气也软了:"怎么了?不是答应过爸爸,上了高中就回家吗?"

他顿了一下,又问:"是不是不喜欢你哥哥?你哥哥现在买房子,很快就出去自己住了。家里就只有我和阿姨两个人……你不想叫妈妈也行,就喊她'阿姨'。"

喻冬不吭声,低头擦了擦不存在任何眼泪的眼睛。他用的力气有点大,把眼睛擦红了。

"我上次不是故意叫人打他的。"他低声说,"他打我的脸,我朋友见到了才……我不想见他,他说我是没有妈的小杂种。"

他说得小声而含糊。当时在那里的只有喻唯英和自己,并没有第三者旁证。喻冬一边说一边在心里想,自己也学会这样害人了。

"杂种"这个词果然让喻乔山震怒了。他摔下筷子,狠狠骂了一句。

喻冬立刻抬起头,眼睛泛红,抽抽鼻子:"爸爸,我不去华观可以吗?"

"华观好啊,华观我认识很多熟人,还能给你安排最好的老师和班级。"

"我不想去华观……"喻冬小心地拿捏着分寸,一只手摸着饭桌上的杯子,指腹不停地、机械地在冰凉的玻璃上擦蹭,"爸爸,我现在说话说得很好。"

他的心因性失语果然是喻乔山心中的一处软肋,喻乔山立刻闭上了嘴。

"我可以报市三中吗？"喻冬急切地问，"我的好朋友都在市三中。他们很照顾我的。爸爸……"

在这场短暂的对话里，他已经喊了好几次爸爸。喻乔山没法否决，沉思许久之后，应允了。

"你可以常回来看爸爸。"他温柔地对喻冬说，"你是高中生了，长大了，要懂得孝敬爸爸了。"

喻冬点点头，一言不发。

两父子以难得的温情结束了一顿饭，喻乔山让喻冬留下来住几天，但喻冬说周兰身体不舒服，他回去还得带她去诊所看医生。

他答应喻乔山，一定每周都回来陪他吃饭。喻乔山信了，高高兴兴地开车把喻冬送到火车站，还买了一堆补品让他给周兰捎回去。

喻冬对自己的表现很满意。喻乔山是吃软不吃硬的人，跟他硬碰硬没有意义。

喻冬把手里的补品在小卖部以极低的价格卖掉，吃完两根冰激凌后，高高兴兴上了火车。他知道周兰现在已经回来，张敬在宋丰丰家里看动画，他们都等着自己。

回程时又下起小雨。渐近傍晚，天暗了下来。矮山山脚下的小村镇亮起一片片朦胧的灯光。

喻冬心里没有任何恐惧，无论对喻唯英，还是对受自己欺骗的喻乔山。

有一个地方，有一些人等待他归来。强韧的勇气在他心里扎了根，他什么都不怕。

喻乔山在多次打电话给周兰，却次次被粗暴地挂断之后，终于明白自己被喻冬骗了。

他如何暴跳如雷，喻冬没有兴趣了解。但无论怎样愤怒，喻乔

139

山始终没有断喻冬的生活费。

这次小小的胜利给喻冬带来的鼓励，让他一直以极佳的心情迎来了市三中的开学。

注册时刚把录取通知书递出去，那老师立刻抬起头，一把抓住了喻冬的手："总算来了！"

喻冬："？"

他被教导主任拉走，宋丰丰和张敬呆站片刻，互相安慰："前几名都是这样的了，要先跟校长谈话。"两人勾肩搭背，约上同样报了三中的学委和班长去看分班情况。

教导主任拉走喻冬的原因非常简单：在下星期的高一开学典礼上，喻冬要代表学生发言。

喻冬："……我是第二名。我记得状元也报的三中，那应该是状元讲话吧？"

"她发烧，状态不太好。"教导主任转头对趴在桌上的学生说话，"关初阳，下周你行吗？"

女孩抬起头，一张脸憔悴苍白，确实不太妙。

喻冬又惊又奇：这姑娘正是张敬在教堂里拍到的那个陌生女孩。照片被张敬珍而重之地收藏着，夹在某本从未翻开过的新书里。

我见到张敬的女神了！——喻冬脸上冷静，心里已经冒出了无数嘿嘿嘿怪笑的小人。

关初阳脸上带着高烧的潮红，喘气很粗。她看到喻冬走过来，直接将自己已经完成的讲话稿递给他："你看看吧，不合适就改。"

见她声音嘶哑虚弱，喻冬说了一句："你还是回家休息吧。"

"嗯。"关初阳抬抬脸，"你先看看稿子行不行，我跟你说说上台的流程。"

忙碌的教导主任已经离开了。喻冬这才明白，关初阳即使身体不适也要留在这里，是要给自己交代清楚下周一的事情。

讲话稿无非是一些场面话，喻冬很流畅地念了一遍，抬头望向关初阳，发现她非常不满意。

关初阳："没有感情。"

喻冬："……这种东西要什么感情？"

"朝气蓬勃点儿啊。"关初阳说，"你几岁？十六还是六十？"

喻冬对这种积极得过分的演讲稿并不感冒，但仍旧认真跟她请教："那我应该怎么念？"

关初阳用嘶哑的声音激情澎湃地给他念了一遍。

虽然激情澎湃，但她脸上没什么表情，连眼皮也倦得不想抬起来似的，眉毛一会儿皱起一会儿舒展开。虽然稿件内容充满朝气，但念稿子的人却仿佛傍晚的太阳，满脸带着"困死了，想回家睡觉"的表情。

喻冬心想，你也没比我好多少啊。

"……别看我表情，我现在笑不出来。"关初阳看了一眼体温计，"我快四十度了。"

喻冬："那你还是快去看病吧，别管什么演讲了行吗？"

关初阳："那你再念一遍，我听听。"

喻冬只好按照她刚才演示的调调诵读，这回总算达到了合格分。

关初阳临出门前，回头对喻冬说："一会儿你帮我跟班主任请个假吧，我撑不住了。下周再见。"

喻冬："班主任？你哪个班？"

关初阳看他的眼神仿佛看着一个呆子："我跟你同班，高一（1）班，实验班。"

市三中的分班策略跟十六中几乎是一样的，考入市三中的学生按分数排名，前一百二十名打乱分成两个班，高一（1）班和高一（2）班，并被冠上实验班之名。

宋丰丰自然进不去这两个班。他搜寻半天，总算在高一（8）班的角落里发现了自己的名字。

张敬激动坏了，抓着学委和宋丰丰的胳膊："我跟女神同班！"

宋丰丰也羡慕坏了："你还跟喻冬同班。"

班长和学委的学霸表妹分在（2）班，只是隔壁，相隔不远。

几人在校园里乱逛，等待喻冬从教导主任的办公室里出来。

市三中的校区很旧，历史最古老的一栋四层小楼甚至是文物保护单位，从清朝留存到现在，修缮了好几次，外墙尽量保存着原本的模样，里头明亮宽敞，改造成了图书馆和生物实验室。

小楼外是一条狭长的校道，连接教学楼和篮球场。校道两侧种满了羊蹄甲，一年能开好几次花。九月份恰好不是花季，果子倒是结了许多，狭长的豆荚一根根垂挂下来，宋丰丰个子高，一路捏过去。

"都是瘪的。"他说。

过了篮球场就是操场，足球场上铺满了绿色的人工草皮，宋丰丰表示相当满意。

操场边上还有几栋旧楼，高三的复读班就分布在这里。一墙之隔则是市里的老年人活动中心，有慢悠悠的乐声跨过围墙传过来。

而越过老年人活动中心，就能看到乌头山山峰，妈祖庙、佛寺和教堂都在另一面。

绕着学校逛到第三圈时，喻冬总算出来。众人把宋丰丰送到了（8）班，和他道别之后浩浩荡荡上楼，直抵位于教学楼最高层的（1）班和（2）班。

宋丰丰趴在走廊栏杆上喊了喻冬一声。

喻冬在楼梯间探出头："怎么了？"

宋丰丰："一会儿你们要等我啊，不能先走。"

喻冬："知道了！"

张敬从喻冬身后探出脑袋："黑丰拜拜。"

宋丰丰一生中从没有一刻像现在这样后悔没能好好学习。他走进教室的时候心中充满遗憾：自己在二楼，喻冬和张敬在五楼，相隔实在太远了。

虽然进了市三中，但宋丰丰没有到市里的新套间住，仍旧窝在兴安东街的旧房子里。宋英雄问他为什么，他说那里住着舒服，到了新家没人做饭，还是得一天到晚在外面吃快餐。

宋英雄说，那你吃学校食堂啊。宋丰丰就开始耍赖了："食堂哪里有周妈的菜好吃。"

宋英雄心想也对，于是答应了儿子的要求，再次强调让他跟着喻冬好好学习，不要辜负了市三中的好条件。知道宋丰丰还是住在玉河桥对面，喻冬也很高兴。两人结伴去买了新的自行车，配了一模一样的锁头。

张敬上楼的时候还在叹气："我跟宋丰丰小学一年级就认识了，一直都是同班同学，在学校里从没有隔过这么远。"但很快他又高兴起来，"女神和我同班！"

喻冬连忙告诉他关初阳已经回家。张敬登时丧气："那我还是继续思念宋丰丰吧。"

两个实验班基本坐满了人，不大的教室里挤挤挨挨，拼命填满六十个学生，一进入顿时感觉空气都闷热了许多。

喻冬悄悄从后门溜进去，尽量在不引起别人注意的情况下，坐在最后一排唯一的空位置上。第一排完全空着，后面几排全都坐满了人。喻冬发现班上大部分是实验中学的学生，他们就像在搞同学聚会一样，交谈得非常热烈。

喻冬的同桌趴着睡觉，他看了那人几眼，发现他居然打着耳洞，但再定睛细瞧，原来是耳垂上恰巧有一粒痣。

班主任来了之后讲了一些话，按座位开始一个个自我介绍，想竞选班干部的也可以现在就提出来。喻冬打了个呵欠，昨晚看漫画

143

看得太晚，他有点困。

轮到学委自我介绍。他大大方方走上讲台，简单介绍完自己之后轻咳一声，语气严肃："各位同学，我要竞选的班干部是我们班的学习委员。从小学开始，我一直都当学习委员，并且工作认真负责……"

喻冬迷惑不解，学习委员能有什么工作？

"……重要的是我运气很好。"学委顿了一下，"比如，我押中了今年的中考作文题。"

教室里爆发出一阵笑声。

学委很镇定："我的同班同学喻冬一会儿可以为我作证。"他遥遥指向喻冬。

喻冬："……"

结束了自我介绍和给学委作证的环节，喻冬回到座位上，推醒了同桌。

耳朵上有颗痣的男孩打着呵欠起身，抓抓头发，对喻冬低声道谢。他有一双细长的眼睛，整个人瞧着没什么精神。

"我叫郑随波，学画画的。"

走上台之后，他的神情终于略显认真。

"我是市三中最优秀的艺术特长生。"

说完之后，郑随波站在讲台上回味着自己的话。像是很满意似的，他渐渐精神起来，自顾自点点头，抓起讲台上的黑板刷当作麦克风："其实我唱歌也不错，择日不如撞日，我跟大家唱一首《乱世巨星》吧……"

班主任连忙把他赶下来。

喻冬认为这个人跟张敬可能很好聊。

周一的开学典礼如期举行。喻冬拿着讲稿在升旗台后面转来转去背稿子，鼓号队的男孩、女孩都在好奇地看他。喻冬毫不掩饰自己的紧张。

眼看校长讲话就要结束,他背上冒出一层热汗。在家里背稿的时候很顺利,可是现在他连站在鼓号队面前都局促万分。

正踟蹰着,身边伸来一只手将他的讲稿抽走。

关初阳的长发扎成一束整齐的马尾,脸色红润,精神百倍。她似乎已经退烧了,腰背挺直,整体状态看上去比所有人都好。

"我来。"她简单扼要。

喻冬感激坏了:"谢谢你啊,女神。"

关初阳:"……什么?"

喻冬笑着摆手,缩到了边上。

国旗在晨风里飘扬,关初阳在日光里站上了升旗台,代表高一新生发言。喻冬乐颠颠地想,张敬看到关初阳一定很高兴。

但很快,他记起了今天和宋丰丰一起上学时宋丰丰的快活神态。

"我朋友要上台演讲了!"宋丰丰特别高兴,"有点厉害啊,喻冬。"

让宋丰丰失望了。喻冬心里揣着这件事,始终有些愧疚。

开学第一天有些忙乱,郑随波莫名其妙成了文艺委员,负责做班级黑板报,问了喻冬好几次写粉笔字好不好看。

"四块黑板。"放学的时候郑随波拽住喻冬说,"班上一块,宣传栏里还有三块。我干不完的,喻冬……"

他是个自来熟,才不过一天就单方面和喻冬成了好朋友,紧抓喻冬不放:"作为朋友,关键时刻要为我两肋插刀。"

宋丰丰和张敬在后门喊:"喻冬?"

喻冬连忙扒拉开郑随波,拿起书包蹿出教室,推着张敬和宋丰丰往前走。

张敬探头探脑:"我女神呢?"

喻冬:"被老师叫走了。回家回家。"

宋丰丰："刚刚那个是谁？"

喻冬："我同桌，一个艺术特长生，画画的。"

宋丰丰惊讶极了："那他中考考分应该很高？"

喻冬点点头："全市排名八十六。"

宋丰丰嫉妒了："脑子怎么长的……"

他今天跟球队请了假，回家整理家中物件。

台风风球已经高高挂起，夏秋季节最可怕的自然灾害就要降临。

"外婆让你到我们家里来避避。"喻冬说，"电视、电脑什么的，能搬就搬过来吧。你家那儿漏风又漏水的。"

宋丰丰："那我还跟你睡？"

喻冬："或者你睡地上。"

张敬的注意力终于从关初阳的去向转到了身边的朋友身上。他卡着宋丰丰脖子不甘心地大喊："我也要去喻冬家躲台风！你们俩秘密这么多，我也要掺和一脚！"

喻冬弯腰开锁："没有秘密。"他把钥匙往U形锁里捣了半天，才发现自己开的是宋丰丰的车。

第六章
台风与情书

对沿海地区的人来说,一年之中最需要警惕的自然灾害是台风。此次台风先在台湾屏东登陆,登陆后强度稍稍减弱,但离开屏东之后,风眼越来越清晰,强度居然又开始增大。

放学之前老师也在提醒学生,一定要密切关注天气预报和台风预警。但基本上,学校就一个原则:"雨太大就不用来了,其余情况,还是坚持坚持。"

回家路上,宋丰丰和喻冬看到路边的树木开始加固或者剪去多余枝叶,高耸的广告牌正在被拆除,许多户外灯箱纷纷被卸了下来。

兴安街临海,但好就好在它的港口是长形的,狭长的洋面像一枚蓝色的钉子深深插入陆地。无论外头风力多强劲,港湾里情况都不至于很严重。但即便这样,宋丰丰的记忆里也仍有因为台风太过猛烈而要离家避难的时候。

"现在还没收到通知,应该没关系吧?"喻冬心存侥幸。他从未在海边直面台风,反倒觉得很有意思。

第二天的气温高达三十三摄氏度,地表温度可能接近四十摄氏度。体育课上只有寥寥几个人还在打球,其余人都在树荫底下学做广播体操。天气太热了，去年军训发生过事故，今年教育局干脆取消了军训。昨天有别班学生在上课时中暑倒下，学校紧急要求各位体育老师把握好分寸，老师们对异常情况更是警惕万分。

体育老师的注意力放在女孩和喻冬身上："这位同学需要休息吗？"

喻冬莫名其妙："不需要。"

天地仿佛凝滞，没有一丝风。中午学生和老师全都离校之后，整个校园像凝固了的风景画片，没有一片树叶被流动的空气惊扰，连鸟儿的声音也全部消失了，像被高压气团一口气抽走了似的。

宋丰丰回到家，第一时间打开电视，媒体正在跟踪报道台风路径。它已经离开屏东，正往西北方向移动，现在就在两个省交界处的延长线上。

天气闷热得令见惯了台风的宋丰丰越来越不安。宋英雄的渔船在南海海域，和台风是两个方向，他担心的不是父亲和他们的船队。

吃饭的时候，周兰说出了宋丰丰想说的话。

"好多年没有这么热了。"周兰说，"这次的台风很厉害。"

气象局对这个热带气旋的命名已经从"台风"升级成了"超强台风"。

午觉醒来，外面已经下起小雨。超强台风外围扫过，小城受到影响，风雨渐渐剧烈。

喻冬冲出阳台收衣服。顺着玉河桥方向望过去，在码头的方向上能看到一个矗立在渔监局楼顶的小塔，塔顶上悬挂起圆形风球。

周兰让他别去学校，可是他和宋丰丰都没有接到老师和班干部的通知，只能咬牙披上雨衣，各自蹬车往学校赶。

东街比西街地势稍低，宋丰丰怕家里被淹，中午已经和喻冬一起把贵重电器全都搬到周兰家中，和这些贵重物品一起转移的还有相框和他的一堆漫画，乱七八糟地放在喻冬的房间。

风越来越大,雨也愈加凶猛。雨衣被无数次掀翻,喻冬只觉得自己的手都被沉重的雨珠砸痛了。在距离学校还有一条街的时候,两人看到了骑车往回赶的张敬。

"别去了!"张敬欢天喜地地冲他们俩喊,"从今天下午开始停课!门卫说的!什么时候恢复等通知!"

两人立刻掉头,又迎着风雨艰难地蹬着车回去。

台风来势汹汹。按照惯例,它应该在第一次登陆之后强度减弱,再次登陆之后会弱化为热带风暴,所带来的风雨不值一提。但奇怪的是,这次台风不仅没有减弱,反而越来越强,最终突破了现有的台风评级——这是一个已经超过十三级强度的超级台风。

之所以定为十三级,是因为评级标准的最高级只有十三级。

兴安街人来人往,非常混乱,自行车难以通过。几辆大巴停在街口,戴着黄色小帽的人拿着喇叭声嘶力竭地喊:"抓紧时间!不要拖拉!"

"外婆!"喻冬掀了雨衣,推着自行车飞跑回家。周兰背着旧书包等待着两人,看到他们回来总算松了一口气。

为了防止出现不必要的损伤,市里决定转移兴安街上的所有居民。

"在图书馆住一晚上就可以回来了。"周兰让宋丰丰和喻冬立刻收拾重要的东西,"不用带那么多,席子带两床吧。"

宋丰丰没什么可收拾的,他的东西在搬过来的时候已经拾掇好了。喻冬把自己的身份证揣进书包里,抬头看到宋丰丰把相框也带走了。

"这个很重要。"宋丰丰认真地跟他解释。

宋家天台上的花也都搬了过来,杂物将喻冬不大的房间挤得满满当当。喻冬关紧阳台的窗门,宋丰丰用布条死死堵上缝隙,两人反复确认安全之后才下楼。锁好大门后,宋丰丰找来几块木板钉在门下挡水。

祖孙三人跟着兴安街的其他人在路口等待登上统一安排的大巴车。

风已经大到无法撑开雨伞,所有人都套着雨衣,最有先见之明的则穿了上下两件套的雨衣和雨鞋,把自己护得严严实实。

不过下午四点,天色已经阴沉得如同入夜。

喻冬看到街上还有几户人家亮起了灯,扯扯宋丰丰的衣角,向他询问。

确实有人不肯走,但能留下来的也都是年轻人。兴安街不是重点的转移区域,声嘶力竭的领导也顾不上这些赖在家里的人,反复叮嘱注意安全之后开始安排人员依次序登车。

喻冬和宋丰丰在队伍末尾等着,身边有个小女孩抓住喻冬的裤脚,喻冬抱起小姑娘,递给在前方伸手的女人。

就在这时候,喻冬突然间想起了挂在家中墙壁上的那个相框。相框里有许多照片,照片上是他的母亲,他年轻的、美丽的母亲。那是他唯一可留存的关于母亲的印象。

"外婆,我忘了东西!"喻冬把宋丰丰往前推,对车上的周兰喊,"我回去取,很快回来!"

喊哑了嗓子的男人大骂一句,催促他赶快行动:"那你只能坐下一趟!"

"好好好!"喻冬裹紧雨衣,拔腿往回跑。

海风呼呼怪叫,掠过喻冬的耳朵。他抓住胡乱飞腾的雨衣,拼命往前跑。玉河桥下的废船纷纷碰撞,发出巨大的响声。水已经涨起来了,浪涛声越来越响。

等跑到家门口正要开锁,喻冬忽然发现门没锁上。

这不可能,他是亲眼看着宋丰丰钉木板和锁门的。喻冬心中升起一股不祥之感,张嘴大吼一声:"什么人!"

话音刚落,虚掩的门就被猛地撞开。一个人从里头窜出来,喻冬被撞倒在地,那人在风雨里头也不回地跑了。

喻冬万万没想到居然有人趁这个机会行窃,又怒又恨,勉强冷静下来跨入门内,顺手按亮了灯。

他迅速从墙上摘下相框,拆开后将照片全都装进自己书包里。

屋内没有什么失窃的痕迹,只是相框下的柜子已经被人打开了,里面的东西倒在地上。喻冬恨得直想骂人,但他已经没时间整理了。转身正要离开,头顶突然啪地一响——灯灭了。

在灯灭的瞬间,有人从门外冲了进来,带着一头一身的水。

喻冬大吼一声,举起拳头就往那人身上砸。

他的拳头正砸中那人下巴,那人痛叫一声,扯着喻冬胸前两根书包带往一旁倒:"是我!"

喻冬连忙收回了第二拳:"宋丰丰?"

宋丰丰是回来找喻冬的,他怕风雨太猛,喻冬找不到路,而且喻冬瘦,在他看来是那种一吹就能飞上天的瘦。

喻冬连声跟他道歉,他说没事,转身去看门锁。

之前那个撬门行窃的人把门锁撬坏了,门关不上。两人忙了好一阵,眼看雨水不要命似的一股股往屋里泼,但门就是关不紧。厅里渐渐进了水,地面湿成一片。

天色更暗了。喻冬找出半截蜡烛点燃,放在饭桌上。宋丰丰让他把二楼晾被褥的粗长竹竿拿来顶门,随后立刻把缝隙堵上。在竹竿还勉强能撑住的时候,两人把厅里的沙发、茶几、电视柜全都移到门后,死死撑着被烈风吹得震动不已的门扇。

只是这回他们谁也出不去了。

"你傻吗?"喻冬坐在地上,踢了宋丰丰一脚,"回来干什么?!"

宋丰丰小心地把蜡烛移到两人中间，盘腿坐下。

"回来救你。"他咧嘴一笑，"要不是我，你现在还蹲在门口哭吧。"

喻冬："谁哭了？"

宋丰丰："我哭，行了吧。"

车队已经离开，周兰会被妥善安置在安全的地方，喻冬并不紧张。奇怪的是，即使他知道现在自己和宋丰丰待的地方并不十分安全，他也不焦虑。

在几乎被狂风吹成横线的雨幕里，他们能看到玉河桥对面的东街还有几点灯光。

"开小卖部的诚哥也没走，他家里东西太多搬不了，所以一直在加固门窗。"宋丰丰给他指点，"诚哥有发电机。"

有的人点起蜡烛，有的人打开应急灯，而财大气粗的诚哥直接用上了发电机，整个小卖部在黑沉沉的风雨里像一处发光发亮的圣坛。

喻冬对着天空拜了拜："快来电吧，快来电吧。"

两人无事可做，就着烛光打牌。各自输赢几场之后，两个人都饿了。

喻冬打开周兰的收音机，电台所有节目都取消了，全天二十四小时滚动轮播台风路径走向和市里各个地方的状况。

图书馆那边的安置点已经满员，兴安街大部分居民成功转移。现在从海边撤走的人主要往体育馆方向去……教堂顶上的十字架失踪……妈祖像被临时加固，但情况不容乐观……一对登山的情侣在乌头山失联，目前紧急派出两名联防队员前往搜寻，但希望渺茫……

声音断断续续，不知是收音机过分老旧，还是受到了风雨的影响。

宋丰丰把蜡烛拿到厨房，煮了粥，还煎了一碟子鱼。冰箱里放着不少食物，他怕天气太热会放坏，干脆把隔夜的菜全部混在一起，放锅子上蒸热，端到饭桌上。

这顿晚饭吃到一半，周兰打电话过来了。她借用安置处座机，一听到喻冬的声音立刻开始大骂。

喻冬从没见过她这么凶悍的样子，被骂得连连点头，鸡啄米似的。

好在台风路径稍稍偏移了这个城市，并不是正面袭击。宋丰丰也跟周兰说了几句话，笑嘻嘻安慰她。喻冬觉得特别奇怪：明明外婆还是怒气冲天的，但宋丰丰三言两语开个玩笑，外婆的态度就变了。

"我绝对喂饱他，绝对照顾好他。"宋丰丰大声说，"喻冬少了一根头发，我赔你两根！"

喻冬："……你头发还没我多吧？"

宋丰丰放下了电话："是没你那么长。"

一顿饭吃完，蜡烛的光越来越弱。两人都不乐意洗碗，猜拳推了半天，喻冬去洗碗，宋丰丰去找新的蜡烛。

二楼的杂物房黑灯瞎火的，宋丰丰全凭记忆摸索。他记得今年过年时，他到周兰家帮忙打扫卫生和搬东西，确实看到过一包白胖圆润的新蜡烛。

喻冬小心翼翼地端着剩下的一截蜡烛走上来。烛火摇动，他的影子像个黑色的、薄薄的巨人，贴在墙壁上随之移动。

宋丰丰找到了那包没被使用过的蜡烛，拿出一根，凑过来点火。他低着头，小心将烛心的棉线凑近喻冬手里的蜡烛。

喻冬看着宋丰丰。物业的保安说他黑了，他觉得不对。黑的那个人应该仍旧是宋丰丰。宋丰丰的眉毛黑，眼睛黑，睫毛很长，被烛火映得晃动不止。新的蜡烛终于被点燃，火光腾地变大，宋丰丰整张脸都被照亮了，像有揉碎了的光粒黏着在他的头发上，连发根和额上的细小汗珠都隐隐约约被照亮。

"好了,换我这根。"宋丰丰把翻出来的一个月饼铁盒倒扣着,将蜡烛黏在上面,还抬头对喻冬笑,"我说了吧,没有我真的不行。"

两人在家里待着,实在无聊,继续打牌也没什么意思,宋丰丰开始跟喻冬聊起自己班上的事情。

高一(8)班是个普通班级,有成绩不错的学生,也有宋丰丰这样的体育特长生或者艺术特长生。宋丰丰被按头当了体育委员,每天早上苦兮兮地站在队伍前面带着全班同学做早操,终于了解喻冬害怕被人注视的感受。

"你不是要训练吗?"喻冬正披着毯子吃番薯干。虽然九月份气温仍旧很高,可风雨让温度骤降,有些凉了。

"刚开学,教练让我们多熟悉熟悉学校环境,现在高二全面恢复训练,高一等到十月才开始。"宋丰丰问他,"这个伸展运动是先迈右腿吗?好像还要把腰压下来?"

他做了个大鹏展翅的姿势。

喻冬:"……先迈左腿吧?"

宋丰丰:"右腿。"

两人僵持不下,喻冬先放弃了:"好的,右腿,是要把腰压下来……我帮你。"

他坏笑着甩开毯子,冲宋丰丰伸出手掌。宋丰丰立刻举手防御:"你又想挠我痒痒!别过来,你比我还怕痒,想死吗!"

喻冬一想,也对。为了保护自己,他悻悻收手。

正准备坐好,喻冬忽然听见身后"砰"的一声巨响——是阳台上的窗户碎了!

在响声发出的瞬间,他并没能立刻回头或是闪避。喻冬没有这样的经验,但他看到宋丰丰朝自己扑了过来。

宋丰丰反应极快,一只手把喻冬揽进自己怀中,一只手扯起喻冬丢在地上的毯子，以几乎不可能的速度将两人都罩了进去。

蜡烛被宋丰丰踢翻在地上，立刻熄灭了。

一根用来支撑广告牌的钢管从窗户的破洞掉进来，在地上翻滚。

宋丰丰的呼吸和手都在颤抖。喻冬的耳朵贴在他胸膛上，能听到他擂鼓一样的心跳声，两人被这突如其来的意外吓得结实愣住。

"没事吧？伤到哪里了？"宋丰丰毯子也不敢揭，黑灯瞎火地就在喻冬脸上和背上摸，"……吓死我了。"

喻冬惊魂甫定，终于找回了说话的调调："你呢？"

"我问你！"宋丰丰大吼，"台风天你怎么能坐在窗户下面！"

他摸上了喻冬的耳朵："耳朵呢？耳朵没事吧？能听到我讲话吧？"

喻冬一把将他的手抓住："我没聋！讲了十万遍了……我也没伤。"

宋丰丰的脚踝没被毯子遮住，窗户的碎片擦出了一道浅浅的伤痕。

两人再次把蜡烛点起来，放在不会被风吹到的地方，再处理窗户上的破洞。砸破玻璃的正是那根钢管。宋丰丰先扯了窗帘塞在破洞上，但很快就发现不行：雨水打湿窗帘，又顺着流了进来。

他把钢管踢开，让喻冬把床上的席子拿给他。两人合力将席子蒙在窗户上，随后又拆了一块床板死死抵着席子。隔着窗帘布、席子和床板的三重屏障，雨水灌进屋里的速度顿时小了，只有淋淋沥沥的细小水流从墙上滑落。

喻冬挪开书桌，把地面上的东西全都一件件搬到隔壁的杂物房里。杂物房放不下了，干脆直接拿到楼下周兰的房间。

楼顶的防水层也漏水了，雨水线一样落下来，砸得啪啪响。喻冬跑上跑下，把家里所有的盆和桶拿出来，一个个放在楼梯上接水。宋丰丰则手持两块大毛巾，不停地擦拭喻冬房间里的积水。

好在处理得及时，还不至于太严重。

一个多小时之后，周兰的收音机因为没电而停了。

在停止的前一刻，电台的主持还在念气象台的报告："超强台风已经减弱为强台风级……目前风力减弱……风向改变，对我市仍旧存在严重影响……各单位及各位居民务必……"

风向变了之后，雨水不再直冲着破窗的方向，雨水灌入的速度大大减缓。

宋丰丰累坏了："我一年都不想再搞清洁了。"

脚踝上的小伤口隐隐作痛，他又累又饿，吃了点喻冬剩的零食，滚上床要睡觉。

床板拆了一块，两人躺在上面很挤。喻冬问他伤口是否疼痛，他说已经消毒，没有大碍。这是累且漫长的一夜，宋丰丰睡不着，开始有一搭没一搭跟喻冬说话。

喻冬睡在靠墙的地方，头发还有点湿，宋丰丰碰到他胳膊，两人的皮肤都因雨水而显得冰凉。

喻冬突然坐起身："你怎么不穿衣服！"

宋丰丰蒙了："我穿了啊。"他勾勾自己的短裤，皮筋打在皮肤上，一声"啪"的轻响。

"就穿这个？！"

"我衣服都湿了。"宋丰丰委屈了，"你的衣服也不太合身，我平时夏天都这么睡的。"

"……"喻冬叹气，"你买件睡衣吧。"

宋丰丰："城里人就是讲究。"

喻冬怒道："是你太随便！"他没法跟宋丰丰说清楚，躺下来时尽量贴紧墙壁，躲开宋丰丰。

宋丰丰蹬鼻子上脸："是不是看到我的肌肉，心里妒忌了？"

"我也有好吗？"

天太黑了，蜡烛又被吹灭，房间里黑漆漆的。宋丰丰生出了莫名其妙的胆量，他捏着喻冬的肩膀和手臂："你有肌肉？这是肥肉。"

喻冬把他手掌拍开："别碰！"

宋丰丰赖着他，嬉皮笑脸地说："我帮你按摩？"

喻冬："不需要。"

宋丰丰戳了戳他耳朵："那我救了你，你帮我按摩？"

喻冬："……"

宋丰丰："刚刚擦地擦了好久啊，肩膀都酸了。"

喻冬只好让他转过去，伸手去帮他捏肩膀。

"你就不能坐起来？"喻冬这姿势很吃力，恼怒地说。

宋丰丰被他捏得很舒服，闭眼睛晃脑袋："我就想躺着……我太累了。"

宋丰丰方才确实帮了自己大忙，喻冬其实并不觉得给他捏肩膀是什么过分的事情。长年锻炼的人和他这种兴起就去打球、懒了就窝在家里看漫画吃零食的人有不一样的皮肤质感。喻冬按压得异常认真，像是在求解一道条件不充分、题干太模糊的难题。

宋丰丰不知什么时候睡着了，鼻息均匀。喻冬收回手，却没了睡意。

风雨渐渐小了。台风继续往内陆移动，但开始远离这座城市。楼梯上仍旧有水不断滴落。窗户之外，电力恢复后已有路灯次第亮起，窗户上晕出蒙蒙的一片昏黄。

灯光勾勒出宋丰丰的轮廓，喻冬只能看到他的肩膀、手臂、耳朵和有些杂乱的头发。

这些黑暗中隐隐发亮的轮廓在霎时间给了他某种错觉——宋丰丰不是一个十六岁的少年人，而是真正有力、强韧的成年人。他具备喻冬憧憬但尚未能修炼出的果敢与勇气，温柔和忠诚。

际遇让宋丰丰出现在喻冬身边，他羡慕宋丰丰，会不自觉地希望自己能变得像宋丰丰一样，快乐自由，无拘无束。他在自己的人生里看到了从未意识过的岔路口。过往令他陷入痛苦和沉寂的灾厄完全被大海冲淡了。这样的台风天，喻冬也丝毫不觉得恐惧，他甚至有些快乐、雀跃。在此和宋丰丰经历的一切，喻冬已经预料到，在未来回望时，它们会是生命中闪闪发光的时刻。

"谢谢。"他小声地说，伸手指去碰了碰宋丰丰的耳朵。

他的耳垂很凉，软软的。

宋丰丰在睡梦中也察觉到有人触碰了自己，他抬手去拍，喻冬连忙收回手。

"蚊子……"宋丰丰迷迷糊糊地说。

喻冬闭上眼睛。他做了一个好梦。

超强台风过境之后，城市七零八落。

宋丰丰老提起喻冬来的那一天："当时也刚过台风，你就来了。你记得吧，天特别特别热。"

"你在二楼吃冰激凌。"喻冬当然是记得的。他发现只要自己回想，与宋丰丰相处的所有细节原来都记得一清二楚。

家里换了新玻璃窗和新锁，周兰一边心疼他们一边又不住地骂。宋丰丰借口"回家整理"，一溜烟跑了，只留喻冬一个人承受。

学校也杂乱不堪，校园里全都是积水，树木东倒西歪，年纪最大的羊蹄甲被削去了半边树干，可怜巴巴地挂在教学楼顶上。几个教室的窗玻璃碎了，多媒体全部报废。高一（1）班和（2）班楼层较高，幸好窗户足够坚固，没有碎裂。

喻冬走进教室时，郑随波正拿着油画笔和几管颜料在窗户上乱画。窗户虽然没破，但不知被什么砸出了一个十分壮观的辐射状裂纹。郑随波又画又唱，非常快乐。

喻冬提醒他："你的黑板报都做好了？"

郑随波："……跟你聊天真的很不愉快。"

一切渐渐上了轨道。宋丰丰每天早起，等着喻冬一起上学；到学校后立刻参与球队训练，《运动员进行曲》播放时就回到班级队伍里，带全班同学做早操。

他的同桌也是个高个男孩子，叫吴瞳，喻冬见过几次。

"成绩肯定很好吧？"张敬说，"我怎么每次去找你，你同桌都在看书。"

"是吧，他看的书很深奥，还有外文。"宋丰丰说，"最近他在看《旧地重游》，听过吗？"

张敬："对不起，我孤陋寡闻。"

喻冬："嗯？我同桌也在看这本书。"

他们随口聊着，并没把这件事情放在心上。

喻冬渐渐也忙了起来。虽然承担黑板报任务的只有郑随波，但郑随波跟班主任哭诉，要写字漂亮的喻冬来帮助自己，喻冬不得不去协助他。

他和郑随波已经在宣传栏的三块大黑板前徘徊了好几天。

"最近能有什么主题呀？"喻冬说，"不就都那些吗？你随便画画，我随便写写就行了。"

他指着时间："都七点了我的同桌！七点！你不饿吗？"

宋丰丰还在球场上踢球，喻冬知道他的训练早已结束，其实是在等自己。

郑随波坐在地面上，远远地看着三块并排的大黑板。这三块大黑板的装饰任务由班级轮流承担，原本高一（1）班要出的是教师节的板报，谁料一场台风打乱了计划，于是现在郑随波的任务变成了"制作国庆节海报"。

他盘腿坐着，捏了一个练功的手势，凝神注视黑板。

喻冬蹲在他身边，顺着他目光看过去，没有看出任何端倪："你在搞什么？"

"我知道要怎么画了。"郑随波眼睛仍旧紧紧盯着黑板，冲喻冬动动手指，"同桌，帮我再拿两盒彩色粉笔。"

喻冬看着他面前一盒尚未拆封的粉笔："要三盒？你不用吧！别写这么多啊！"

"不要打断我的创作思路，快去！"郑随波指着教室命令。

喻冬只好去了。他经过排球场的时候，宋丰丰跑过来问："能回家了？"

"不行。"喻冬边跑边说，"你先走吧，别等我了。"

"再等等吧。"宋丰丰神秘地说，"有件事情想让你帮忙，一会儿路上说。"

喻冬拿着两盒粉笔下楼，天色已经暗了许多。宋丰丰在教学楼楼下吃零食打蚊子，等着他干完活一起回家。他跑向宣传栏，远远看到郑随波正和人扭打在一块儿。

喻冬："……？！"

郑随波把手里的黑板擦重重往那个人身上砸去，大吼了一声："吴曈你有病吧！"

喻冬连忙把郑随波和吴曈拉开。吴曈他见过几次，宋丰丰的同桌，个子瘦高，但不太爱说话。吴曈被那黑板擦砸了一脑袋的粉末，神态轻松地晃晃头发，抖下一堆粉："砸得够狠啊。"说完他冲喻冬点点头，姿态悠然，语调也悠然，"喻冬，你好。"

喻冬："……你好。"

郑随波被喻冬抓着胳膊，没法踢吴曈，只能冲他大喊："你再擦我草图试试！太久没被我揍过了是吧！"

宣传栏上画好了的草图被擦得面目全非，喻冬辨认半天，瞧不出是什么东西。

吴曈伸了个懒腰："你再画这些没意思的东西，我就继续擦。"

郑随波："你故意的！你就是故意的！你明知我最讨厌别人碰我的画！"

吴瞳笑着一咧嘴："别画了，丑。"

郑随波几乎暴跳起来："你说谁的画丑！"

吴瞳成功激怒郑随波，带着满意笑容转身，冲跑过来的宋丰丰摆摆手。宋丰丰与他同桌这么久，还是头一次见他笑得这么开心，不禁满头雾水地看喻冬。

郑随波在吴瞳身后大吼："去死吧！"

吴瞳："好哦。"

郑随波抹了把脸，粉笔灰和汗水在他脸上混成了几条道道，像小丑一样滑稽。喻冬劝他回家，郑随波却一口气把黑板全部擦干净了。

"说我画得丑……居然说丑……"他的嘀咕里混着伤心和愤怒，恶狠狠抬头盯着三块大黑板，忽然中气十足吼了声，"喻冬你回家！我自己可以搞定！"

喻冬和宋丰丰一步三回头，郑随波上蹿下跳地舞动手臂，三块大黑板仿佛一张巨大的画布。他眉头紧锁，嘴里哼哼唧唧，都是骂吴瞳的话。

"原来这俩人认识。"回家路上，喻冬说，"怪不得看同一本书……"

宋丰丰："喻冬！你看路！"

喻冬紧急刹车，在撞上路灯柱之前停了下来。

宋丰丰满脸狐疑地看着他："你在想什么？"

喻冬提拎车头，挠挠下巴。要不是今天看了这出戏，他都不知道郑随波是这么容易被激怒的性子。只是喻冬不明白，吴瞳为何要对郑随波用激将法。

"你想让我帮忙做什么事情？"他问宋丰丰。

宋丰丰拍蚊子拍得起劲，差点将这事情忘记了。

说来也巧，他进球队没多久，和喻冬是好朋友的事情大家就全都知道了。

喻冬，那个高一的小白脸，异性缘特别好——球队里的人都知道喻冬大名，说起来也都有点儿咬牙切齿。他们喜欢的女孩子哪怕没有偷偷借机经过高一（1）班的走廊，也会在操场上多看喻冬几眼。

球队的队长昨天单独把宋丰丰拎过去，开口就是一句："让你朋友喻冬帮我写情书。"

队长想给高二的级花写点儿酸诗，苦于肚里没有文墨，又是高二年级赫赫有名的球队大佬，不好拉下面子来求人帮忙，只好辗转找上了宋丰丰和喻冬。

宋丰丰心想，喻冬哪里写过这种东西。

队长："没写过就学啊。很简单的，就是夸我。"

宋丰丰心想，他又不认识你。

队长："不认识我也没关系，你认识我嘛。你帮我说说，帮我描述描述，把我说得好一点。"

宋丰丰："队长你本来就挺好的。"

他说的是真心话，队长就是长得粗野了一些、平面了一些，可能达不到级花设定的标准。但这话一出，队长对宋丰丰既满意又感激，承诺写好情书后定有回报。

"就这样。"宋丰丰说完了，最后来一句，"帮帮我吧。"

喻冬却没有仔细听。他看到吴瞳从街口走过，姿势悠闲，步态轻松，手里拿着两根热狗，迈着欢快小步子往学校奔去。

宋丰丰对他的分心很不满，拍拍他的车头："喻冬！"

喻冬回过神："嗯？"

宋丰丰："听清楚了吧？"

喻冬："哦，清楚。"

他想了想，又似乎不太确定："你要我做什么？"

宋丰丰："帮忙写情书。"

喻冬一下就愣了："写什么？"

"情书！"宋丰丰恨不能挥动手脚，"我爱你，你愿意接受我吗？这样的情书！帮个忙，救救我！"

两人正好抵达铁道口，齐齐停下来。

喻冬还是觉得自己听错了，但他没了开口再问的勇气。宋丰丰满脸期待地等待他的答复。铁道口的红色灯光把宋丰丰的半张脸都映亮了。

列车咔咔经过，汽笛拖出长长的尾音，轮子与轨道摩擦，声音刺耳。

喻冬不吭声。他心头有一种说不出的感受，是十几年来从没经历过的：宋丰丰给谁写情书？什么样的人？同班？不同班？

喻冬自己从这感受里哑摸出恼怒：明明上学放学都和我在一块儿，你什么时候认识了我不知道的人？

他眼中神情复杂，就像是悄悄咬牙切齿似的，很明显看出是不悦。宋丰丰脸上的期待和笑意一点点褪去了。

"你不想写就算了。"他以为喻冬不愿意帮队长干这种私活，挠头道，"我去找张敬，他肯定会写，他天天都在心里悄悄给关初阳写情书。"

"很会写？"喻冬开口了，"你觉得他能写出漂亮的情书？"

宋丰丰心想：不漂亮那还得了？我会被队长挂在球门上当活靶。

"肯定漂亮！"为了让喻冬解开这个心理负担，他决心把张敬的情书造诣夸上天，"真的，特别好！张敬本质就是一个酸秀才，不然怎么见了关初阳一张照片就把人称作女神了？"

"我写。"

宋丰丰："虽然关初阳也确实很……啊？"

喻冬又说了一遍:"我写!"

宋丰丰自己反倒为难:"不用了,喻冬,这种事情本来也不应该麻烦你。"

喻冬怒了:"我再说一遍,不许找别人写!我给你写!"

喻冬虽然答应了宋丰丰的要求,但他只是收过情书,从未写过。

他收的信件太多,宋丰丰会用个塑料袋帮他装信。好几次都因为忘性大,直接把袋子放在奶茶店烧烤店,忘了拿回家。

喻冬翻箱倒柜寻找半天无果,最后不得不翻看母亲以前留下的那些旧书,寻找夸人灵感。

《少年文艺》和《儿童文学》用棉线重新装订,按年份和月份排列在一起,每一册都像是砖头大小的合订本。喻冬翻了一会儿,看得津津有味,直到翻完了一块砖头才意识到,这对写情书没有任何帮助。

但他居然在母亲数量不多的藏书里找到一本薄薄的《民国书信选》。书里尽是家信,情书的数量并不多,他看到了几篇徐志摩的信,落款尽是"摩摩吻你""你的亲摩""摩的热吻""你的顶亲亲的摩摩"。

喻冬自动在脑子里置换文字:"馍馍吻你……你的顶亲亲的馍馍……"

他傻笑一会儿,又突然顿住,继续苦苦寻找情书思路。

真正关键的问题是,喻冬不知道这情书到底是写给谁的。

宋丰丰说是高二的级花,"拉小提琴很厉害,头发很长很直,人很白",这就是宋丰丰所有的描述,完全无法勾勒出那女孩真正的模样。

喻冬没法找到更多的线索,只好转换思路,从宋丰丰身上下手。

既然情书是宋丰丰写给人的,那在情书里当然要尽情夸赞宋丰丰。他一边暗骂宋丰丰不地道,瞒着自己偷偷认识姑娘不说,还要自己帮忙写情书,一边憋憋屈屈地想,自己这次帮了个这么大的忙,宋丰丰必须报答。

喻冬做事情认真,就算是写这不情不愿的情书也一样。跟列复习大纲一样,他在草稿本上写出一二三四数个大标题:宋丰丰其人,宋丰丰的优点,宋丰丰的缺点……然后再一项项地往上填。

喻冬先往缺点上写了一堆:不爱学习,打机很烂,吃得太多,皮肤很黑等等。

等到列优点,他反倒不知道怎么落笔了。

宋丰丰这个人呢……喻冬咬着笔盖想,他不差的。

非但不差,甚至可以说很好。

从他们认识的第一天,从宋丰丰带着他去参观十六中那天开始,他就知道宋丰丰是个热心又直接的人。

兴安街上大都是渔民,无论男女都要出海讨生活,剩下不出海的人也大多出门打工,兴安街上剩的多是老人和孩子。宋丰丰的父亲宋英雄是个热心人,只要他在家,兴安街上谁的灯坏了,电路烧了,房顶缺瓦了,喊一声"宋仔",他便拎起工具出门帮忙。

宋英雄一年到头在家的时间都不多,所以在父亲归家的日子里,宋丰丰总是紧紧黏着宋英雄。于是宋英雄去哪儿都会带上他,一会儿让他拿个锤子,一会儿让他拿个电笔。宋丰丰渐渐把父亲的技能都学了个七七八八,现在已经包揽了附近十几户人家的水电维修工作。

和周围的邻居都太熟悉了,宋丰丰从小学开始就到处蹭饭,但谁都不好意思收他的伙食费。都是乡亲邻里,让孩子吃一顿两顿也没什么问题。可宋丰丰渐渐也懂得要面子,老是这家那家地蹭,他觉得丢脸。哭了几回之后,宋英雄提着他衣领拜访了几个人,说好以后宋丰丰就专门在这几家吃饭,不用到处转。

吃的次数多了，宋丰丰慢慢就固定在周兰家，每个月都支付周兰伙食费。在喻冬没过来之前，周兰一直独居，有宋丰丰天天在家里闹腾，她是很高兴的。周兰买鱼买肉从不吝啬，隔三岔五还会给宋丰丰加菜。宋丰丰上初中时，个头已经蹿得比宋英雄还高。

宋丰丰以前喊周兰作"阿嬷"，在这边的土话里，这是"奶奶"的意思。他的奶奶在另一个城市，因为行动不便，已经很久没到兴安街。

而自从喻冬来了，他自动自觉改了称呼，张口闭口都是"周妈"。客气了，也疏离了。周兰让他跟着喻冬一起叫自己外婆，宋丰丰反倒不好意思起来："不太好，不太好。"

这些事情喻冬没有写到纸上，他只是一直支着下巴想着。

这个黑乎乎的家伙，会在别人不太注意的地方透露出温柔的心意。

他不知道怎么落笔了。

那个拉小提琴的女孩，她会喜欢宋丰丰这些方面吗？除了踢足球，宋丰丰没有什么出色的技能。虽然身材高大、长相端正，但有时候瞧着却很凶，不是善于讨人喜欢的那种。

喻冬在纸上画圈圈，一边画一边想，可黑丰真的挺好的。

好到……喻冬根本就不愿意写这封情书。

他不想跟任何人分享宋丰丰的好，不想把他心底那些只有亲密相处的朋友才晓得的柔软之处，就用这么两三张纸展露给陌生人看。

喻冬把草稿推开，长长叹了一口气，滚到床上躺着。

他无论怎么在脑子里搜寻，都想不起那个神秘的高二级花长什么样，而越是细想，与宋丰丰有关的事情就越发清晰。思索过头导致兴奋过头，喻冬一早就起来捣鼓情书，脑子里乱纷纷的，如今躺着也没有睡意。

这是个炎热的秋日，高一现在还不必补课，他们能享受完整的周六和周日。蝉声在外头一阵阵地响,门前的苦楝树被台风吹掉了许多枝叶,连蝉的鸣声都可怜兮兮起来。

喻冬闭上眼睛,听见风扇的扇叶嘎嘎嘎地转,有人小心翼翼地走上楼梯。

"还没醒?"宋丰丰小心翼翼的声音从门外传来。

张敬接着回答:"肯定看漫画看通宵了。"

喻冬吃了一惊,连忙翻身面对墙壁,装出熟睡的样子。

宋丰丰轻手轻脚打开门,探进个脑袋。

"还在睡。"他退出去,回头跟张敬说,"算了,我们先干活吧。"

喻冬一颗心跳得热烈,好一会儿才想起这两人要帮周兰修补漏水的防水层。

宋丰丰和张敬踩着梯子翻上二楼楼顶。宋丰丰查看漏水的地方,用粉笔画上圈。张敬抖开水泥袋子和防水剂,开始搅拌混合。

"我觉得你做得不对。"张敬说,"怎么能让喻冬做这样的事情呢?"

宋丰丰:"为什么啊?"

"他自己都没写过情书吧。"

"但他作文写得好。"

张敬无语了:"作文跟情书差别太大了好吗?我作文写得不好?我敢给关初阳写情书?那根本不是一回事。"

宋丰丰:"那是因为你胆小。"

张敬用力搅拌面前的混合物。

"要真是你的情书也就算了,喻冬肯定帮。"他对宋丰丰说,"可那是你们队长的情书,跟喻冬有什么关系啊?"

踩在梯子上准备爬上屋顶的喻冬:"……"

"你在队长那边拿了个人情,可喻冬说不定根本就不想参与进去。"张敬在地上磕磕铲子,"喻冬花了时间和精力,给一个他根本不认识的陌生人干活,你觉得好吗?"

喻冬把额头抵在梯子上。

"那是喻冬啊。"张敬举起铲子对准宋丰丰,"我说让他帮我做张奥赛试卷你都不高兴的喻冬啊,你舍得让他帮这种瞎忙?"

宋丰丰:"……你这么一讲,我好像是不舍得的。"

楼下的喻冬:"……"

宋丰丰紧接着来了一句:"这次就算了吧,下次轮到我写情书的时候再找他帮忙。"

张敬:"其实我也想找他帮忙的。我的话,他应该会答应吧?"

话音刚落,顶上两人都听到了梯子传来的嘎吱声。

喻冬从方方正正的口子里露出脸,先是看着张敬:"不答应。"随后转头瞪宋丰丰,"我不写了。"

宋丰丰擦干净手上泥沙,嬉皮笑脸地下楼找喻冬。喻冬拿了本漫画躺在床上看,跷起腿,并不理睬宋丰丰。

宋丰丰先是到书桌那边看了一眼他的作业成果,发现了他在草稿纸上留下的笔记。

"……"他走到床边推了推喻冬膝盖,"你以为是帮我写?"

喻冬不吭声。

宋丰丰:"别说高二级花了,我连我们班花是谁都不清楚。"

喻冬还是不吭声,默默翻了一页。

宋丰丰在楼顶被太阳晒得很辛苦,虽然戴着帽子,但还是热。他有些恼了:"也不是我的错,是你没听清楚。我今天还过来帮你修房顶……你再不理我,我真生气了。"

喻冬放下书,很不满地看着他:"那你气啊。"

"气三秒钟。"宋丰丰咧嘴一笑,"完了。"

宋丰丰发现喻冬黑眼圈特别明显,立刻知道他昨天没睡好。想到喻冬为了这莫名其妙的情书烦恼一宿，宋丰丰服软了："我以后绝对不让你再掺和这些事情。"

"我不写情书的。"喻冬强调，"谁的都不写。"

宋丰丰："好，我让张敬写。"

张敬大吃一惊。他正下楼准备提水上去，闻言连忙奔进来："我不写！我的第一封情书要献给女神的！"

宋丰丰："张敬，可能你还不知道吧，我已经发现你女神的回家路线了，跟你基本是同个方向，我还知道她周末去哪儿补习。"

张敬立刻说："好的大佬，我来写。"

宋丰丰解决了一件大事，顿时精神百倍，一把将喻冬从床上拉起："别躺了，上楼顶，我教你怎么补防水层。"

周一回到学校，喻冬发现操场周围围满了人。人群的焦点集中在高一（1）班的三块黑板报上。

教导主任在人群里大叫："郑随波呢！郑随波！"

喻冬认出了给他们上美术课的韩老师。韩老师正举着相机："先别擦先别擦，让我拍了再说。"

吴曈就站在人群外围，喻冬走过去时他正好看到，抬手打了个招呼。喻冬跟他不熟，但周围没有认得的人，只能朝他走近。

"出什么事了？"

吴曈指指黑板："那个傻瓜的画。"

被人群包围的不是黑板报，而是一片横贯了三块黑板的巨大海洋。观者仿佛在高处俯视海洋，黑色的底板上，大海扬起愤怒的浪涛席卷而来。

乍一看上去，那海水是蓝的，但蓝色之中还混着许多杂色。奇特的是，这些杂色以一种无法说明的规律和比例堆积，不仅没掩盖蓝的质地，反而令原本不够浓郁的蓝更显鲜艳。

蓝色的粉末就这样一层又一层地堆叠在黑板上，它从最右侧的黑板开始，被无数看似错杂，实则毫不混乱的线条推拥着，往左侧的第一张黑板翻滚而去，像巨大浪涛奔卷，有一种无可抵挡的澎湃气势。

　　滚滚的海浪最后被左侧黑板上的龙冲破了。

　　它从水面跃起，露出自己硕大而复杂的龙头，几乎要冲破画面束缚。因角度刁钻而奇特，喻冬陡然生出与龙贴脸面对面的错觉。气势汹汹的龙头还带着特殊表情：它一只眼大一只眼小，长须随着破碎的水珠高高扬起，狡黠骄傲，令人无法移开目光。

　　龙爪狠狠拍击在水面上，扬起高高的海浪。

　　但画面也到此为止了，那龙头是戏剧的高潮，也是戏剧的结尾。

　　喻冬彻底被这海浪与龙惊呆了。

　　他一共给郑随波拿来三盒彩色粉笔，郑随波全都用完了，地上放着三个瘪了的盒子，用一块石头压着。黑板上没有一个字，但它实在太打眼了——郑随波没有画黑板报，他画的是一幅属于自己的画。

　　他把一片海和一条龙放在了此时此处。

　　教导主任还在愤怒地大喊郑随波的名字，韩老师举着相机拍个不停。她的丈夫正是高一（1）班的班主任孙舞阳。夫妻俩在黑板报前左看右看，啧啧称奇："好啊，多好。"

　　教导主任："孙老师，这可是要参加全市评比展示的！要打分的！代表学校的形象！"

　　围观的学生议论纷纷。教导主任忍不下去了，眼看人越来越稠，大手一扬："值日班级，把它擦了！"

　　他顿了一下，又冲韩老师小声说："照片记得发我一份。"

　　韩老师："你不是不喜欢吗？"

　　教导主任："画得确实还不错……可是不适合展示在这里，对不对？"他说完，又端起了和职务相符的严肃面孔。

而风波的制造者郑随波始终不见人影。

喻冬认为自己应该为同桌辩解两句："不傻啊，画得挺好。"

吴瞳："你看看龙头。"

喻冬："？"

他定睛一看，这时才发现龙头上站着一个握持两只龙角并仰头大笑的小人。

喻冬："……"

那小人仅寥寥几笔，但很传神，细长的眼睛和额前乱翘的头发被着重强调出来。是郑随波的自画像。

喻冬哑然失笑。围观的学生渐渐散去，他问吴瞳："你用激将法激出他的这幅画，满意了吗？"

吴瞳咬着根棒棒糖，并不否认："至少这幅画不丑。"

孙舞阳跟教导主任和校长认错，又承诺一定在今天之内搞好三版漂亮大气又积极向上的黑板报，终于获准离开。

升国旗仪式已经结束。他经过排球场时远远看到了被清洗干净的黑板，水还未干，被朝阳照得发亮。

郑随波的粉笔画已经消失得无影无踪。

孙舞阳是个有点胖的中年人，在市三中已经工作了将近二十年，是资格很老的随班班主任。这一届高一年级的所有班主任中，他年纪最大，资历最老，经验最丰富，因而也承担了级长的职务。

他是高一两个实验班的物理老师，同时兼任高二两个尖子班的物理课程，另外还是学校物理组的副组长，手底下有几个与物理有关的兴趣协会，全都做得很红火。

妻子韩叙则是市三中的美术老师，一个人包揽了学校里半数以上班级的美术课程，同时也和他一样，是美术兴趣协会的指导老师。

除此之外，韩叙每年都会带高三的美术生外出参加考试，是业内口碑很好的老师。

孙舞阳听韩叙提过郑随波。

郑随波这个学生很奇特。他明明是艺术特长生，但其他学科的考分同样很高。这在艺术特长生里确实是不多见的。孙舞阳还记得这个细长眼睛的男孩子在自我介绍的时候，兴高采烈地要给大家唱《乱世巨星》。

他画的海和龙，还有仰头大笑的小人，在韩叙和孙舞阳看来，都太可爱了。

踏入教室的前一刻，孙舞阳忍不住"喔唷"了一声。

郑随波把班里的两块黑板也当作自己的画板，只不过画的不是海，而是城市。

他似乎站在极高处，俯视着这个陈旧而懒散的小城市。彩色粉笔的粉末没有混杂结块，郑随波在黑板上画出了这个城市的两幅速写。

线条利落，毫不犹豫。

蓝色粉笔用完了，他紧接着用绿色，然后是黄色，枚红色，红色……在不同颜色相交的位置，色彩柔和地变化着。

孙舞阳站在教室门口，看着前后两块充斥着渐变线条的黑板。

学生们都静悄悄的。他饶有兴致地走到教室最后，认认真真欣赏画作。

早读课还剩十分钟，所有学生都等待孙舞阳开口。郑随波原本趴在桌上睡觉，现在已经被喻冬推醒。

"你怎么不把墙壁也一起画满？"孙舞阳说。

郑随波眯眼笑了笑，他不知道孙舞阳是骂自己还是说真心话。

第一节是孙舞阳的物理课，他一般都会在黑板上写板书。但今天，他将幻灯机的幕布降下来，挡住了黑板上的线条。

"大家都看到我们班郑随波同学的作品了。"孙舞阳说,"教室里有,操场上也有。宣传栏那三块黑板已经洗干净了,你们要是特别想看,下午上美术课可以问韩老师要照片。"

他并没打算批评郑随波。

孙舞阳讲了一些必须要讲的话,耳听上课铃声要响起,抬起手:"多谢郑随波,我们现在都确定,你果然是三中成绩最好,画画也最好的艺术生。"

班上同学笑起来,有人随着孙舞阳鼓掌,掌声稀稀落落的。

郑随波撑着下巴,表情有些震惊,有些呆,半晌才转头看喻冬:"啊?"

喻冬:"上课吧。"

这一天,两块黑板上的画让所有老师都吃了一惊,但没有老师主动擦去。他们都跟孙舞阳一样,即便之前习惯在黑板上板书,这一天也全都使用电脑上课。

政治老师是个刚毕业的年轻师范生,下课了跑回宿舍拿来卡片机拍照。生物老师是他的师兄,趁着还未打上课铃,乐颠颠给他出主意:"郑随波呢?上来上来,作者和黑板一起拍……你拍他,别拍我啊!"

韩叙上美术课时还给他们展示了郑随波在操场边上的作品。"画三块板还不够,教室里也画!"她笑着骂郑随波,"板书也写不了了,你们孙老师连五笔字根都记不住,他不懂电脑打字的。"

郑随波:"就……那什么,创作欲望,一上来就挡不住。"

韩老师:"你上来,你上来讲课。大家欢迎创作欲望旺盛的郑老师。"

全班都疯狂鼓掌,张敬还嫌不够乱:"郑老师唱一首《乱世巨星》啊!"

一堆人跟着他起哄。

173

郑随波难得窘一回，缩回去把脸埋在手臂里："听我唱歌要钱的好吧！"

今天的班级值日生是喻冬和郑随波，喻冬去倒完垃圾回来，看到郑随波正在擦黑板上的粉笔画。后面那块黑板已经干干净净，他踩着一张椅子，正在擦讲台后面的黑板。

喻冬无奈了："我刚刚倒完垃圾你又开始制造垃圾。"

郑随波："我这是艺术，不是垃圾。你看地上的粉笔灰，不好看吗？"

粉尘堆叠如夏日傍晚的云霞，层次分明，喻冬点头："好看。我不扫了，给你留着。"

"韩老师全都拍下来了，我问她要就行。"郑随波擦得认真，"没事，我以后还会有更好的作品。"

明天的第一节是物理课，他已经把讲台整理得干干净净，粉笔也掰断到孙舞阳习惯的长度。

两人离开学校时看到吴疃站在校门口，那架势一眼就看出是在等人。

郑随波立刻拎起车头转身："拜拜，我走后门。"

喻冬："好。"

郑随波走了两步，又急急回身跟他小声解释："他脑子有问题，你不要理他，也别跟他说任何我的事情。"

"他之前看到你的龙，说你傻。"喻冬起了坏心眼，"你知道吧？"

郑随波倒是一脸平静："哦……这个没事，听习惯了。"

吴疃已经慢悠悠地走了过来："喂，神龙斗士。"

郑随波回头骂了他一句："你说谁神龙斗士！"

吴疃："今天我家吃虾饺，你来不来？"

喻冬很明显地看到了郑随波的犹豫。

"我妈中午才做的,新鲜大虾。"吴曈说,"虾、肉末、韭菜。她还做了海鲜酱。"

"卑鄙无耻!"郑随波怒了,"我是有尊严的!你上次说我画丑,你跟我道歉没有!"

吴曈立刻道歉:"对不起。"

郑随波:"那我要吃三碗,你别跟我抢。"

两人一边吵一边往后门走。喻冬跟他们俩不是同一个方向的。他在校门对面的烧烤摊买了几串烤鱼腐和两根烤玉米,一边吃一边等宋丰丰。

六点半后,宋丰丰结束训练。队长和他一起出校门,大手在他背上狠拍:"不愧是好学生,写得就是好啊!"张敬写的情书让他很满意,自己重抄一遍后很快送了出去。

喻冬把剩的鱼腐和玉米给宋丰丰,另外又买了两串肉。宋丰丰一面说"吃这么多,回家还能吃饭吗",一面已经迅速把食物放进嘴巴里。

吃完零食,两人看天色很好,于是稍稍绕了个弯,沿着海岸线回家。

夕阳里的大海闪闪发亮,道路也闪闪发亮。

第七章
少年心事

进入十月,高一新生终于也开始迎来了周末补课。虽然和高二高三相比,只需要补课半天的高一已经非常幸福,但接到消息之后的众人还是不可避免地开始哀号。

"别丧了,还有个好消息。全校的兴趣协会开始报名,大家想参加什么社团都可以,但是切记量力而为,重点还是学习,知道吗?学习!月底就是期中考了,不要考砸,不要输给二班!"孙舞阳说,"给孙老师留一点面子。"

他开始发自己担任指导老师的物理协会、物理竞赛团、天体物理兴趣协会和木工协会的宣传资料。

郑随波对木工协会充满兴趣:"孙老师我要加入这个。"

孙舞阳:"哦,行。没有门槛,就十块钱会费,用来买工具的。"

郑随波:"平时都做什么?"

孙舞阳:"做做凳子,做做桌子。"

趁孙舞阳借机宣传自己的兴趣社团,喻冬朝张敬扔了块橡皮。张敬现在坐在他的右前方,隔着两排,上课不好聊天了。

"你想加入什么社团?"

张敬做了个拍照的动作。

市三中的学生社团在市里非常有名。学校对学生的兴趣管理很放松，申请成立社团的条件也并不苛刻。下午上了两节课后，喻冬随张敬去楼下的小广场乱逛。

小广场上人头攒动，各个社团都拿出看家本事招揽高一新生。

张敬看着身穿长裙的女孩，吃惊问道："还有女仆？"

那姑娘转头瞥他一眼："我们是西方文化研究协会，今年的研究重点恰好是茶会文化而已。"

张敬对女仆没兴趣，但在这协会摊位前流连很久。他仔细品尝了咖啡、茶、棉花糖、小蛋糕、水果、蔬菜沙拉和巧克力，最后拿起两块饼干，在对方震愕的眼神下，逃了。

他跟喻冬分享饼干，见喻冬在看双节棍社团的简介，以为喻冬对这个有兴趣："这个好啊，你学点儿防身的技术，以后见到龙哥就不用怕了。"

"我没怕过他。"喻冬想起了一件事，"对了，关初阳对这些社团有兴趣吗？"

张敬蔫了："我问了，她不肯说。"

再继续往前走，两人进入一个冷清的角落。定睛一瞧，这儿多是围棋协会、数学协会、化学协会之类的社团。感兴趣的学生不少，但热闹程度与方才他们俩经过的地方大不相同。

生物协会的牌子很大，做得还挺精美。张敬看着那张易拉宝却有些发抖："我特别怕虫子……"

关初阳就站在易拉宝旁边，静静看着他们。

张敬："……"

他退了半步，看了看那牌子，又看了看关初阳。

"想加入我的协会吗？"关初阳指了指面前小桌子上的A4纸。她所属的协会名叫"生物标本协会"，成立日期是昨天，成员目前只有一位：关初阳。

关初阳显然也不认为这两位会对生物标本感兴趣，只随口招呼一句，便低头继续摆弄桌上的资料。

喻冬突然想起这段时间关初阳常常被负责行政管理的老师叫走，一谈就是半天。他听到一些小道消息。

"我以为你会进学生会。"喻冬问她，"不是想让你当副会长吗？这个职位写在档案上很好看，参加自主招生的话，优势很大。"

关初阳："想去的学校我考得上。"

喻冬："你不去学生会，自己搞了这个？"

关初阳："我喜欢。"

她像是重新认识了喻冬似的："你这人挺没意思的。没有喜欢的社团？"

喻冬："没有。"

关初阳："我也没找到，所以我自己申请了一个。"

两人在一边聊得热烈，关初阳偶然转头，发现张敬居然在入会申请表格上填了自己的名字，并且掏出十块钱，压在桌上。

"我最喜欢虫子了。"张敬说，"女神……不是，关初阳同学，我们拥有同样的兴趣，这是不是缘分？"

关初阳："我其实……不是很喜欢虫子。"

张敬："？？？"

关初阳："我想研究的是贝类。但分得太细就没办法找到合适的指导老师，所以就定名为生物标本协会了。"

张敬："哦！"

他大大松了一口气，这回是真心实意高兴起来了。

喻冬最后也在生物标本协会的表格上写了名字。关初阳的社团成功渡过招新难关，收揽了两位小弟。

张敬之前一直苦于没有话题跟关初阳聊天，现在终于找到了由头,立刻毛遂自荐,当上了标本协会的副会长。

于是唯一的成员就只剩下喻冬了。

"你想加入吗?"喻冬说完这事儿,随口问宋丰丰,"给你走后门,添个名字。"

宋丰丰正在收拾行李,闻言立刻拒绝:"不,听起来就很无聊。"

他即将随队出发,参加全区中学生足球竞赛,整个人东忙忙西忙忙,把行李箱填得很满。喻冬本来想帮他收拾,但宋丰丰显然已经习惯这样的随队出行,喻冬什么都帮不上,干脆坐在旁边翻漫画。

宋丰丰新收了一套桂正和的《电影少女》,忙活间隙看到喻冬在翻,忙不迭上前抢回来:"这个不好看。"

喻冬瞥着他,怪笑。

宋丰丰脸热了:"你看别的……看《犬夜叉》好吧?"

"什么时候回来?"喻冬拿起《犬夜叉》开始翻。

手掌大小的漫画,一本本包了红色封皮,带着租书店的印章,堆在床头。宋丰丰的床铺总是乱糟糟的,喻冬看着就觉得手痒,很想给他收拾收拾。

宋丰丰算了算时间:"最短就四天,如果能踢到决赛,至少两周吧。"

他还不能正式上场,但已经成了必须随队出行的替补队员。

"拿奖有奖金吗?"喻冬问。

两人针对奖金讨论了一阵,宋丰丰紧急打住:他怕自己对成绩存在不切实际的期望。

宋丰丰离家那天,喻冬送他去学校。正是周日,在学校里补课的只有闷头苦读的高三生。喻冬站在校门口冲车上的宋丰丰挥手。

他会变得更黑。喻冬想,再黑下去就真的很可怕了。

宋丰丰离开后,喻冬的生活一下变得单调起来。

179

没有人找他一起吃早餐，没有人约他去打球，玉河桥上来来往往的人和车，也没有一个黑乎乎的男孩会停下来冲他大喊"喻冬打球"了。

喻冬一个人上学，一个人放学，偶尔跟张敬或者学委、班长去吃烧烤，有时候和郑随波一起闲聊天。经过操场时他不会再转头盯着足球场。宋丰丰并不在那里。

一周之后，宋丰丰终于打回电话。

周兰在楼下喊喻冬："黑丰找你！"

喻冬连忙起身，匆匆几步跳下楼梯，跑得太急了，差点没站稳。

宋丰丰给他的是好消息：市三中的足球队一路高歌猛进，成功进了决赛。声音通过线路有点儿变调，宋丰丰在电话另一头高兴地大喊："我可以上场了！有个师兄受伤，我替补他的位置上场了！"

喻冬和他一起高兴："你才高一！"

宋丰丰："是啊！能上场的高一队员只有我！"

他大笑起来，很快又掩住嘴巴，轻咳两声保持冷静。

"决赛你来吗，喻冬？"他问，"来看我比赛。"

喻冬没花一秒钟迟疑："好。"

决赛时间是周六下午。为了迎接月底的期中考，周六上午的半天补课时间，高一年级进行了一次英语与数学的小测试。

英语测试从十点半开始，十二点结束。喻冬听完听力之后全神贯注，以极快的速度完成了卷子。

他十一点半交卷离校，打车奔往火车站。

早上离家前他已经跟周兰报备，今天将去省城看宋丰丰比赛，得很晚很晚才回来。周兰问他是不是一个人去，喻冬鬼使神差地撒了谎，说自己是跟张敬一起去的。

他交卷的时候张敬都呆了，用口型问他："这么快？"

喻冬在出租车上想起还没有跟张敬串供，可他也不是去做什么不得了的坏事……就这样一路胡乱地想，终于赶在十二点之前抵达火车站。

他在车上打盹，醒来觉得很饿，买了一桶十几块钱的方便面吃。和车上的很多人都不一样，他还穿着校服，背着书包，一瞧就是个学生。邻座的大叔问他是不是一个人出门，是回家还是探亲。喻冬胡乱搪塞，因为太饿，把方便面的汤也一滴不剩地喝完了。

他心里充满了奇特的东西，让他振作，让他兴奋，就像是满溢胸口的光明，鼓舞着他往省城去，往宋丰丰所在的地方去。

他要去看宋丰丰夺冠的瞬间了。

抵达省城后已经将近两点，喻冬坐地铁到体育场，一出站就拔腿狂奔。

两点半了。比赛三点开始，他还得赶到D入口找到宋丰丰才能进去。

体育场位于中心区，交通繁忙。由于是旧场地，周围围着一圈洗车的、卖烟酒的、卖零食的，喻冬找了半天没找到D入口，最后在保安的指点下才看到标牌掉落的大铁门。

D入口紧闭，一扇铁门横亘在那里，有几个人在铁门里走动。

喻冬一下就看到了宋丰丰。

宋丰丰穿着市三中的球服，蓝白相间，身后一个硕大的阿拉伯数字：10。

"D口关了！"宋丰丰急急地跟他解释。

他是在半决赛的时候开始获准上场的，但也只踢了四分之一场。获得决赛出战权利之后，带队的教练和老师也没有跟他说决赛的情况。决赛倒是没有特别要求，但这一场决赛的观众里有一位颇有名望的上级领导。

宋丰丰来到体育场后开始做相应准备，时间差不多便跑到D入口等待喻冬。但让他吃惊的是，D入口被锁上了。

整个体育场安检升级，只有 A 入口可以进出，而从 A 入口进出的人必须持票和身份证明。

队长原本告诉他，如果想带朋友来看比赛，从 D 入口进来就行。D 入口是运动员家属的通道。但现在如果没有票，谁都进不去。宋丰丰恳求队长帮忙找票，自己则在 D 入口等待喻冬，跟他说明情况。

两人根本没时间好好聊上几句，喻冬下意识看了一眼手表，距离开赛还有二十分钟，而宋丰丰他们现在都在休息室里，至少要提前十分钟进场。

"我去找队长拿票，你等我啊。我拿一个好位置给你。"宋丰丰边跑边回头说，"别走！"

喻冬连忙抓住铁门栏杆大喊："等等！"

宋丰丰急坏了："什么！我赶时间！"

"好好踢！"喻冬对他说，"拿冠军回来，我有礼物给你！"

"怎么这么爱送礼？"宋丰丰胡乱挥手，"等我！别乱跑！"

喻冬看着他跑远。D 入口的人渐渐都散了，门里门外只剩他一个人。

体育场里有遥远的乐声和欢呼声传来，喻冬抓着栏杆，把脸贴在冰凉的铁条上。

队长并未能拿到票。宋丰丰找到带队教练和老师，但他们手上都没有余票，最后的一张已经被带队老师以五十块的价格卖给了保安。

宋丰丰扭头准备出门找保安，队长一把抓住他衣领："别去了！待在休息室，我们就要上场了！"

"我朋友还在等我！"宋丰丰要挣扎开，"队长，喻冬在等我，他要票才能进来。"

"什么冬都没有用。"队长厉声道，"坐着！"

教练关上休息室的门，开始再次强调注意事项。宋丰丰被队长压着肩膀，又急又躁。

喻冬是被他邀请来的，是专门来看他比赛的。

他也邀请了张敬，可是张敬说今天有重要的测试，考完肯定赶不上十二点零五分的那趟火车。从家乡到省城的火车一天并没有几趟，这是能让喻冬压点抵达体育场的最后一趟。

他不知道喻冬是否做完了试卷，或者考得怎么样。他只晓得，喻冬是专门坐火车来看自己比赛的。

可现在喻冬却被铁门拦在外面，进不来了。

宋丰丰垂着脑袋，队长顺势给他后脑勺不轻不重来了一下："喻冬不是你好朋友吗？他不会怪你的。你要是踢不好才真正浪费了他的心意。他跑这么远，这么赶，就是来听你一个坏消息的？"

队长大手又拍了他背脊一把："挺腰！认真点儿！"

宋丰丰深吸一口气，他想起了刚刚离开时喻冬抓紧时间喊的两句话。

或者喻冬那时候已经知道自己拿不到票，不能履行承诺了。

宋丰丰现在能做到的也只有好好踢，拿冠军。

D入口外，喻冬买了一瓶冰凉的豆奶，在太阳伞下伸直长腿坐着，竖起耳朵听里头的解说。

市三中的进攻十分激烈！

市三中的守门员再次成功阻止了对手的得分！

市三中的防守线还是比较稚嫩，但10号队员非常出色，他截断了……

"靓仔，吃吗？"大妈递来一片西瓜。

喻冬吃着西瓜仔细地听，但解说员对10号球员的短暂夸奖已经结束了。

大妈问他是不是进不去，喻冬有一搭没一搭地和她聊天。下午的日头还是猛,街面上人来车往,一个个行色匆匆。喻冬无来由地想,宋丰丰真的又黑了。

进不去体育场确实很令人失望。但喻冬心里那团亮堂堂的、让他兴奋的东西还未消散,他仍旧很快活,像是完成了一个久久才能达成的心愿,很是满足。

这城市里有一个宋丰丰,他正在比赛——这个事实已经足够让喻冬感到快乐。

中场休息,宋丰丰歇了一阵之后,跟队长提出要去D入口看看。

队长:"我可能答应你吗?"

宋丰丰:"他在等我,他肯定还在等我的。"

队长:"不会的,他知道你没有票,现在已经离开了。"

宋丰丰:"不可能,我了解他。"

队长懒得和他争执:"坐定!不要乱跑,否则我揍死你。"

宋丰丰蔫了。

汗水从他额前滴落,滑过鼻尖,落在地面上。休息区的水泥地面干燥发热,汗珠在地上砸出一个圆圆的水痕,很快消失。

宋丰丰懊恼极了,自己都做了什么?这么远的路程,这么热的天,他让喻冬过来,又把喻冬一个人扔在外面了。

不过此时喻冬倒不是独自一人。

"靓仔,你不读书,来摆摊了?"龙哥一边从大妈的冰柜里拿矿泉水,一边震惊地看他。

"……来看比赛的。"喻冬咬了一口冰激凌,指着D入口,"黑丰和我们校队来这里踢球。但我没有票,进不去。"

龙哥感慨了:"你们感情真好啊!干脆都做我小弟吧。我也很欣赏黑丰的。"

喻冬:"不用了,不用了,我们怎么够资格。"

他并不想和龙哥多聊。龙哥今天穿了件无袖的背心,不只肩膀手臂上的龙大咧咧露出来,脖子上还挂着两串链子,看起来不是好惹的角色。卖水的大妈没想到身边坐了很久的校服学生哥居然跟这种文身大佬有来往,看喻冬的眼神充满惊异。

"我来找朋友玩。"龙哥指指身后,"今晚你回家吗?我请你和黑丰吃饭。"

喻冬探身去看,发现龙哥说的朋友是正站在一辆黑色豪车旁边的年轻人。

喻冬:"……"

他看着龙哥问:"你朋友?"

龙哥:"好朋友。"

喻冬又瞧了那西装革履的年轻人一眼。青年文质彬彬,鼻梁架一副眼镜,冲喻冬微微点头,脸上没半分笑意。

青年与龙哥气质迥异,喻冬无法想象他们会因为什么而成为好友,一时语塞,不住挠头。

车边的年轻人已经不耐烦了。他看了一眼手表,打开车门,冲这边喊了一声:"莫晓龙!"

龙哥连忙掏钱给大妈,拿着两瓶矿泉水对喻冬说了再见。他往车子跑了几步,又折回来掏出名片给喻冬:"这个,我手机号码,不回家就联系我啊,我带你们俩吃好吃的。"

名片上印着"莫晓龙"三个字,另外还有某某网络公司董事长之类的名号。喻冬定睛一瞧,这网络公司的地址就是龙行网吧所在处。手机号码倒是好记,一串的8。

喻冬心情复杂,但好奇心压过了一切,目光忍不住追随龙哥上车。

年轻的豪车司机瞪了龙哥一眼,龙哥连忙把冰凉的矿泉水递过去。他笑嘻嘻的模样令喻冬睁大了眼睛:龙哥平素凶恶的表情像这一天的云一样无影无踪。喻冬甚至怀疑,那青年才是龙哥的顶头上司。

目送龙哥和他的好朋友离开,喻冬的注意力再次被体育场的解说声吸引。

和市三中进行决赛的是去年的冠军,比分进入下半场,一直是1:1,呈胶着状态。

喻冬又走到D入口。D入口铁门内是长走廊,走廊尽头有亮光,那是球场的位置。离得太远了,只能看到有人走动,是观众而不是球员。

球场在比这里更低的地方,喻冬什么都看不到。

他竖起耳朵,认认真真地听。门口铁条冰凉,贴在他手上和脸上,反倒很舒适。

解说员有时候会提到10号队员。他抢断了!他助攻!哎呀可惜,这个进球漂亮,但对方守门员显然早有准备……

在认识宋丰丰之前,喻冬对足球和足球规则的了解并不多,现在他光听解说就知道场上到底是个什么状况。

市三中的一名前锋因为受伤被替换下场了。10号仍在场上活动。喻冬看宋丰丰训练的时候总是很惊讶他哪儿来这么多的精力,能充沛地跑来跑去,跑足整整一场。

十六中的队服是橙红色的,市三中的队服蓝白相间。喻冬心里还是有遗憾:他还没见过宋丰丰穿着新球服参加比赛。

最后五分钟,解说员声嘶力竭。两支队伍的力气都接近透支,今天实在太热、太热了。卖冰激凌的大妈推着雪柜,雪柜里的冰棍和甜筒也全都有气无力,软绵绵的。

10号!10号!——解说员奋力大喊:今天决赛出场的10号是市三中高一的学生!入学只有两个月!但他今天在场上表现非常出色!10号抢到了球!被拦截了——好!漂亮的传球!球来到了3号脚下!

喻冬紧紧抓着铁条。

场中的欢呼越来越激烈，声浪一波波涌过来。

3号是三中队的队长，在上半场第19分钟攻入一球，他能否……球再次回到了10号脚下！这是一个障眼法！漂亮！

喻冬紧张坏了。他拽着D入口的铁门，剧烈摇晃，冲着体育场里大喊："宋丰丰！"

欢呼与尖叫响起，随即变成了失望的叹气。

就连喻冬身后卖东西的大妈也随着他一起紧张："哎呀！"

"太可惜了！"解说员的声音里也透着懊恼，"门柱！这一次10号的进球是被门柱——进了！进了！一次漂亮的配合！3号成功进球！"

喜悦的声浪终于高高扬起。

喻冬的手都攥疼了。进球了，但不是宋丰丰——可也有宋丰丰的功劳。

他高兴得要跳起来，左看右看找不到人分享，跑回去拉着大妈的手："阿姨！我们赢了！"

大妈问他宋丰丰是谁，喻冬说是我朋友，进球的那个。他厚着脸皮把这功劳放在了宋丰丰身上，引得大妈连连道贺。

在D入口转了几圈，大妈提醒他只有A入口才能进出，他如果想等朋友应该去A入口。喻冬绕着体育场跑了一圈，心里那团光明柔软的东西让他整个人都陷入了欢喜之中，一路笑着，停不下来。

要是张敬在这儿就好了，或者学委，或者班长，实在不行，他也愿意跟郑随波或者吴瞳分享这个好消息。没有人可以一起为宋丰丰的胜利而欢呼，他在狂喜之中觉得寂寞。

大妈拖着雪柜正准备转移地方，忽然看见D入口的铁门出现了一个男孩。

他满身是汗，身上穿着蓝白相间的球服，左胸上有个"10"，仿佛是从欢呼与簇拥中刚刚奔跑出来。他的头发上沾着彩色纸屑，脖子上也贴着彩纸碎片。

"喻冬！"宋丰丰趴在铁门上大喊，"人呢？喻冬！"

他没听到回应，干脆抓住铁门打算爬出去。

"你找谁？"大妈问。

"阿姨你看到一个穿校服的男孩子吗？"宋丰丰还有点喘，说话上气不接下气的，"很高、很白、很帅的，见过吗？"

大妈想了一下："你是他的朋友，什么丰吗？"

大妈给他指点了喻冬前往的方向。宋丰丰道谢后转头又跑回了体育场，才刚跑进球场，立刻被队长抓住。

"照相呢，跑什么？"队长问他，"见到你家喻冬没有？"

"没有，他到A入口去了，可能在等我。"宋丰丰把脖子上的纸片弄下来，"我不拍照了行吗？"

"不行。市三中十年没碰过冠军奖杯了，这个制胜一球是我和你合作踢进去的，副校长还在等我们去合影。"队长把他往绿草坪上拉，"我说你去洗手间了，他们才不追究的。"

宋丰丰："……你用个别的理由行吗？！"

队长："为什么生气呢？"

他把宋丰丰拖走了。

将近五点半，A入口的安检人员终于撤走，体育场恢复了常态。等待许久的喻冬开始觉得饿，他除了一桶方便面之外只是喝水、吃冰激凌，现在有点儿撑不住了。

在小卖部里买了两个面包，他一边吃一边往体育场里头走。

穿过A入口的大门后直走一百多米，就可以来到观众看台。清洁工正在打扫卫生，绿色的足球场上有几个工作人员，他没有看到市三中的球队。

188

喻冬在看台上眺望一阵，把面包吃完，转身往外走。还没走到A入口的大门，身后忽然传来匆忙的奔跑声，他还未来得及转身，已经被人从后面一把揽住了肩膀。

"我远远看到你就追过来了！"宋丰丰一头的汗，脱下的球服上衣草草抓在手上，"我们拿冠军了！"

宋丰丰太激动了，喻冬被他撞到肩膀，甚至有点儿疼。

"知道了，我一直听着。"喻冬让他放开自己，"最后一球是你和队长配合踢进去的。"

宋丰丰有一堆话要对他说，比如自己在场上怎么积极配合，怎么运用战术，怎么为市三中夺得了十年之后的又一个冠军。但听到喻冬的话，他突然什么都不想说了。

D入口只有一扇大铁门，喻冬就在那里等着他，听完了整场比赛。

"对不起。"他跟喻冬道歉，"是我没打听好。"

喻冬并没有生气，示意他跟自己走。

"我请功臣吃饭。"他反过来揽着宋丰丰笑道，"这附近有一家鱼馆，一条大鱼能做出七八种吃法。"

宋丰丰半信半疑地看着他，像是在打量他是否真的没生气。

喻冬确实没生气，他高兴都来不及，这么一点意外不值得他花时间去生气。他原本以为宋丰丰会比自己更兴奋，但奇怪的是，想到两人在陌生的城市、陌生的体育场里，他比宋丰丰还要快活。

"晚餐有人请了。"宋丰丰说，"全队人都要去，你也跟我一起去吧？"

"几点？"

"七点半。"

喻冬看了一眼手表："来不及了，我要赶七点十五分的火车。"

这是回家的最后一趟，如果赶不上，就得明天再走了。

"明天我要去图书馆查些资料，赶生物标本协会第一次活动的

189

计划书,做不出来的话,可能会被关初阳和张敬痛下毒手杀人灭口。"喻冬说,"我现在后悔加入那个协会了。"

宋丰丰走不动了,他呆呆地看了喻冬一阵,心里难过得讲不出话。

喻冬却又有了新主意:"那我们去买手机吧。"

宋丰丰被他拽着往外走:"手机?"

"如果我们俩都有手机,这次就不会这么麻烦了。"喻冬高高兴兴地说,"你爸不是让你买手机吗?这边比较便宜,买完正好回酒店,洗澡吃饭。"

两人打了一辆车,直接前往市中心的手机卖场。

喻冬先前在张敬家里看《大众软件》时已经默默记下不少新型号的信息。卖场里满是人,有一款针对年轻人市场的手机这个月才刚刚推出,到处都是它的广告。

"能拍照,音乐手机,滑盖的,我觉得挺好看。"喻冬说,"而且这个品牌的手机质量特别好,摔不坏,适合你。"

宋丰丰仔细看参数,这个不过巴掌大小的滑盖手机功能齐全,而且非常耐用:"理论待机时间二百二十三个小时?那不是充电一次能用一周?"

他有些心动了:"你买吗?"

"买啊。"喻冬点头,"我连卡都带来了。"

宋英雄老催促宋丰丰买手机。卫星电话现在已经覆盖南海,他迫不及待地要成为一个尽职尽责的、随时可以打电话回家询问儿子学习成绩并骂儿子几句的好父亲。

宋丰丰在喻冬的鼓舞下,很快刷卡买下手机。两人买的是同一款。宋丰丰拎着纸袋子离开卖场,感觉还有些恍惚:这是他第一次在这么短的时间内购买这么贵的东西。

"你说要送我什么礼物?"他突然想起喻冬开赛前说的话。

"给你买手机的参考意见,这还不算礼物?"喻冬说。

宋丰丰:"……行吧。"

喻冬不高兴了:"你们嫌我老送礼物,现在我不送了你又不高兴。"

宋丰丰:"你悄悄送啊,我不让张敬知道。"

喻冬盯着他看了一会儿,咧嘴笑了。宋丰丰发觉喻冬这一天有些古怪,整个人像是被一种什么情绪鼓舞了似的,和以往有些不同。

"那我走了啊。"喻冬说,"你明晚回是吧?"

"嗯,随队一起回。明天还有一个什么采访,要上电视。"宋丰丰难得害羞了,"应该不会拍我吧。"

"肯定会拍你啊。"喻冬在公车站旁的小吃摊里买了点零食,边吃边说,"你和队长都要拍。"

宋丰丰看他吃东西,后知后觉似的反应过来:"喻冬,你今天都吃了什么?"

但车已经来了,喻冬没有回答他,很快跳上车,隔着车窗冲他挥手,说了再见。

宋丰丰回到酒店之后还剩一点儿时间。他飞快洗了澡,把自己打理清爽,和队员们一起坐小巴去吃饭。他在车上一点点地想今天喻冬的行程,最后终于确定:这人根本没吃饭。

到了饭店,等领导讲了话,开了席,他说要去洗手间,借机溜了出来。

宋丰丰打算给喻冬打电话,却发现自己手机还没办 SIM 卡。等到柜台处借到了座机,又想起喻冬也还没有办卡,自己根本联系不上他。

宋丰丰在柜台呆站片刻,又垂头丧气回了包厢。想到喻冬就这样饿着肚子苦兮兮地回家,看着面前的一桌子鸡鸭鱼肉,他胃口全无。

191

喻冬抵达车站时差点没赶上车,但是那趟车晚点了一个小时,他阴差阳错,得以慢吞吞吃了个好饭。

他饿得狠了,吃完一份叉烧白切鸡拼烧腊饭之后,在火车站里头闲逛时又啃了一个煮玉米和一块鸡排。坐在候车室里等车,听隔壁一对小夫妻说候车室门口卖的烤肠和茶叶蛋好吃,他又跑去买。

实在吃不下了,把自己充分喂饱的喻冬等到了姗姗来迟的列车。

夜间的列车没有什么人,喻冬自己占据了一个小空间。吃饱了之后人容易犯困,他把额头贴在冰凉的车窗上,看着外头飞快掠过的树与房子。

天色越来越暗了,渐渐只有远处的灯是清晰的。列车在铁轨上飞驰而过,有时候经过某些陌生的铁道口,喻冬看到有小孩子停在路边,仰头看着经过的火车。

这揣着兴奋和狂喜的一天过去了,他在安静的车厢里慢慢感到了落寞。

太匆忙了,他怀着遗憾心想,自己甚至没有好好看看宋丰丰。

喻冬随着车身的摇晃,额头在车窗上轻轻地一撞一撞。他听见宋丰丰从二楼天台上大声招呼自己,他看宋丰丰在玉河桥上骑车,车头挂着早餐。宋丰丰踩着自己的滑板,在路上歪歪扭扭地走,然后栽到了别人家的院子里。

喻冬在无聊中渐渐生出困惑。

他为什么要到省城来?为什么毫不犹豫?为什么要拼命赶车?为什么即便站在场外听完全程也仍旧这样兴奋?

为什么这样跑过来,就是为了见一眼比赛中的宋丰丰?

有一个让他畏惧的答案从深处浮出来,薄薄地藏在水面下,他一伸手就能碰到。

群山在车窗外掠过,喻冬在车窗上看到了一个脸色苍白、紧紧张张的自己。

宋丰丰在省城给周兰买了东西,还给喻冬带了两本新的漫画。他回到家放好行李,立刻过桥去找喻冬。喻冬隔着门告诉他自己还在搞计划书,谁都不想见。

宋丰丰很郁闷,回家之后闲着没事,打电话骂了张敬一顿。

周一上学,他仍旧一早去买了早餐给喻冬,喻冬却已经出发了。宋丰丰这才觉得不对劲:喻冬从来没有撇下过自己一个人上学。

他奋力猛蹬,最后终于在铁道口追上了喻冬。

"我帮你骂过张敬了。"宋丰丰邀功似的说,"他答应我以后不会再找你干活。"

喻冬见了他,先是趴在车头,然后又转过头,盯着铁轨的尽头,就是不看他一眼。

宋丰丰急了:"你怎么了?"

喻冬任由他摇晃自己车头,就是不动。

"你脸红什么?"宋丰丰扭头去看他。

"……太晒了。"喻冬回答,"你不觉得热吗?"

"要不你干脆退了那个协会吧。"铁道口收闸了,两人往前骑去,"哦不对,人数不够协会就取消了是吧?"

"最少四个人,现在还差一个。"

宋丰丰拍拍胸膛:"那我加入吧。以后我罩你,你不用参加活动。给张敬多一点机会和女神相处。"

两人一路说着没边没际的话,在海边的道路上前进。朝阳从东方升起,照亮了所有人的脸,常青的灌木和乔木还在一苍苍地开花,凤凰木与羊蹄甲的花瓣落了满地,随着风不断扬起。

宋丰丰始终不知喻冬为何突然改变态度,他知道喻冬有复杂的一部分，只是此前从未对自己展露过。喻冬和他目光撞上，很快别过头。宋丰丰半是恼怒地撞他的车头，他歪歪扭扭地躲避，两辆自行车在路上走出了蛇形的轨迹。

两人到了学校，在车棚里看到满脸惊恐的张敬和学委。

"你不是吧？"宋丰丰很惊讶，"要威胁学委？就为了个期中考？"

"谁怕期中考啊！"张敬大叫。

"我怕，我爸可能会揍死我。"宋丰丰看向喻冬，"喻冬救我。"

张敬扯着学委大吼："先听我讲！期中考之后是什么事情你们忘了吗！"

喻冬突然想起来了："校运会。"

"是啊！"张敬指着学委，语气绝望，"这家伙背叛我！他们几个班干部上周商量校运会的事情，有人问男子五千米有谁能跑，他把我说了出去！"

学委："你确实参加过。"

张敬："那是四千米！"他想了想，又补充道，"而且我没跑完。"

想到当初的惨状，他揪着学委衣领摇晃不已："陈垚啊陈垚，你害死我了……"

"男子五千米和女子四千米每个班都只能报一个人，而且参赛之前要一起进行针对性训练，你知道吧？"学委推了推眼镜。

张敬："不想知道。你快帮我把报名撤了，不然不要怪我辣手无情……"

学委："我们班女子四千米是关初阳。"

张敬："……哦？"

他立刻松手，顺便帮学委抚平被自己捏皱的衣领。市三中的校运会上有不少特色比赛项目，除了教师们必须出场参与的各类竞技比赛之外，男子五千米和女子四千米长跑也是一个很有意思的项目。

因为跑道在校外。

这两项比赛实际名为"男子／女子定向长跑",是市三中根据定向越野运动的相关规则重新设计的一个比赛项目。参赛选手会带着指南针和地图出发,并且要在确定的六个地点中寻找到相应的信物,绕一圈后返回起点。

每一年的定向长跑都有一段设置在海边的赛道,有的学生非常喜欢这一段,有的人则异常厌恶这一段:在这个热带城市里,十一月也仍旧热得厉害。

针对性训练的地点就在操场上,张敬得到通知之后,一下课就立刻约上关初阳过去了。

关初阳一路上还在问他生物标本协会活动的事情,张敬拍着胸脯:"喻冬都写好了!我看过了,特别棒。"

关初阳:"一会儿给我也瞧瞧啊。"

张敬告知协会即将迎来关键的第四位成员宋丰丰,关初阳原本愁眉不展,一听这消息立刻高兴起来了。

根据学校的规定,学生只要向学校提出申请并审批通过,就可以成立社团。但学生社团超过四人才能跟学校申请活动经费。如果没有活动经费,社团在一学期内无法举办活动,下学期的审核可能会被取消社团资格。

宋丰丰加入之后,关初阳的生物标本协会就可以正式向学校申请经费了。

"如果活动计划写得好,一学期大概能申请下来一千块。"关初阳说,"但名额有限,申请不容易。"

她再次愁眉苦脸。

两人抵达集合场地之后不久,老师宣布开始讲解比赛规则和进行训练。

张敬:"人没来齐呀。"

老师:"齐了,就你们九个人。"

张敬:"……高一年级都不止九个班!"

老师:"这个比赛是自愿报名参加的,不强制要求,你不知道吗?"

张敬:"……"他在心里揪着学委疯狂追打五千米。

关初阳倒是跃跃欲试,听得很认真。她曾经参加过夏令营的定向运动,兴趣很浓厚。老师讲解结束之后给每个选手发了一张赛程单,上面列出了注意事项。张敬一边看一边跟关初阳搭话:"高一就我们两个人参加,我们俩要互相扶持了。"

关初阳:"嗯。"

张敬忍不住又多嘴:"关初阳,你不觉得我们两个很有缘分吗?你喜欢标本,我正好也喜欢;你报名参加定向长跑,我也正好报名参加。"

关初阳想了想:"是吗?"

张敬厚着脸皮:"是的。互相扶持,啊,扶持。"

第一天的三千米训练跑结束了,老师和其余七个人站在终点线等待张敬和关初阳。

张敬跑得很累了,但还在勉强支撑。我以前还跑不了三千米呢——他这样安慰自己。

关初阳已经跑完了,看到他还在跑道上磨蹭,于是走过来和他一起往前去。张敬郁闷坏了——才刚说了"互相扶持",可谁也没扶持上谁。好不容易走到终点,他趴在跑道上大喘气。老师过来问他要不要取消报名。

"张敬同学,你勇气可嘉,但是要考虑实际情况。"老师很诚恳,"比赛时间是上午十点,比现在还要热,你行吗?"

张敬:"我不行……但我会努力的!"

老师:"不要这么唯心。"

他把张敬的名字画掉，让张敬到一边的树荫下歇着，不要瘫在跑道上影响田径队训练。

关初阳坐在他身边等他缓过气，慢悠悠地开口："你是不是平时不锻炼？"

"其实我打球的，"张敬说，"乒乓球。"

关初阳看着他笑："啊？你的朋友好像都玩更激烈的球类运动，你怎么不跟他们一起？"

喻冬现在喜欢上了打篮球，宋丰丰一天到晚混在足球场上，就连学委也练起了气排球。

张敬从地上爬起来，拘谨地抱膝坐在关初阳身边。他还是第一次和关初阳在这样的气氛里一对一地聊天，此时拼命在心里找各种有趣的话题。

"我觉得打篮球就挺好的。"关初阳看着篮球场上的人，"打篮球的男生很帅。"

张敬正跷起兰花指，一句"我的手指以前骨折过，不敢搞激烈运动"才刚说完，顿时停口。

关初阳转回头，正巧看到他还没收回去的兰花指，一下乐得眼睛都弯了。

"你好好笑。"她说。

张敬："……"

因这句话，他整个人都飘了起来。

"张敬最近是不是疯了？"宋丰丰一边吃鸡丝粉一边问喻冬，"好恶心，他昨天来找我，笑得好恶心好恶心。"

喻冬和张敬同一个班，知道的情况多一些，于是跟宋丰丰分享。听完之后，宋丰丰立刻下了结论："他准备在关初阳面前做谐星吗？"

喻冬比他先吃完，扯纸巾擦嘴，顺口问他："昨晚那套题做完没有？"

面前黑乎乎的新晋足球队明日之星埋头一根根数碗里的粉，没吭声。

喻冬："……下周就考试了。"

宋丰丰："我知道。"

喻冬："你爸已经回家了。"

宋丰丰哀叫："是的是的，我知道！"

宋英雄已经结束了出海捕鱼的工作，并且决定在来年开春之前都不再出门了。冬季出海捕鱼，除非一直往热带海域过去，否则在近海很难捕捞到可喜收获。海水的温度下降，许多鱼都潜入更温暖的海洋深处，或者迁徙到靠近热带的海域去了。出海了没收获，想要收获必须远航，但远航一去就是几个月，那就意味着春节不能回家。

船员们说起自己的家庭和孩子，个个都心有戚戚。宋丰丰算是其中比较好的一个了。宋英雄想，为什么呢？因为自己管教有方，所以宋丰丰没有变坏，没有辍学，更没有沾染什么坏的习惯。

"高中很关键！"船长是这样说的。

大副宋英雄想了很久，最终做出了休长假的决定。他很久没参加过宋丰丰的家长会，今年是高中的第一年，他想跟儿子一起过年。

不过回家没多久，宋英雄就发现宋丰丰显然更喜欢往喻冬那边跑。一是周兰做的饭菜好吃，二是那边有人陪他玩。

宋英雄偷偷摸摸去看了几次，发现宋丰丰还是比较乖的。喻冬在书桌前看书，宋丰丰也搬了张桌子放在喻冬房间里，往自己的笔记本上写写画画，面前摊着喻冬的试卷。

"你又抄喻冬作业？！"看清楚之后，宋英雄勃然大怒。

宋丰丰委屈坏了："谁抄作业了！喻冬让我把基础题的解法都

抄一遍记下来，肯定会考的。"

宋英雄这才放心。

他渐渐不来偷看宋丰丰学习，宋丰丰终于可以光明正大地把参考书下藏的漫画拿出来。

隔壁七叔耳朵不灵，看电视总是开得很大声，宋丰丰看了十几页漫画，注意力被不断传来的电视台词吸引，听得津津有味。

喻冬根本不理他，一个人戴着耳机默单词。

他桌上开了一盏台灯，温暖的光线照亮他的头发和脸，宋丰丰盯着他看了一会儿，认为他的鼻子很漂亮，跟自己鼻梁形状差不多。

喻冬默完单词，把本子扔给宋丰丰："圈出来这些必须背，肯定会考。"

宋丰丰放下漫画，乖乖拿起本子抄写。

"抄二十遍。"喻冬凶巴巴地说，"二十遍总能记住了吧？"

宋丰丰："难讲。"

喻冬觉得很不可思议："为什么你能记住全世界那么多球队和球星的名称和单词，就是记不住课本上的东西？"

宋丰丰："因为爱吧。"

喻冬："……"

——"你怎么会喜欢上这样的人！"七叔的电视机上有人在声嘶力竭地吼。

喻冬转头深呼吸，继续对付一张新的数学卷子。

高中的数理化跟初中的数理化完全不是同一种东西，宋丰丰甚至怀疑教材是不是写错了，为什么自己几乎都看不懂。

喻冬告诉他拿基础分的方法跟之前也是完全一样的，能背的就死记硬背，不能背的那些，就尽力把课本上的习题都做完、都理解，这至少可以保证拿到及格分，喻冬是这样说的。

宋丰丰早上和傍晚都要进行强度很大的足球训练。市三中拿到省里比赛的冠军之后,下学期还得去参加华南地区的联合比赛。

他其实是很累的,但不好意思跟喻冬讲,只能偶尔跟宋英雄提一提。只是宋英雄每次一听他说训练很忙,立刻让他不要踢球了,专心学习。

宋丰丰渐渐地也不再讲了,他觉得很没意思。

喻冬要自己复习,还要给他准备各种基础题用来训练。宋丰丰不知道能跟谁提这种焦灼,只能每晚奋力打起精神跟着喻冬学习。

过了期中考试之后,高一年级的学生就会正式开始晚自习。

宋丰丰想到就觉得很害怕:他不喜欢呆坐在教室里。

他跟同桌吴曈透露过自己的想法,吴曈撺掇他去跟郑随波说一声,晚上互相换个位置自习。宋丰丰去问郑随波,被郑随波吼了一句"去死吧",再没下文。

眼看期中考越来越近了,宋丰丰也渐渐紧张起来。喻冬和张敬的成绩都很好,他潜意识里也有了点儿较劲的想法:他们三个人关系这么好,如果自己考得太糟糕,似乎很对不起朋友。

有时候他学得太晚了,干脆就在喻冬家里过夜。喻冬总让他先上床,宋丰丰刷牙洗脸,连洗澡也连带着解决了,在床上躺一会儿立刻就能睡着。

但有时候他凌晨一两点醒来,会看到喻冬仍旧坐在书桌前。有时候是埋头做题,有时候则趴在桌上打盹。

喻冬对进入市三中后的第一次大考很重视。他跟自己较劲,也暗暗地跟父亲和喻唯英较劲,他要在市三中考出足够好的成绩,来向他们证明自己的选择并无错误。

考试全程喻冬都游刃有余。考完后,他打算问曾经的状元关初阳考得怎么样,结果还没走到她身边,她已经一阵风似的跑了。

张敬也在飞快收拾东西,眼看就要跟着关初阳一起消失,喻冬眼疾手快，一把拉住。

"关初阳去哪儿？"喻冬顺便问了他一句，"你考得怎么样？"

"还行吧。"张敬奋力摆脱他，"我要去和关初阳一起搞定向长跑的训练了。"

学委在一旁收拾文具，闻言很惊奇："你不是被除名了吗？"

张敬改口："我去看关初阳训练。"

喻冬和学委同时挑了挑眉，露出意味深长的笑容。

张敬急了："我……我……我是生物标本协会的副会长！我们还要商量协会活动的。"

喻冬戳他脸："你还脸红？脸皮这么薄了？"

张敬惊呆了，一把将喻冬的手甩开："喻冬你跟宋丰丰学坏了！"

这话被过来找喻冬的宋丰丰听到，顿时大怒："你说谁学坏了？"

张敬："我，我学坏了。"

他连忙拎着书包跑走。

跟宋丰丰一起来的还有吴瞳，是来找郑随波一起回家的。郑随波考完之后就在教室后面趴着画图，纸上全是乱七八糟的线条，喻冬他们都看不懂上面是什么。

"为什么画水母？"吴瞳站在郑随波身后看他的画，"水母上还有个人？"

郑随波先是一喜："你看出来了？"等回头看到是吴瞳，他脸色一变，鼻子喷出一声"哼"，显然不愿意搭理对方。

吴瞳坐在郑随波身边，语气突然严肃起来："郑随波，你耳朵怎么了？"

郑随波没理他。

"你这颗痣怎么变大了？"吴瞳说，"还肿起来了，疼不疼？"

郑随波下意识摸着自己耳垂："没有啊。"

"哎呀……"吴瞳的声音突然变小，"你这里……"

郑随波慌了，在耳朵上蹭了又蹭："我这里怎么了？"

吴瞳凑近他忽然大吼一声。郑随波整个人被震了一下，回过神来直接用肩膀把吴瞳撞开："你神经病吧！"

吴瞳歪在椅子上蜷成一团，脑袋埋在臂弯。

"撞伤了？"郑随波以为自己力气太大，凑近了才发现这人不仅没事，而且正趴在桌上笑个不停。

"你怎么从小到大都会被这个套路坑啊？"吴瞳笑得眼泪都出来了，"你是不是傻？"

郑随波踹他一脚，鼓着一嘴的气继续作画。

吴瞳伸手戳他面颊："今晚去不去我家吃饭？"

郑随波很有骨气："不去！"

吴瞳："我妈买了很肥的弹虾和青蟹。"

郑随波没回头，也没搭理。吴瞳笑了一阵，渐渐发现自己好像真的把人惹恼了。教室里只剩他们两个，吴瞳双手合十，小声道歉："对不起，波哥，原谅小弟吧。"

他开始跟郑随波说起了旁人听不清楚的话。

宋丰丰总觉得喻冬知道一些自己不知道的，和吴瞳、郑随波有关的事情。他缠着喻冬，求知若渴地打听八卦。

他搬来许多漫画堆在喻冬桌上，打算在考试结束之后和喻冬追上连载进度。但喻冬躺在床上看着手机发愣，宋丰丰说了好几句话他都没听见似的，一声不吭。

原本被拆下来堵窗户的床板已经装好了，宋丰丰总觉得不牢。他看得眼睛累了，提醒喻冬关灯休息。床板随着他们的动作发出嘎嘎吱吱的声音。

玉河桥和兴安街上彻夜亮着灯。凌晨四点钟左右，街上就会传出此起彼伏的鸡鸣声，养在楼顶的公鸡一只接一只争着打鸣。不久后，路上会传来踩三轮车的声音。这声音来自去轮班的三班倒工人，或者是早起去批发市场批发果菜禽肉、拉到市场去卖的小贩。

宋丰丰仰面躺着，他不知道现在几点。喻冬桌上的小闹钟不是夜光的，只会在黑夜里一声声地响。

有灯光从窗帘的缝隙里钻进来，猫和狗的叫声在很远的地方时不时响起。

他没睡着，喻冬也没睡着。

宋丰丰听到喻冬翻了个身，也和自己一样仰面躺着。

他突地紧张起来，连呼吸都放轻了，像是怕自己胸膛的震动打扰了喻冬。喻冬白天时还是正常的喻冬，但接了两个电话之后便陷入令人不安的焦虑。宋丰丰想询问，但不知从何问起。

乱七八糟想了一堆，喻冬忽然说了一句话，宋丰丰没听清。

但这句话打破了宋丰丰自己给自己制造的僵局，他一下活络起来了，翻身对着喻冬："嗯？"

喻冬又把刚刚的话重复了一遍："我爸说这次家长会他过来开。"

宋丰丰见过喻唯英，却从没见过喻乔山。他早就把喻唯英和喻乔山划到了同一个阵营里，那个阵营名为"喻冬之敌"。

和宋英雄的想法差不多，喻乔山也认为高中的第一次家长会自己应该到场，应该和儿子、老师甚至是同学见见面。

喻冬倒不怕父亲，只是一想到喻乔山，心头尤为疲倦。他长长叹了一声，没有再往下说。

宋丰丰听到他叹气，于是想办法安慰他："家长会的时候你又不用去，见不到的。"

"可我也不愿意他到家里来。"喻冬说，"我不想让外婆和他见面。"

喻冬翻了个身,与宋丰丰面对面躺着。他想了片刻,说:"我决定了,家长会那天我留在学校里。他开完会骂我一顿,就过去了。"

宋丰丰:"骂你?为什么?你肯定考得很好。"

喻冬才想起自己还没仔细告诉过宋丰丰之前和父亲谈判的真实情况。

他发现自己学会巧妙骗人,是从因为说不出话而在疗养院里度过的那段日子开始的。因为说不出话,而且不是器质性原因,喻冬每天在疗养院里住着条件最好的病房,并且也不需要吃任何药效强烈的药物,基本上就只是发呆和玩。

疗养院的地方很大,他山上山下都跑遍了。

没事可做的时候,就开始观察起疗养院里的医生、护士、营养师以及病人。

疗养院还住着一些在喻冬看来很有趣的病人。他们说话做事都自有一套逻辑,而且找不出漏洞。

他常常趁着看护不注意,偷偷跑到院子里去观察放风的病人。有几个人注意到他,每天都凑到墙边和他聊天。有的说自己是宇宙的大脑,有的说自己拥有一套能炸裂星星的武器。

喻冬一开始觉得特别古怪。他没办法说话,只能用纸和笔,连带着比画跟他们沟通。

声称自己拥有可怕武器的人让他特别好奇:他是真的确信自己拥有这套武器,并且为这套武器的来源、名称和使用都设置了完整的故事。

喻冬回到自己房间里,会回忆自己和他们交流的内容。他渐渐发现,如果想说出完美的谎言,首先要制造一个看似合理的逻辑。

宋丰丰觉得他说得太玄,直接表示听不懂。

"也就是说，我爸认为我不想去华观，肯定是因为我讨厌华观。我讨厌华观，肯定是因为我讨厌华观里出来的人，比如喻唯英，或者他自己。"喻冬跟他解释，"我肯定不能说我讨厌他对不对？虽然我确实很讨厌。而且，刚好喻唯英和我又吵过打过，所以我只要加强喻唯英这个印象就行了。"

所以他告诉喻乔山，喻唯英说自己是"杂种"。这个词语直接引起了喻乔山强烈的反感，最终让他信了喻冬的话。

宋丰丰："……你们脑筋好的人，说谎的时候都会想那么多的吗？"

喻冬："是吧。"

宋丰丰："那你以后可千万别骗我。我怕了。"

喻冬一下就笑了："我都说了，绝对不骗你。"

宋丰丰："真的？永远对我说真话？"

喻冬顺着应了："是。"

宋丰丰伸出手指："拉钩。"

喻冬哑然失笑，他想嘲讽宋丰丰这种小孩性情，但并未说出一个字眼。窗外路灯照亮宋丰丰半张脸，和他认真执着的眼睛。喻冬和他拉钩，勾连的尾指像一把锁。

期中考的成绩很快出来，因为并不需要全市进行排名，所以各个学生的名次也很快就拎好了。

喻冬退步了，他落到了前二十名左右。

关初阳仍旧稳居第一，张敬比喻冬还要靠前，但距离自己的女神还差十几个身位。

喻冬自己倒不特别在意，孙舞阳找他谈话，问他怎么回事。喻冬便说是最近身体不舒服，没精神学习。

除了数学和物理不及格，其余科目宋丰丰都考过了及格线。他对自己的成绩非常非常满意，乐颠颠去找张敬和喻冬炫耀。喻冬不在教室里，他只看到了张敬。

"喻冬是不是考前又给你补课了？"张敬问他，"你知不知道他这次退步特别多？"

宋丰丰愣了。

家长会很快开始。一班和二班的学生看上去并不紧张。宋丰丰把成绩条拿给宋英雄看，宋英雄差点怀疑自己这个儿子是假的："考得这么好？"

他了解自己儿子的脑筋，因而完全不佩服儿子，反而佩服喻冬了。

家长会当天晚上，喻冬和周兰说自己在学校里帮忙，不回家吃饭。他想让周兰去开家长会，但喻乔山早就联系了孙舞阳，喻冬的办法没能实施。

他告诉周兰，家长会是喻唯英来开，周兰对喻唯英印象也不好，但还未恶劣到喻乔山那地步。

喻冬看着外婆在厨房里忙碌，心里很不是滋味。他又骗人了。尽管有种种理由，可是他确确实实又骗人了。

"外婆，我们周末出去吃饭吧。"他靠在厨房门边说，"市中心新开了一个商场，我们去逛街好不好？"

也只有对着周兰，他才会用这种口吻来说话，像孩子一样撒娇。

到了学校，他发现宋丰丰和张敬在楼下等着。

"周末去买新电脑。"宋丰丰说，"我爸说我考得不错，答应给我买了。市中心新开了商场，我们去逛街？"

喻冬："不去，有约会了。"

宋丰丰盯着他："和什么人约会？"

倒是张敬先觉得烦了，宋丰丰一见到喻冬，说话就完全找不到重点。

206

"有什么需要帮忙的就直说，我和黑丰今晚都在这里。"张敬挠挠头，"有几个班干部要在班上帮忙，所以我也留下来，到时候我会在教室里，有什么情况第一时间通知你。"

喻冬："你不是班干部啊。"

张敬："关初阳是啊。"

宋丰丰终于从喻冬要跟神秘人约会的震愕中回过神来，和喻冬一起盯着张敬："她知道你喜欢她了？"

张敬紧张得话都说不清楚："什么？什么喜欢……没有没有没有。"

他不过是借口说自己回家没事情做，愿意为班上出一分力，所以孙舞阳才允许他留下来。

喻冬知道宋丰丰和张敬是给自己打气来的。事实上他对付喻乔山有自己的一套，不需要宋丰丰和张敬帮忙。但两个朋友的义气同样很令他感动。

"我去校门口等人。"他不懂如何表露，换了个话题。

宋丰丰："要打要揍，你出个声。"

张敬先打了他一拳："文明点！"

家长会快开始时喻乔山才到。他来得太迟，开车在学校里兜了好几圈才停好。他的座驾是全新的，喻冬没见过，只知道价格惊人。

"在哪里啊？"喻乔山问他，"市三中怎么这么小？这学校不行。"

喻冬把他带到教室，指点了位置让他坐下。

郑随波的妈妈早就来了，光是给郑随波整理抽屉里各种各样的画集和垃圾就忙活了半天。喻乔山看到隔壁书桌上摊着一堆人体画册，眉头皱得很紧。

但看到郑随波的成绩之后，他反倒吃惊了。郑随波的母亲是温和的好脾气，高高兴兴地和他分享孩子的成绩："你家喻冬好厉害啊。不过我儿子也有进步，真不容易。"

喻乔山半信半疑地打量隔壁穿着打扮都非常普通的女人，并不认为当一个学生有什么不容易的地方。低头看手上的单子，喻乔山沉默不言。他并不满意喻冬的成绩。

喻冬和宋丰丰、张敬买了冰激凌，坐在楼下吃。

今天是高一高二的家长会，高三则还在上晚自习。教学楼的走廊上有老师摆着桌子椅子，等候出来问问题的学生。他们称这为"摆摊"。

学校里非常安静，灯光被树影遮掩，在校道上落下斑驳的光点。小虫徒劳地撞着灯罩，有很轻很轻的、不要命的响声。

喻冬看着两只虫子盲目乱飞，直到宋丰丰喊他才回过神。

"你到底跟谁去约会？"

连张敬也好奇地望着他。

喻冬本想坦白告诉他，但话到嘴边又咽了下去。

我不骗你，但我不说。他心想，带着神秘的笑意摇摇头。

宋丰丰郁闷了："谁啊，这样保密？"

他和张敬想了各种各样的办法，但喻冬始终紧闭着嘴巴，像咬死秘密的卧底。

好不容易等到散会，喻冬扔了手里的雪糕盒子，三步并作两步跑上楼。不少家长围着孙舞阳问问题，但喻乔山已经走下楼。他和喻冬在楼梯上相遇，两人都没有好脸色。

"你过来。"喻乔山说。

父子俩一直走到停车的地方，昏暗且安静。喻乔山烟瘾又犯，迅速点起一支烟。喻冬下意识躲了躲，这个动作被喻乔山看到了，又冒出一把火。

"娇生惯养！"喻乔山低吼，"能不能学学你哥哥，大方一点！"

他恼怒地狠狠吸了一口:"也不知道跟谁学的。"

喻冬原本是想和他好好沟通的,但在听到这句话后,所有试图良好沟通的想法都烟消云散了。

他沉默地看着喻乔山,仿佛看一个陌生的敌人。

喻乔山从喻冬的眼神里捕捉到了令他不快的内容。

"你看看你的成绩!你看看!"无论是喻冬的退步,还是他的同桌,甚至是他们班上那个胖嘟嘟的、说话慢吞吞的班主任,全都让喻乔山不高兴,"你选的什么学校!"

喻冬并不吭声。喻乔山伸手去抓他肩膀,他闪开了。

"转学,转到华观!"喻乔山挥舞着他的香烟,像挥舞一个武器,"你哥哥在学校考试,从来没有跌出过前二十名。你呢,你看看你!真是丢脸!"

他又说起喻冬的同桌,那个把颜料、画笔和古怪画册全都堆在桌上的人。市三中这样的学校——喻乔山越说越气恼,居然招进来这样古怪的人。

喻冬勉强保持着冷静,听他讲话。喻乔山今天非常愤怒,他不知道为什么,但自己的成绩显然并不是唯一一个原因。

喻乔山抽完了烟,尼古丁似乎让他平静了:"我明天就帮你办转学手续。"

"我不转。"喻冬立刻回答,"我不会去华观。"

喻乔山根本懒得和他好好沟通:"由不得你不去。你明天立刻搬回家,不要住在那种臭鱼烂虾的地方,没有用!"

他终于抓住了喻冬,喻冬已经和他差不多高了,但力气还是不及一个壮年的男人,只能顽强地和他抵抗:"你别碰我!只要我不同意,谁都不能让我转学!"

"我还要你同意?"喻乔山彻底动怒,"我是你的监护人,你吃我的、穿我的、用我的,我让你转个学,还需要你同意?!"

他抬手要打喻冬,但巴掌始终没有落下。喻冬看着他的眼神令他心惊:这不是孩子注视父亲的眼神,里头有太多恨意。

校道上传来稀疏的奔跑声。有少年人的声音传来,是在呼唤喻冬的名字。

喻乔山松开手,指着喻冬:"你不要跟我作对,我没有时间浪费在你身上。如果不转学,我不会再给你一分钱。"

宋丰丰和张敬找到他们时,喻乔山已经坐上了车。喻冬站在一旁,盯着那车启动、拐弯,顺畅地驶离。

张敬手里拿着一张报纸,是他刚刚跟门卫喝茶嗑瓜子的时候看到的。喻乔山的公司打算上市,但前几天的审查没有过关。喻冬觉得心里很痛快,说了一句"好",但接下来的话却怎么都讲不出口了。

张敬把宋丰丰和喻冬送到铁道口,一步三回头地从反方向离开。宋丰丰和喻冬推着自行车,慢慢在路上走。

他们并没有看到喻冬和喻乔山争执的过程,只知道父子两人应该发生过很多不愉快。而以前发生的事情,是连张敬都不知道的,喻冬只告诉了宋丰丰。

宋丰丰和喻冬走了一段,喻冬突然站定了,一声不吭。

"喻冬?"

喻冬的手紧紧抓住车把,因为实在太用力了,宋丰丰看着都觉得疼。

"他又想打我。"喻冬的眼神落在地面上,路旁杂草丛生,小虫唧唧鸣叫。

这话一说出来,他眼眶就红了,眼泪控制不住地涌出来。

宋丰丰呆站在他面前,茫然无措。

喻冬连忙抬起手臂,用衣袖去擦眼睛。他听见有自行车倒在地上的声音。宋丰丰把自己的车放倒,一步跨到喻冬面前,抬手拍了

210

拍喻冬的肩膀。

喻冬的手一直没放下来,他把自己的脸掩在冬季宽大的校服袖子之后,深深吸气。宋丰丰笨拙地拍打他肩膀,又拍拍他脑袋,像是不知道怎么安慰,但又竭尽全力想要给他一点支持。

校运会如期举行。

开幕式当天,到处都乱糟糟的。喻冬形象好,被安排去升旗台升国旗。升旗台和主席台离得近,他听到主席台前的喇叭传来很厚重沉稳的声音:"开幕式即将开始,请各年级尽快就位。"

声音有点熟悉,但和平时的感觉又特别不一样。喻冬抬头去看,发现穿得异常整齐的吴瞳站在主席台上。

郑随波跑过来问,一会儿开幕式出场的时候他要不要回班级里,喻冬想到他们班巨大的水母造型,连连摆手。

吴瞳看到郑随波,立刻从主席台上溜下来:"来看我呀?"

喻冬看他胸前标牌:主持人吴瞳。

"哦?"喻冬很惊奇,"原来你是这个瞳。"

"对,吴太阳。"郑随波在一旁说,"不是吴眼珠子。"

吴瞳笑着对他说了句"傻子"。

郑随波:"神经病。"

他指着吴瞳对喻冬强调:"他脑子不正常的,别跟他说太多话,会被带坏。"

走出几步,他又回头冲吴瞳喊了一句:"神经病!"

吴瞳一直笑嘻嘻,看着他背影说:"是不是啊?好傻啊。"

喻冬:"你怎么老是骂人呢?"

吴瞳:"骂是爱。"

喻冬:"……"

吴瞳哈哈大笑,抬头看到跑道上有足球队的人跑过,宋丰丰瞪

211

了自己一眼。

"我走了。"吴曈抖抖肩膀,"可怕。"

他跳上主席台,清清嗓子,拿过麦克风,继续用端正的广播腔催促各个年级排好队,举好牌子。

为期三天的校运会终于要开始了,在十一月仍旧酷辣的阳光里。结束了升旗、领导讲话等流程,接下来就是各个班级的入场式。这是校运会开幕式上最受期待的一部分,就连校领导也充满兴致地等待。

喻冬躲在主席台的阴影里,听见吴曈念起高一(1)班的宣传词。

喻冬看到了从跑道另一边缓慢移动过来的巨大的粉红色水母。

主持人念着词,实在憋不住似的笑出声。

"喷,吴曈!"喻冬身边的一个老师冲主席台上吼了一句,"严肃点!"

郑随波为了设计这个粉红色的水母,不仅画了一堆图,还用flash简单做了一个展示动画,结果除了喻冬和关初阳之外,全班一致通过。

巨大的水母分上下两层,在移动的时候外围的人要不断舞动手里的彩条,营造出随波漂浮的效果。抵达主席台的时候,水母会从中间嘭地翻开,顿时换了颜色与造型,一个孔雀头从中间钻出来。

全场大笑,因为孔雀翎没有黏好,掉了。

孙舞阳大声回答其他老师的疑问:"没有意义!没有任何意义!就是好玩!"

他还做了手势去讲解:"很考验配合的!我们班练了很久,就是一边走一边翻出孔雀头的时间……"

喻冬:"……"

他觉得自己没上去是对的。

紧接着上场的高一（2）班穿着斧头帮的衣服，举着人脸那么大的波板糖跳了一段斧头舞。高一（8）班展示的是双节棍，甩动太过激烈，直接往主席台上飞了过去，吴曈眼疾手快一把抓住，化解了一场危机。

最近斩获省级比赛冠军的足球队最后运球出场，为开幕式画上了完美句号。

"完美吗？"队长听着主持人的话问，"那个谁，你不是把球颠掉了吗？"

宋丰丰在一旁做热身运动，他准备要代表班级上场比赛了，远远看到从主席台旁边离开的喻冬。喻冬看起来比那天晚上精神许多，宋丰丰一直盯着他从眼前跑过，想起喻冬掩面大哭的时候，自己曾有一点点想抱住他，给他安慰和勇气。

"一点点失误而已啦！"队员跟对长较劲。

对啊，幸好只有一点点而已。宋丰丰松开鞋带重新系上。

"一点点也不行！"队长大声说，"很多糟糕的事情都是从'一点点'开始的！"

宋丰丰："……"

校运会规定，每个项目每个班都要至少派两个人参加，三个年级一统计，人数很多，赛程也比初中的时候长多了，足足要花两天半的时间。

喻冬参加了定点投篮、4×400米接力和羽毛球比赛，拿到赛程安排表一看，张敬顿时佩服："太爽了吧，一天就一项。"

"一个比赛要好几轮的。"喻冬辩解。

张敬参加的项目比喻冬要多，而且有一个他最拿手的乒乓球比赛，他认为自己至少能拿到前三名。

"去看比赛吗？"张敬问喻冬，"看宋丰丰跑步，他一会儿跑

213

一千米初赛。几点来着？"

和张敬相比，喻冬在班上其实有点儿孤僻。以前读初中和宋丰丰、张敬坐在一起，宋丰丰和张敬都是人缘很好的人，朋友来找宋丰丰或者张敬聊天，喻冬有时候也会参与到谈话中去。

但现在喻冬的同桌是郑随波，两个人都属于非常自得其乐的类型。张敬认为即便一周不跟任何人说话，他们俩也可以过得很好。

喻冬有很多事情是张敬不晓得的，就像他心里深深藏着的某些秘密，只对宋丰丰才可以坦白。

可张敬还是很喜欢喻冬。喻冬和他、和他们周围的很多人都不一样，这种不一样让喻冬显得很特别。

也因此很有意思。

宋丰丰私底下找过张敬，让他有空就多带带喻冬玩。你很烦啊——张敬这样回答宋丰丰。

"他是你朋友，也是我朋友啊。"他说，"在智力水平上，我跟他的距离比你更近，还用得着你提醒。"

宋丰丰当时就嘿嘿笑了。

听到张敬的问题，喻冬几乎脱口而出："还有十分钟开始。"

"那我们在这里等着，他一会儿肯定要跑过来的。"张敬又继续翻表格，"他今天还有什么比赛？"

"上午还剩一个铅球，十一点。"喻冬很快回答，"下午有接力跑和立定跳远，一个三点，一个四点二十。"

张敬很佩服："你记性真好，我的四百米跑是几点来着？"

喻冬："……不知道。"

张敬："你也顺便记记我的好不好？光记宋丰丰的……"

喻冬眯眼回忆，发现他连自己的羽毛球比赛是什么时候都没记住，连忙抓过赛程表和张敬一起研究。

会场广播里传出吴曈的声音，现在站在男子一千米初赛起跑线上的选手暂时还没有宋丰丰。喻冬和张敬待着无聊,在大本营里找到一副飞行棋,铺在地上玩起来。

大本营里人不多,有的去检录,有的去买吃的,孙舞阳和几个学生守着大本营,巨大的孔雀头和粉红色水母的组成部分堆在他们身后。

"你是摄影协会的?"有同学看到张敬的相机包,好奇地凑过来问。

"不是,就兴趣。"张敬有些骄傲,"我是生物标本协会的副会长。"

孙舞阳:"哦哦,我听过,就是那个成立没多久就要倒闭的协会。"

张敬:"老师,虽然我脸皮厚,但我也要面子的!"

飞行棋两个人不好玩,他们俩把孙舞阳和另一个同学也拉了过来。玩着玩着,宋丰丰那一组已经开跑,他一开始还没领先,跑到第二圈的时候才加快速度,风一样经过了高一(1)班大本营的位置。

张敬和喻冬玩得很投入,直到广播里说出"男子一千米初赛全部结束",俩人才猛地一惊。

张敬:"……算了,继续吧。"

喻冬:"好的。"

两人继续沉迷扔骰子。

宋丰丰回到(8)班大本营,吴曈也从主席台上下来,正在猛灌水。

吴曈参加的项目明天开始,今天他基本要在主席台和麦克风前度过。谁跟他讲话他都摆摆手,不吭声,像是要养精蓄锐似的。但远远看到郑随波扛着高一(1)班的旗子从跑道上走过,他立刻坐不住了,提了两瓶水就冲过去。

宋丰丰在大本营里歇了一阵,又出发去参加铅球比赛。在检录处,他终于看到人群里探头探脑的喻冬和张敬。

喻冬太打眼了,人那么多,宋丰丰还是一眼就能看到他。

宋丰丰脸上不由自主地扯了一个笑,压不下来。

"你们刚刚没去看我比赛,我瞧见了,居然在跑道边上下棋。"他抓起张敬的相机,"所以没拍到我的英姿!"

"大佬,我这个是胶片机,装胶卷的,一卷才拍多少张啊,一卷多贵啊。"张敬开始耍赖,"我是特地留着胶卷,给你和喻冬拍同场竞技照片的。"

喻冬和宋丰丰都要参加下午的 $4×400$ 接力跑,而且两个人恰好抽签分到了同一组。

宋丰丰对张敬的安排表示很满意:"大佬请你喝奶茶。"

铅球的比赛场地没有任何遮挡,阳光火辣辣的。喻冬和张敬把冬天的校服上衣罩在脑袋上,即便如此,喻冬的脸还是被晒得发红发烫。他希望宋丰丰能够在他的脸被晒脱皮之前结束比赛,无论输也好,赢也好。

报名参加铅球比赛的选手体格大都肥硕健壮,宋丰丰站在里头,显得很瘦。

"他们班报铅球的人不够,所以宋丰丰就顶替上了。"张敬找好角度和位置,给宋丰丰拍了两张照,"我估计连前五都扔不到。"

他话音刚落,眼角余光忽然瞥见对面观战的人群中有镜头拍摄闪动的光芒。

张敬下意识地盯着那个方向,随即发现对面居然架了三台相机。他愣了一会儿,突然反应过来:相机对准的不是自己,而是自己身边的喻冬。

市三中的摄影协会在市内小有名气,拿过不少奖,还常常参加市里的各类活动。在学校的大型活动中他们也被批准进行摄影记录，但渐渐地，摄影协会开始在校内售卖某些风云人物的照片，被学校抓住批评了好几次。

显然他们这一次的目标人物是喻冬。

张敬知道喻冬不喜欢被人围观，更别说被人拍照了。他连忙把喻冬脑袋上的校服扯了扯，让他遮住自己的脸："小心你脸脱皮。"

喻冬用校服的衣袖在鼻子下方打了结，遮去大半张脸。

没多久，对面的相机悄悄消失了。

宋丰丰也结束了铅球比赛，他的排名甚至没能进入前八。

将近十二点，最后一场比赛是男子两百米短跑。三人买了吃的喝的，在主席台边上的巨大树荫里坐着吃喝。郑随波正在起跑线上做准备，他穿了一身运动服，看上去精神很多，和平时不太一样了。

喻冬仔细一瞧，发现这人脸上还贴了一张水母的贴纸。

喻冬："……"

他不可避免地想起了吴曈的评语。

水母贴纸是班上女同学在文具店里买的，嘻嘻哈哈地往手臂和脸上贴，说是强化班级吉祥物的形象。喻冬到现在都不理解为什么要选择水母做吉祥物。

郑随波脾气太好啦。他想，谁都能找他玩，谁都能逗他玩。说心里话，喻冬其实有点儿羡慕。就比如同样的，他也羡慕宋丰丰和张敬。

吴曈从跑道另一边跑来，拍了拍郑随波肩膀说了句什么。好脾气的郑随波随即就怒了，冲他大笑着跑开的背影吼了句"你脑袋坏了"。

张敬："喔唷，郑随波这么凶的？"

喻冬："……吴曈是特例。"

吴曈回到主席台上，从师姐手里接过麦克风："现在，男子两百米短跑即将开始，由我来为大家现场解说。"

喻冬发现吴曈是个特别能胡扯的人。

他先是语速极快地介绍了起跑线上的选手，讲到郑随波的时候利落干净地来了句"高一（1）班的水母代表，郑随波"。

郑随波气得乱蹦："闭嘴！"

他话音刚落，发令枪响了。

喻冬、宋丰丰和张敬拿着冰红茶，同时发出喟叹："哎呀……"

起跑比别人慢了一步的郑随波在之后的路程中也未能赶上，成了最后一名。

这是今天上午的最后一场比赛了，操场上不少人已经渐渐离开。郑随波从终点线的同学手里拿了一瓶水，大步走向主席台。

吴曈在主席台上收拾东西，看到郑随波雄赳赳地走来，连忙撇了广播社的人，转身就跑。

"站住！"郑随波追着他跑，"不要跑！"

喻冬他们已经随着人群往车棚移动，吴曈和郑随波经过他们身边，他们看到吴曈一边跑一边大笑。

下午的接力跑，宋丰丰如愿和喻冬一起合影了。

张敬给他们俩拍完之后又跑到关初阳的跳高比赛场地，捧着一台胶片机左冲右突，占据有利地形。

"你跑那么快，一会儿让我呗。"喻冬戳了戳宋丰丰。

宋丰丰正看着张敬离开的方向发出怪笑，听到喻冬的话才回过头："那不行。"

喻冬伸胳膊伸腿地热身。起跑线上的发令枪已经响了，他和宋丰丰都是关键的第三棒，一直在旁边等候。

"很晒。"喻冬也不过是跟他开开玩笑，并不真的打算让宋丰丰让自己。

宋丰丰看着喻冬，半晌才慢吞吞地开口："喻冬，这是竞技比赛，我不能让的。班上同学都看着。别的事情我都可以让你，最后一个弹虾都可以给你，但这种事情不行。"

他这样认真，喻冬反而不好意思了。

"我开个玩笑。"

"那我也要解释清楚。"宋丰丰振振有词，"你不要误会我。"

喻冬对他笑了一下。天气太热了，他不过在烈日下站了一会儿，脸上就已经红起来，像是被灼伤了一样。

宋丰丰看着喻冬的脸，喻冬被他盯得不好意思，一双眼睛只盯着跑道："我怎么会怪你。"

学委是第二棒。他虽然个子不太高，腿也不太长，但跑动频率非常快。第二圈跑过一半，他已经领先高一（8）班的人一个身位，占据第一。

"陈垚！陈垚！"（1）班的啦啦队在场边尖叫。

喻冬和宋丰丰站上了起跑线。

他们开始移动了。

接力棒稳稳地交到了喻冬手上。

高一（8）班是第二个交棒的，宋丰丰狂奔而出，追赶喻冬。

喻冬双耳只听到风声和喧嚷的人声。他们高声呼喊自己的名字。他在瞬间感到心慌，仿佛此处所有的声音全都汇合成他的名字，天地烈日也一齐放声大喊。

但很快，他眼角余光瞥见了已经和他齐头并进的宋丰丰。

喻冬的恐惧突然消失了。

他咬紧牙关，收缩腹部，拼命往前跑。

宋丰丰先将接力棒交到最后一个人手中，紧接着，喻冬也交棒了。

两人又往前跑了几步,喻冬叉着腰喘气,宋丰丰拍了拍他背,把他往跑道边上拉。他的手臂有力且温暖,揽着喻冬的肩膀穿过人群,像是把喻冬护在身边一样。

喻冬感觉自己有点儿喜欢校运会了。

他抬头正要跟宋丰丰讲话,忽然瞥见斜对面有人冲自己举起了相机。

喻冬下意识抬手遮住了眼睛,往后退了一步,不巧正好踩在一块砖头上。砖块是用来固定记分牌的,被喻冬踢开了。挂着分数和班级的铁架子摇摇晃晃,被风一吹就倒了下来。韩老师正站在架子旁边,她没有注意到往自己头上砸下来的铁架。

喻冬一把甩开了宋丰丰,立刻伸手去拦。

关初阳的跳高成绩不错,张敬守着看完了她的比赛,又举起相机帮她和朋友合影。几个女孩摆好造型,张敬正要按下快门,忽然见到郑随波穿过操场跑回大本营。

"喻冬脑袋被砸了!"郑随波挥动双手跟孙舞阳说,"很多……很多血!"

孙舞阳大吃一惊,立刻往校医室赶。

张敬也从地上爬起来,冲关初阳挥挥手:"不拍了。"他把相机揣进相机包里,拔腿就往校医室跑。

上次喻冬脑袋被砸的事情他还记得一清二楚,因而非常紧张。

校医室里挤满了人,运动会上最多的就是中暑的学生。足球队的队长拎了两个队员来校医室包扎,两人的手肘都受了伤。

"宋丰丰,你也中暑了?"

"不是,陪朋友过来的。"

喻冬的眉毛上方被铁架子上凹凸不平的突起物划破,流了一点儿血,不多,但顺着眼睛淌下来,乍一看是有点儿吓人。孙舞阳和张敬赶到校医室,确定喻冬没有大问题之后,全都很想骂一骂郑随波。

喻冬在校医室里歇了一阵,宋丰丰一直陪着他。

"你不参加比赛了?"

"还没到时间。"宋丰丰抓起他的手表看了看,"我再陪你十分钟。"

班上的其他同学也陆陆续续过来探望喻冬,校医室一刻不空,市场般人来人往。校医烦极了,干脆将喻冬和宋丰丰赶了出去。

"不要出汗沾水。"校医叮嘱,"小问题而已。"

不能出汗的喻冬便趁机待在了一旁,悠闲地吃零食聊天。眉骨上方隐隐作痛,但只是皮外伤,还能忍受。宋丰丰摘了两片人脸那么大的榕树叶子,和张敬一左一右坐着,给喻冬扇风。喻冬背靠在石凳子上,感觉自己是一个不思上朝的昏庸帝王。

手机在裤兜里振动了一下,喻冬掏出来一看,发现是陌生号码发来的短信:这个月没有生活费。劝你尽快跟爸爸道歉,不然我又要去帮你处理乱七八糟的事情。

喻冬收起手机,仰头看着从树枝缝隙里漏下来的阳光。方才的混乱让他的兴奋消失了,这条短信加深了他的忧愁。

"我没钱了。"他对张敬说,"你知不知道,一个未成年人有什么办法可以合理合法地挣钱?"

足球队队长正跟宋丰丰抢夺榕树叶子,闻言插话:"我有办法,很适合你。"

喻冬一下坐直了:"什么?"

"你能帮我的队员补补课吗?"队长指着宋丰丰,"不求很高,就补成跟宋丰丰那样,能考及格就行。"

221

市三中夺得省内冠军后获得了参加华南地区联赛的资格。华南地区联赛的主办方对参赛学生有一个限制性的制约条件，就是队员的成绩排名。

教练跟队长把队里的情况一说，队长陷入了深深的忧虑。

足球队里能正式上场的队员大都是高二和高三年级的人，有几个高一学生，但目前只有宋丰丰一个人能够进入出场名单。

而这些学生，几乎所有人的年级排名都是垫底，包括队长自己。宋丰丰这种只有两科不及格的，在队里已经算是非常非常优秀了。

"不能总是我们足球队的垫底吧？"队长说，"偶尔让篮球队的垫垫底行吗？！"

路过的篮球队队长对他发出愤怒的威胁声。

喻冬提醒他："田径队和排球队的也常常垫底。"

队长："但他们成绩没我们这么好，所以垫底的时候显得不突出。"

现在所有人都知道足球队获得了难得的荣誉，同时也知道他们有可能因为成绩问题，无法派出最优秀的出场名单。

除非在这学期的期末考试里，他们的成绩大有起色。

想找老师补课，但又没有名目去开补课费，老师们纷纷表示不太乐意。市三中的教学任务已经很重，所有的老师都在超负荷工作，要他们每天匀出一两个小时去无偿或者只能用很低的酬劳去补课，几乎是不可能的事情。

喻冬很直接："多少人？多少钱？"

"包括宋丰丰和我在内，一共十六个人。"队长说，"我们每个人大概出一百块，一个月一千六百块。"

宋丰丰："这么少？！"

喻冬却心想，已经足够了。喻乔山之前给他的生活费比他需要的多，周兰本身也有养老金和卖鱼补网的收入，所以零零碎碎，他也攒了一些。

"先补补看看效果。"队长又说,"找学生来补课,以前也没这个先例,我们都试试,行吗?"

他又压低了声音:"其实我们队里的人全都很敬仰你的。"

喻冬:"?"

队长:"宋丰丰这么木的脑袋啊,你都能让他及格这么多科,太厉害了。"

宋丰丰双手乱舞:"好了好了,别说了别说了。"

广播里吴瞳用略微嘶哑的声音提醒高一(8)班宋丰丰速到立定跳远的检录处检录。宋丰丰跑着过去,途中还回头看了几眼。喻冬仍跟队长聊着,他看得出喻冬有兴趣。

他帮不了喻冬。他有点钱,但那也不是他宋丰丰的钱。

宋丰丰会把这些事分得很清楚,来确定自己正在逐渐长大,逐渐摆脱对宋英雄的依赖。但偶尔还是会有一些令他无能为力的事情,让他清醒地认识到自己仍旧是个孩子。

他的立定跳远成绩很好,回到校医室门外时,喻冬他们已经不在原地了。

张敬继续去帮关初阳拍照,喻冬和老师商量接下来的比赛。他要求继续参加定点投篮,但是羽毛球比赛运动量和出汗量太大,孙舞阳坚决不同意让他上场,临时换了个人。

校运会的第一天就这样结束了。回家的时候张敬看上去非常沮丧。第二天就是关初阳的定向长跑比赛,但他不能以啦啦队身份出场。

"你表白吧。"喻冬说,"表白了,被拒绝,一了百了。"

张敬听到喻冬前半句话还是高兴的,但后半句说出来,张敬又要出手去掐他,但看到他眉上的纱布,张敬收回了手:"我明天给你带点外用的药来,顶级酒精、顶级纱布、顶级医用胶带,我对你好吧？"

喻冬："很好。"

张敬："记住别吃花生啊，姜也不行，酱油也千万别碰。"

他一路唠唠叨叨，倒显得宋丰丰非常沉默了。

和张敬分开之后，宋丰丰和喻冬拐到了海边的道路上。这儿没有市区那么闷热，风从海面一阵阵卷上陆地，带来海水的腥气和海浪的声音。

回到家，周兰被喻冬的伤吓了一跳，连忙换了两个菜，不加酱油，也没有姜。

宋丰丰在家吃完饭后火速出门，过桥往喻冬家里奔去。宋英雄在他身后吼他让他洗碗，他装作没听到。

喻冬已经洗了澡，头发半干不湿地翘着，正在书桌前写写涂涂。

"喻老师，备课啊？"宋丰丰凑过去。

喻冬言简意赅："嗯。"

他桌上放着几本漫画，推给宋丰丰，让他一会儿记得去还，继续往下借。宋丰丰坐在他身边，随手翻了几页。还未落下神之一手的灵魂已经消失了，他悉心教导的少年与同伴坐在棋盘前，不住地流眼泪。

宋丰丰看了一会儿，长长叹一声："当人老师是很难的。"

喻冬："我知道。"

宋丰丰："你怎么知道？"

喻冬转头看他一眼："我给你补过课。"

宋丰丰又坐了回去。他看不进漫画了，心里一直想着喻冬回头看他那一眼。喻冬的眼睛这么好看呢……他想，越来越好看了，真气人。

"你真的要去教他们？"像是忍受不了房间里的沉默，宋丰丰没话找话地跟喻冬聊天，"他们是高二的师兄，高二学什么，你懂吗？"

喻冬面前摊着的不仅是高一的教材，还有初中的。

"我不补高一。"喻冬说，"你们队长说了，从初中开始补起。"

宋丰丰："……？！"

他大大地对师兄们的学识震惊了，半晌回不过神，然后拍拍胸脯，认可了自己在足球队里确实已经非常优秀的事实。

"什么时候补？"他又问。

喻冬被他烦死了："你好好看漫画行不行？我在做事情。"

"不好看，总是下棋，没有打架情节。"宋丰丰把椅子拉过去，看他在笔记本上做记录，"你帮他们补课，还有空做自己的习题吗？"

喻冬挺惊奇的，他居然关心自己的成绩。

"如果你现在不吵我，我做完事情之后还可以做几页习题集。"

宋丰丰又缩回了椅子里。

他实在无事可做，干脆起身走到阳台上发呆。有两只猫从路边经过，在路灯下打打闹闹，追着尾巴玩儿。

"不补行不行啊？"

喻冬没听清楚，从桌边伸出脑袋："什么？"

宋丰丰靠在阳台上看着他："你别去补课，行不行？"

"我没钱。"喻冬认真回答，"不行。"他发现宋丰丰看上去不太高兴。"你怎么了？为什么不高兴？我补课补得很好，你知道的。"

"我当然知道。"

猫喵喵叫起来，宋丰丰转身趴在阳台上，心里有些茫然。

第二天的定向长跑很受欢迎，大家都想到校外去溜达，顺便给参赛选手加油。但学校限制得很严，参赛队员的班级只能出两个人。孙舞阳指定一个女孩和班上的体育委员一起去，没有张敬的份。

225

张敬郁闷坏了，拉着喻冬絮絮叨叨。

但很快他就被别的事情吸引了注意力。

他发现有人在卖喻冬的照片，而且销路很不错。

宋丰丰参加完比赛之后，也发现了班上有人从摄影协会的人手里购买照片，不贵，一个小袋子，里面有不少人，包括喻冬。

张敬和宋丰丰碰头之后，都觉得事情不太对劲了。两人直接找上了教导主任，先扣摄影协会一个侵犯肖像权的帽子，又扣他们一个在校内买卖私人照片的帽子。教导主任看到宋丰丰带来的照片，气得不轻，里面还有他女儿参加跳高比赛被拍下的照片。

摄影协会的负责人和指导老师立刻被叫到办公室，狠狠训了一顿不说，连带家长也被叫过去了。

"至少也是个记过处分。"张敬说，"可以了。"

宋丰丰："不可以。"

他摩拳擦掌，准备找机会揪着摄影协会会长揍一顿，再问问到底是谁拍的喻冬。

这件事后续有一个影响，就是包括喻冬在内的几个高一新生声名大噪，已经被买走的照片不断在私底下被翻印流传。宋丰丰见到就威胁别人交给他，否则他跟老师打小报告。他这种几乎被所有学生厌恶的告密行为收效甚佳——不知不觉，他居然已经收集了几十张喻冬的照片。

喻冬对于这一切完全不知情。他从校运会的第二天开始就给足球队队员们试补课。为了准备好晚上的课程，他整个白天都在"做事情"。

吃了晚饭后，他正准备回学校，出门却看到宋丰丰已经骑着车在玉河桥边上等着自己了。

"我载你去，你别骑车了。"宋丰丰指指他额头，"出汗怎么办？"

喻冬乐颠颠踩在他车子后头，仍旧扶着宋丰丰的肩膀，大手一挥："起驾！"

他很喜欢今晚的工作，这是他第一次凭着自己的能力去挣钱，以后就有了脱离喻乔山的底气。

宋丰丰也和他一样，并没有想得很远很深。他们只有十六七岁，一个才刚刚开始试图成熟但还远远不足的年纪，只要得到一点什么，就像能拥有整个世界。

"我也想自己挣钱。"宋丰丰一边蹬车一边说，"我爸说，我以前凭本事挣过不少的。"

喻冬好奇了："怎么挣的？"

"钓鱿鱼卖。"

喻冬哈哈大笑，弯了点腰，把下巴搁在宋丰丰脑袋顶上。

宋丰丰今天比昨天高兴多了，喻冬不知道为什么，也问不出来。

宋丰丰高兴的原因是，今天队长告诉他，他也要参与到补课里面去。

"我考得不错啊。"宋丰丰说，"我以为你不会让我过来的。"

队长威胁他一定要来，必须要保证期末考试全员都超过及格线，否则实在太难看。

"喻冬平时自己要学习，要给我们补课，难道回家还要给你补？又不是铁人！"

补课的地点在晚上不用的生物实验室里，桌子宽大，适合铺上各种教材。队长跟教练说了现在的情况，教练一时间也找不到更好的方法，便答应先让喻冬试一试。酬劳不可能直接就这样给一个学生，得走点别的路径。喻冬是不担心的，教练和队长总不能骗他。

宋丰丰和喻冬抵达的时候实验室里已经坐了一些人。看到喻冬走进来，学生们全都抬手跟他打招呼。

他们认识包括喻冬在内的宋丰丰的几个朋友，都是常常会去训练场看训练的熟面孔。但不少人从未跟喻冬说过话，对他的印象也仅止于"黑丰的好朋友"和"我们班女生喜欢的高一小师弟"而已。

宋丰丰找了个前排的位置坐下，队长是最后一个抵达的，干脆坐在他旁边。

队长给大家发了一些复印的资料，全都是喻冬提供的。今天补的是初中课程，资料里包括初中阶段几个重点科目的必考部分，写得比较简略，喻冬还得仔细跟他们再过一遍。

"都是课本上的。"喻冬不好意思站在讲台上，写了几行字就走下来，"我先说说这几个科目的基础部分怎么学。基础分是很容易拿的，首先说语文。语文有四点，一、作文必须写完，是必须，只要写完肯定能拿三十分。二、课本的必背古诗词也必须背，这十分不能丢。三……"

他说得很快，但全是干货，所有人都听得认真。

唯一例外的只有宋丰丰。

翻印的资料不是别的，正是当时中考之前，喻冬专门给他准备、给他整理出来的各类考点。

那是给他的，不是给任何其他人的。宋丰丰翻了几页，心情突然就落到了谷底。

他听不进喻冬说的任何话了，也不愿意抬头看一眼喻冬。

不仅仅是郁闷，他现在甚至有些生气。

"不补了行不行？"

回去的路上，宋丰丰突然跟喻冬说。

喻冬正纳闷他怎么来的时候这么高兴，结果一开始补课就立刻不吭声了。

228

"效果挺好的,你的师兄们都说我讲得好。"喻冬仍旧把下巴搭在他脑袋上,"足球队能拿到好的考试成绩,你不高兴吗?"

"……不是因为这个。"

喻冬:"那为什么?"

宋丰丰:"……你为什么把我的资料给他们。"

喻冬:"你的资料?"

宋丰丰提高了声音:"那是你给我准备的资料!"

两人正在海边的路上前行。夜里九点多,路上行人少了,但车流仍旧接连来往,川流不息。喻冬没听清楚他的话:"什么?"

宋丰丰停下了,双脚撑地,回头抓住喻冬的衣服,把他扯得低下头:"你给我的资料!为什么又给别人?!"

他靠喻冬太近了,又是少见的凶狠。喻冬从他车上跳下来,只感到莫名其妙。

"那也不是你的资料啊。"他说,"是我准备的,只是给了你而已。"

宋丰丰说出那句话之后,心里产生了真切的愤怒:"你给了我就是我的!你要帮他们补课,为什么不重新准备一份。"

"……你有没有道理?"喻冬渐渐明白了,"我还有时间准备吗?"

"那你也不能用那一套。"

喻冬恼了:"宋丰丰,你现在是不是不讲道理?为什么资料给了你,就不能再用?"

宋丰丰:"我心里不爽!"

喻冬:"你不爽,关我什么事!"

他扭头大步往前走,被宋丰丰这种毫无来由的耍赖弄得心烦气躁。

"喻冬!"

"别叫我！"喻冬扭头大吼，"滚吧！"

"滚就滚，你别后悔！你自己走回去！"宋丰丰也不坚持，踩上车很快超过喻冬，一路往前去了。过了前面的拐角就是铁道口，喻冬甚至已经听到了落闸的警告声。宋丰丰拐了个弯，不见人影了。

喻冬也不管他，心里恼怒地想着自己反正能走回去，以后不会再跟宋丰丰一起上学放学了，除非他跟自己道歉。

……不行，道歉也不行。他心头发闷，在气愤之余又觉得委屈。宋丰丰怎么能对他发脾气？自己还不够好吗？天底下找不到比自己更好的朋友了！喻冬觉得自己就像浸在一个委屈的大缸里，全身上下没一处是舒坦的。

直到看见宋丰丰骑着车在前面出现，他也没能振作。

"上车。"宋丰丰生硬地说。

喻冬连一个眼神都不愿意丢给他，继续往前走。宋丰丰调了个头，推着追上来，一把拉着他的书包："上来！我搭你回家！"

"别碰我！"喻冬甩开他的手，凶巴巴地指着宋丰丰，"警告你别随便拉我，我没原谅你。"

"我也没原谅你。"宋丰丰立刻接话。

喻冬："……我做错了什么，需要你原谅吗？"

宋丰丰厚着脸皮继续扯他书包，喻冬干脆把书包放下，完全不停步。

片刻之后，他听到身后啪嗒一声大响，宋丰丰手里拎着两个书包赶了上来。

喻冬吃了一惊，回头发现宋丰丰的自行车倒在路边，连钥匙都没拔。

"……"他指着自行车看宋丰丰。

宋丰丰："反正你不坐我车，我就不要它了。"

喻冬:"神经病!"

他忍不住吼出了郑随波的口头禅。

"你让我载你,否则这车就丢在这里吧。"宋丰丰把两个书包都甩到肩上,拉着喻冬衣袖往前走,"我的天,你书包里装的什么,这么重!"

喻冬走了几步,又回头看了那辆车一眼。

宋丰丰的自行车是高中之后换的新车,如今可怜巴巴地倒在地上,没人管,没人扶。路灯照亮它的骨骼,和钥匙串上一个小篮球。

喻冬钥匙串上也有个这样的配饰,不过是个足球。两个都是宋丰丰买的,但不知道为什么,他坚持要把足球给喻冬,自己用篮球。

喻冬不知怎么的就没办法继续生气了。

"……去捡车。"

宋丰丰:"啊?"

喻冬:"捡车!回家!"

宋丰丰连忙点头:"好好好。"

他把两个书包都塞给喻冬,转身去扶起自行车,哐哐地推着跑过来。喻冬踩上去之后,宋丰丰还画蛇添足地强调:"我还没有原谅你。"

喻冬:"彼此彼此。"

过了铁道口,眼看兴安街就在前面了,宋丰丰开口慢吞吞地说:"其实你不用这么辛苦的,你爸爸不给你钱,别的亲戚可以给啊,周妈照顾你也是没有问题的。"

喻冬:"我想靠自己,不想花外婆的钱。"

"可你还是个小孩。"宋丰丰转头看他一眼,"我爸说的,小孩就做小孩该做的事,不要硬装大人。有事情尽管让大人帮忙,依赖大人不丢脸。"

他关心自己,喻冬的语气也渐渐软了。

"你有你爸爸,但我没别的大人可依赖了。"

宋丰丰嚅嗫一会儿,小声说:"那你来找我啊。"

喻冬:"……你也是小孩。"

宋丰丰:"我比你大。"

喻冬:"我才比你大好吗!"

他笑着去揽宋丰丰的脖子,碰到宋丰丰的时候才发觉这姿势很像拥抱,不得已加重了手劲,勒得宋丰丰喘不过气来。

第八章 ♥
仅有一次的十六岁

这一天放学，张敬满脸严肃，同喻冬一块儿等待宋丰丰结束训练。

张敬家的诊所越做越红火了，张敬父母想到要供两个孩子上大学的压力，连人都不敢请多一个。张敬和张曼分工合作，一三五和二四六，两人一放学就立刻往家里赶，能帮一点是一点。

今天是周三，张敬平时一放学就会消失。喻冬看了看手表，已经六点多，张敬还是坚持和他一起等待宋丰丰。

"是出了什么事吗？"喻冬有了些不祥的预感，"你很凝重。"

张敬从一本厚厚的《生物标本采集与制作》里抬起头："有事，但不凝重。"

"……你看上去不是这样的。"

"这本书有点难。"张敬皱眉摸下巴，"我想去沙滩那边找几种以前看到的小贝壳，很可爱，一个圆圈，弯弯的。"

他比画起来。

"黑底色，有很多斑驳的彩色小色块，非常漂亮。但是如果脱离了那个环境，很快就会死。一旦死了，所有的颜色都会消失，变成黑白灰。怎么保存，我和关初阳现在还没想出来。"

喻冬觉得这个问题简直太好解决了："你不是会拍照吗？"

张敬一愣："拍照也叫标本？"

喻冬不知道这样行不行："一种补充说明。"

张敬越想越觉得可行，啪地合上了那本书，狠狠地抱了抱喻冬："脑子好就是了不起！"

结束训练的宋丰丰甩着球衣大步走过来："抱什么，抱什么？"

小吃店里，张敬终于对两人说出了自己心里头的大事：他要跟关初阳袒露心声了。

喻冬和宋丰丰的反应都是一致的，吃惊："你做好心理准备了吗？"

喻冬补充说明："被骂的心理准备。"

张敬辩白："关初阳不骂人，她脾气好得很。"

宋丰丰和喻冬面面相觑，不吭声。

张敬咬着豆奶的吸管，有了点怨气："你们鼓励鼓励我好吗？我告诉你们不是为了要你们打击我。"

他从校运会结束之后就有了这个打算，只是当时怕只是一时冲动，于是搁置了几天。但没想到，这种要表露心迹的想法越来越强烈，张敬坐不住了。

关初阳其实很受欢迎，但她性格本身不热络，总与人有一种疏离感，这种少见的疏离感反而让她显得很特别。

宋丰丰不能理解："你对她一见钟情是吧，那是不靠谱的，我觉得日久生情才可靠。"

喻冬喝完可乐把玻璃瓶子还给店主，换回一块钱，顺势点点头。

"也不是说什么喜欢不喜欢……"张敬顽强地坚持着，"我想和她当好朋友不行吗？"

宋丰丰和喻冬看着他，眼里都是同一句话：不要自欺欺人。

"老师说了，现阶段不要谈恋爱。"宋丰丰搬出了平时总是左耳进右耳出的那些话，"这种朦胧的好感不是喜欢，弄错了就完蛋了。"

张敬和喻冬看着他："你是孙老师吗？"

宋丰丰："有道理的。"

"没道理啊。"张敬说，"朦胧的好感就不能算是喜欢了吗？我喜不喜欢一个人，我自己不知道，还得让别人来帮我定义？我又不傻。"

喻冬忍不住瞅了他一眼，发现他的神情很平静。

宋丰丰又拿出另一套理由："高中是关键阶段，你可别乱来啊张敬。你不是说想去复旦读书吗？"

张敬听了他们俩的话，放下可乐瓶子，眼光慢慢亮起来。

"可我就是想跟她说。真的，我很欣赏她，我也不要她有什么回应。"他羞怯地笑了笑，"我想在十六岁的时候大胆一次，不行吗？"

宋丰丰觉得自己全都白讲了："高考完了随便你。孙老师说的，人生那么长……"

"可我只有一次十六岁。"

张敬从椅子上跳下来。两个朋友说了半天，没能让他有丝毫放弃的念头，反而令他坚定起来。

"你发癫了！"宋丰丰冲着蹬车离开的张敬大叫。

喻冬坐在原地没有动，他像是重新认识了一次张敬，既惊讶又佩服。在每个人都只有一次的年少岁月里，张敬勇敢得令他钦佩。

由于张敬跟两人分享了自己的秘密，喻冬也决定告诉他自己的想法。课间休息时，两人在走廊上聊天，看郑随波愁眉苦脸地画教室后的新黑板报。

已是十一月下旬，喻冬的补课仍在继续，效果很好。但他渐渐觉得累，有点支撑不住了。

张敬的想法跟宋丰丰是一样的："你没必要这样硬撑，你未成年，你爸爸要负责养你，他不能这样。"

他强调了一句："喻冬，你太犟了，这没用。"

喻冬沉默了，他认同张敬的说法。

可奇怪的是，同样的话，张敬说出来比宋丰丰说出来，似乎就显得更可靠一些。

"难道要我去求他吗？"喻冬别扭且不甘心，"我没做过这种事。"

张敬想起了报纸上说的事情。喻乔山的公司准备上市，但遭遇了波折。

"年底不是有股东大会吗？"张敬看着他，"你爸现在为了上市的事情焦头烂额，他应该没那么多心情去管你。如果在这个节点上被股东发现他连儿子都不抚养了……"

"……你怎么那么坏。"喻冬慢慢反应过来，满脸兴奋，"张敬，你可以啊。"

张敬嘿嘿嘿地冲他坏笑，转头看到关初阳拿着《生物标本采集与制作》朝两人走过来，立刻恢复正常的表情。

"你说了没有？"喻冬小声问他。

张敬咧嘴冲关初阳笑，从牙缝里挤出一句话："没找到合适时机。"

关初阳："能聊聊我们的协会活动吗？"

张敬："能能能！当然能。"

喻冬："我去上厕所，拜拜。"

关初阳看着喻冬飞跑离开，又看了看张敬。

"喻冬没参加过活动，宋丰丰我就认识个名字。"关初阳有些生气了，"这协会就我和你啊？"

张敬也装作恼怒:"不像话!我帮你批评他们!"

周六,喻冬坐火车出了一趟门。

他和宋丰丰约好周日回家一起去买新电脑,因而迅速找到想找的人,把想好的话都说了,第二天立刻坐火车回来。

还没到站,喻唯英就给他打了电话。

"你卡号多少!我给你打钱!"他在电话里显得气急败坏,"爸说不管你了,让我来出钱。你以后对我态度好一些!"

喻冬没说话,直接挂了电话,把自己的卡号发给喻唯英。

他给宋丰丰带回了好消息,宋丰丰也非常高兴:"那你不补课了吧?"

"补完这周吧。"喻冬说,"有始有终。"

宋丰丰看上去很不乐意,但也无话可说。两人吃了午饭,立刻各蹬一辆自行车往电脑城出发。

喻冬眉毛上的伤已经结痂了,宋丰丰天天看着等它脱落,好瞧瞧喻冬有没有留疤。喻冬说留了也没事,这是男人的勋章。

宋丰丰:"癫了。"

宋英雄给宋丰丰的预算是有限的,两人没有看品牌机,直奔组装区而去。

为了在有限的预算里买到最合心意的东西,宋丰丰一直不停地砍价,砍得店主的脸色都青了。

"这块独显已经是最低价了。"店主又气又好笑,"我总不可能批发价给你吧?我都要吃饭交租的。"

宋丰丰掐指一算,还是比预算多出两百块钱。

"键鼠我都不要了。"他问,"全套能省两百吗?"

店主:"最多少你一百。"

宋丰丰:"老板这么会做生意啊。"

店主："夸我也没用,这真的真的是最低价了!"

他被宋丰丰缠得快要崩溃:"除非你去找莫晓龙。知道吧?龙行网吧的老板龙哥。他是市里最大的电脑配件批发商,他那里才有批发价的东西拿,但你要一块,肯定没有批发价的。再说你们这些学生仔,想找也找不到人。"

喻冬:"去找龙哥吧。"

宋丰丰:"想都不要想,我不喜欢他。"

他最终还是买下了全套,超出预算一百块。

宋丰丰和喻冬打算自己学装机,于是把所有东西用绳索捆在一起,放在自行车后座上,摇摇晃晃离开。

但不想见什么就偏偏来什么,两人经过龙行网吧门口时,忽然听见有人在头顶大喊:"黑仔!靓仔!"

宋丰丰和喻冬装作没听到,正想加快速度踩车离开,但网吧门口的龙哥马仔起身大吼:"龙哥叫你们,敢不应?!"

两人只好停下来,抬头对龙哥打招呼。

龙哥住在这栋楼的最高一层,此时正笑眯眯看着他们:"买电脑?我这里有一块新显卡,送你了。"

宋丰丰:"不要了……"

龙哥马仔:"龙哥要送你,敢不要?!"

两人只好抱着一堆箱子,心神不定地上了楼。

顶层就是龙哥的家,墙全都打通了,一侧悬着沙袋,墙上摆着拳击套之类的东西,另一侧则有沙发桌椅,是龙哥生活的区域。

喻冬和宋丰丰局促地坐着,不住地打量。

这个空间设计得太漂亮了,和龙哥给人的印象完全不一样。它似乎就是一个热爱拳击的年轻人的住所,简单大方,利落干净。龙哥头发还乱着,像是刚刚才起身,身上穿了件半袖的衬衣,脖子、胳膊和腿上露出复杂的文身。

"多少钱?"他看了宋丰丰的这几个盒子,问。

宋丰丰说了价格之后,龙哥直接骂了一声:"这么贵!"

"我帮你换主板、CPU和显卡。"他拿走了那几个盒子,"换最新的给你。"

宋丰丰呆了:"不……不用了。"

"这是祝贺你。"龙哥咧嘴一笑,露出白牙,"足球赛,不是拿了冠军吗?三中十年没碰过冠军金杯了。"

宋丰丰:"其实不是金的。"

"我知道。"龙哥笑骂了一声,"废话,能给你金的吗!"

宋丰丰和喻冬面面相觑,都觉得特别古怪。龙哥给的三样新配件已经超出预算,他们根本买不起。

"以物换物,你不用加钱。"龙哥让他收着,"我讲真的啊,你们两个以后来网吧玩,绝对不收钱。"

大佬的亲昵,在学生仔看来,比不及格的试卷更恐怖。

龙哥似乎真的很高兴,他叨叨一堆之后问两人饿不饿,要给他们煮方便面。喻冬和宋丰丰哪里敢吃,连忙拒绝,龙哥却热情得过分了,装作听不到似的奔到开放式厨房,立刻放水开火。

调料倒进去之后,方便食品的浓烈香气冒了出来。

喻冬局促地坐着,宋丰丰戳了戳他手臂:"我们现在应该走吗?"

喻冬:"怎么跟龙哥说?"

宋丰丰:"你比较会说话,你讲。"

喻冬:"他现在喜欢你多一点,你讲。"

两人嘀嘀咕咕讲着话,忽然听到房子另一边传来声音。有人拖沓着脚步走出来,不耐烦地说话:"怎么又是方便面!"

喻冬曾见过一面的西装青年与他面面相觑。

青年没有穿西装,跟龙哥一样只套了件半袖衬衣,头发也有些乱,整个人与喻冬对他的第一印象完全不一样。他看看沙发上的学生仔,又看看龙哥:"莫晓龙,这谁?"

"三中的好学生。"龙哥指着喻冬和宋丰丰笑嘻嘻地介绍,"一个成绩特别好,一个踢足球很厉害。"

他又指着青年向喻冬他们介绍:"我好朋友,同济毕业的精英,室内设计师。我这个房子就是他设计的,好看吧?"

龙哥端着煮好的方便面放在桌上,拿出工具帮宋丰丰装机。宋丰丰拒绝无果,只能靠到龙哥身边看他干活顺便学一学。

设计师端了一杯水,一直盯着喻冬看,喻冬仍怀疑他是龙哥真正的顶头上司,紧张得大气不敢出一口。

"你是三中的?"梁设计师问。

喻冬点点头。

"他,踢足球的?"梁设计师用下巴指指宋丰丰。

喻冬又点点头。

梁设计师沉默片刻,干脆在喻冬身边坐下了。喻冬闻到他身上有很清爽的沐浴露的气味,随后才发现他似乎刚洗了澡,脖子上方的头发有点点湿。喻冬茫然中又感到好奇:无论是眼前的青年还是龙哥,都跟他的第一印象大不相同。

"你班主任是谁?"年轻的设计师看着埋头排线的龙哥,神情里带着一丝笑意,"看我认不认识。"

"孙舞阳,教物理的。"

梁设计师很明显地愣了:"孙舞阳?"

喻冬再次点头。他不断用眼神瞥宋丰丰示意他尽快回到自己身边救场,但宋丰丰完全被龙哥的手艺吸引了。龙哥一边排线一边给他介绍自己装机的经验之谈,宋丰丰已经听得入迷。

"他以前也是我们的班主任。"梁设计师指了指自己,又指了指龙哥。

这下换成喻冬愣了:"什么?"

设计师喝完水，把杯子放到桌上："莫晓龙以前也是踢足球的，十年前三中拿金奖奖杯，有他一份功劳。"他把手肘撑在膝盖上，十指交叉，"但后来出了点事，被开除了。"

龙哥终于抬起头："不要说啦，这么丢脸的事情。"

宋丰丰蹲在他身边，呆得僵住了。

获得第一名之后，教练和带队老师又哭又笑，跟年轻的学生说起十年前的比赛。

比赛的结果也是2:1，最后的制胜一球是一个高一新生踢进去的。但他们谁都没说那学生的名字，就像怀着一个秘密似的，提起来都摇摇头。队里的师兄也不可能知道十年前到底是谁踢入了最后一个球。宋丰丰只晓得，赛后教练和带队老师找他谈了很久，说的都是些莫名其妙的话。

不要为别人强出头啦，要懂得自爱啦，本职是学生，所以一定要好好学习啦，听说你好朋友是优等生，你记住跟着他不要学坏啦，等等，等等。

龙哥把主板和CPU给宋丰丰装好了，硬盘、显卡让他回去自己搞。

"吃你的面吧！"他看上去非常不好意思，脑后扎起的鬏鬏随着他的动作一晃一晃的，"废话这么多。我不要面子的？"

青年笑出了声。他起身前往厨房，经过龙哥身边时在龙哥那撮头发上抓了抓，像安慰宠物似的拍了拍龙哥的脑袋。

龙哥拍掉他的手，威胁似的冲他竖起手指："对你好一点，你就上天了。"

梁设计师："哦？"

喻冬和宋丰丰福至心灵，同时唰地站起："我们回去了！"

宋丰丰抱起主机，喻冬胡乱抓起桌上的一堆纸盒子。

"谢谢龙哥，龙哥再见。"宋丰丰说。

龙哥这次终于没再挽留，让他们注意安全，带着这么大块东西

241

路上得尽量小心。

人走了,他收拾工具,面前突然又蹲下一个影子。

"那个黑仔是不是很像你?"梁设计师问。

龙哥:"像我?我以前比他帅太多了好吧?"

青年笑起来。他笑的时候眼睛眯成一条线,线头线尾都是弯的,自然而然地亲昵起来。

"也对。"他点头同意了龙哥的话。

喻冬和宋丰丰回程时,脑子里装的尽是他们和龙哥似有若无的渊源。世事打了个转,生活中可能的岔路口露出它不友善的面目。喻冬看向宋丰丰,宋丰丰意识到他的眼神,应了一句:"我不会变成龙哥。"

喻冬:"那你要好好学习。"

宋丰丰失声而笑:"你是我爸吗?天天就说这一句话。"他想起了另一件事,"你知道我们秋游是去哪儿吗?"

这是十一月的尾巴,秋高气爽,日子不热也不冷。依赖着热带气候,城市里困着团团未消的暑气,白日里也只有海边是最舒服的地方。

市三中秋游的地点定在一个临海公园里,公园位于乌头山脚下,距教堂不远。

孙舞阳在班会上说出秋游的地点之后,收获的果然是一片嘘声和叹气。

"又是山海公园!"有人大叫,"天哪,我从小学开始,每年春秋游都是去山海公园!去了十几年!"他的哀号引来无数赞同的声音。

孙舞阳早已听惯这样的不满,仍旧慢悠悠回答:"没办法,今年圈定的地方就是山海公园,大家高兴点啊,明年肯定不是。"

"骗人!"张敬说,"我的小学和初中老师也都是这样说的!"

喻冬没去过山海公园,事实上,他甚至从来没参加过这样的春游或秋游。

郑随波看起来也毫无兴趣,他趴在桌上懒洋洋地睡觉,头发在阳光里泛出温暖的金色光泽,让他整个人看起来非常柔软温顺。

"山海公园不好玩吗?"喻冬问他。

"不好玩。"郑随波皱起了眉头,"山海公园很大,我们的活动区域会被限制在一小片地方。去那里就是烧烤或者野炊,以前那边没有炉子,还要找砖头砌炉子,有时候还得跟人抢砖头。等生好火,都快中午了,饿得快死的十几个人围着烤炉等吃的。吃完了就到海边跑跑、放风筝,要不带上工具挖螺、捉蟹、钓虾,要不就花钱租个太阳伞在海边晒太阳,还不能裸着。"

喻冬:"……"

听上去很好玩啊!他心里这样说,嘴上却附和着郑随波的话:"嗯。"

烧烤是秋游永恒的主题。秋游那天,宋丰丰和喻冬出发时,车头都挂着几个晃荡的袋子,里面装着腌好的鸡翅、鸡腿和牛肉。

两人跟张敬会合之后,齐齐蹬车前往山海公园集合。

"妈呀,吓死我了。"张敬手舞足蹈地说,"小学和初中去春秋游,都是先到学校集合,然后坐大巴一起过去的,还要在车上唱歌!"

宋丰丰:"你从来没唱过。"

张敬:"你唱得最大声了。"

他转而对喻冬说:"因为宋丰丰总是唱得很大声,特别容易吸引老师目光,紧接着老师就会发现坐在他身边的我一直没开口。"

然后张敬就常常被拎出来要求"给大家独唱一首"。

"我第一首名曲是什么?是《饿狼传说》啊。"张敬狠狠拍了拍车头,"可是总说影响不好,不准我唱,唉。"

他讲得兴奋,身后传来女孩殷切的询问:"你还会唱歌呀?"

张敬差点没把住车头,回头看到关初阳蹬着自行车赶上来,不由自主就笑了:"我会。我会唱美声,还有民族唱法,都很精通。"

"哦?那《饿狼传说》呢?"关初阳饶有兴致地问。

"这歌太俗,宋丰丰才喜欢。"张敬立刻说。

宋丰丰:"……"

他对喻冬用口形说了三个字:神经病。

关初阳点点头,似乎有点遗憾:"这样啊。我偶像是张学友,我以为你会唱呢。"

张敬呆了。

关初阳:"我比较喜欢通俗歌曲,对美声和民族歌曲没什么感觉。"

"我会的!"张敬连忙说,"我会唱《遥远的她》,还有《李香兰》和《吻别》……还有《一路上有你》。"

他笑嘻嘻地指着前路。

关初阳:"哦……可是我喜欢他的快歌。"

张敬觉得有点难聊,转头想寻求宋丰丰和喻冬的帮忙,才发现两人不知什么时候已经放慢速度,故意落在后面。

张敬回头看了一眼,决定跟关初阳转移话题:"初阳,你觉不觉得他们两个人怪怪的。"

关初阳:"嗯?是吗?"

这个话题太出乎意料了,她完全没注意到张敬未称呼自己全名。计划得逞的张敬默默在心里握了个拳,蹬起车来越发有力。

中午时,宋丰丰端着一碟子螺和牛肉来找张敬和喻冬。吴瞳跟在宋丰丰后面一起过来,郑随波以为吴瞳也来送吃的,结果吴瞳一伸手就从他面前抓走了两只烤得异常精致的鸡翅膀。

两人争抢不已,宋丰丰找了一圈,在海堤上看到喻冬。

喻冬蹲在海堤上，一边笑一边看着什么。他听到身边脚步声连忙转头，竖起手指示意宋丰丰小点儿声。

宋丰丰把装了食物的碟子给他，顺便将刚刚买的冰可乐也一并递到他手里。两人以一模一样的姿势蹲在海堤上，围观下方海滩上的人。

那是张敬和关初阳。

两人都在海滩上摸索，张敬蹲在一个小水洼边上，举着相机，几乎要趴到地上了，不停地拍沙子上的小海螺。

那是只有大拇指指甲盖那么大的螺，一个个圆而扁的小螺旋。螺壳上印着色彩丰富的线条，横平竖直，在每个分割开的小空间里，充盈着饱满鲜亮的颜色：红、白、蓝、绿……

"这种螺特别好看。"宋丰丰跟喻冬说，"但是不好吃，太小了，吃不到什么。我们小时候常常抓，这一片海滩上全都是。现在慢慢少了，但只要有水洼的地方就一定会有。它底色是黑的，但是身上的彩块各种颜色都有，特别漂亮。就是没办法保存，只要里面的螺死了，它的颜色也就没了。"

为了不惊扰到下面的人，这些话他俯在喻冬耳朵边上说的。宋丰丰看着他的耳朵和侧脸，心想，脸皮可真是薄。

喻冬侧身远离他："口水喷我耳朵上了！"

宋丰丰："嘘！"

两人暂时终止争执。

海堤上风景很好，能看到苍蓝色天空底下温柔铺陈开的蔚蓝海洋。渔船在遥远的海面上留下模糊不清的影子，日光把一切照得发白发亮。

张敬和关初阳都没有找到能够将这类海螺完整保存而不损伤外壳颜色的办法，张敬只能不断地拍照。他的海鸥相机用的是胶卷，拍了两卷之后，关初阳叫停："可以了，别拍了，有点浪费。"

张敬:"要不我换个数码的吧……过年我就买。"

关初阳:"这不是关键。"

她找来一个玻璃瓶子,往里面装了沙子和海水,营造出适合海螺生存的大致环境,抓起几个螺放进去。

"明天周六,补完课我和你去一个地方。"

张敬:"什么地方?"

"去找一个海洋学家,我爸妈的老同学。我想去问问他,这类生物的标本应该怎么做。"她举起瓶子,明亮的反光映衬在她的脸上,"咱们一起去吧。"

张敬张了张嘴。没有比此刻更好的机会了,有一个声音在冥冥中跟他这样说。

他艰难地动动喉咙,鼓足所有勇气开口:"初阳,我想跟你……说一件事。"

关初阳:"说。"

张敬:"一直没找到合适的机会,我觉得单独跟你说比较好。怎么讲呢,就是其实我俩不是上高中才见的第一面,你还记得初三那一年的圣诞夜吗?"

关初阳:"我记得啊,我还记得你呢,拿个相机到处偷拍。"

张敬大吃一惊:"我……不是不是!我不是偷拍!我是随便拍……我拍到你了。"

关初阳蹲在水洼边上,突然皱眉,慢慢抬起头。

"我没注意会拍到你,也没想到……是我冒昧了。但……唉,怎么说呢,就是我从没拍过这么好的照片,就是你的那一张……"

关初阳突然打断了他的话:"你确定这些话是要单独跟我说的吗?"

张敬:"是啊。"

关初阳:"那这两个人怎么办?"

她指着两人头顶。

张敬立刻抬头，终于发现宋丰丰和喻冬蹲在海堤上，用一模一样的姿势喝着冰可乐，笑嘻嘻地看自己。

"……我……"张敬呆愣片刻，一张脸突然就红了，"宋黑丰！喻冬！"

喻冬先狂笑起来。他一把拉起宋丰丰："跑啊！"

张敬顾不上找路了，直接攀着海堤就爬上来。宋丰丰一脚把吃剩的螺壳往他的方向踹过去："别追啊！你继续说！"

张敬："我去你们的！有你们这样的吗？！"

喻冬一边跑一边回头冲关初阳挥手："初阳你好！那张照片真的拍得好！特别好！"

关初阳拿着瓶子在海滩上慢慢往前走，抬手放在嘴边冲他大喊："你们都看过那照片了？"

喻冬和宋丰丰同时回答："看过了！张敬就放在他书桌上，每次去都能看到！"

张敬整个人都要爆炸了："你们这两个坏家伙！！！"

他急急回头想跟关初阳解释，关初阳慢吞吞走着，看到他回头后却冲他露出了笑容。

"收起来！"她对张敬喊，"把它给我！谁都别看了！"

张敬一脑袋糨糊，完全不知道怎么回答，当即决定还是先抓住宋丰丰和喻冬死揍一顿再说。

秋游结束，张敬拒绝和两人同行回家。喻冬与宋丰丰端着一堆吃不完的肉和菜去恳求他原谅。张敬气鼓鼓地吃了，然后一抹嘴："我现在不想跟你们说话。"

"初阳绝对不讨厌你，真的。"喻冬说，"她肯定知道你想说什么，要不然也不会这个反应。你继续啊。"

"别叫初阳，叫全名！"他挥舞着最后一根烤热狗，"初阳是能够随便叫的吗？"

"我也觉得你有希望。关初阳这个反应不是很有意思吗？"宋丰丰撺掇他，"去呀！"

然而张敬已经没了勇气。

喻冬和宋丰丰这才知道自己坏了大事，连忙好声好气地跟他道歉。

歉道到一半，宋丰丰被吴瞳拉回去收拾东西了。喻冬和张敬随着大部队先行离开，三人挥手告别。

宋丰丰帮忙清理班上同学的垃圾，正收拾着，发现地上有一个钱包。

"谁掉了钱包？"他拿起来询问，随手打开试图寻找失主信息，却在钱包里看到了一张喻冬的照片。

他不由得一愣，很快有一只手伸过来，把钱包拿走了："我的。"

班上的同学从钱包里掏出了自己的校徽。

"这不是喻冬的照片吗？"宋丰丰说，"卖给我吧，二十块钱一张。"

但女孩却不愿意："多少钱我都不卖的，现在都没有了。"

宋丰丰跟她讲道理："喻冬不喜欢这样。"

"你不要跟他讲，好不好？我什么都不做的，就是想收一张他的照片。"

吴瞳凑过来加入谈话："喻冬有什么好的呀？你知道一班的郑随波吗？郑随波也挺帅的，我有照片，五块钱一张卖你，要不要？"

"不要！"女孩把钱包紧紧抓着，"喻冬很好啊，他为了救韩老师还受伤了。"

宋丰丰心想：这件事我已经听过了不止二十个不同的版本，无一例外的，都是喻冬如何英勇，以血肉之躯挡住了那个轻飘飘的记分牌铁架。

吴曈笑嘻嘻地问："是不是觉得他不只帅，人还特别温柔、特别好？"

"对，我跟他说过话的。"女孩冲吴曈笑了，"他比你们都温柔。"

吴曈："不要这样讲，我很伤心的。郑随波照片五块钱三张，到底要不要？"

宋丰丰把他推开，径自到一边继续收拾垃圾。

只是他的心情突然低落了，他闷闷地干活，一直到回家都感觉高兴不起来。

宋丰丰不知道自己为什么郁闷，但回家的路显得长了、久了，他没人可以聊天。

喻冬太好了。宋丰丰想，一个人如果那么好，怎么会不被人注意呢？

可他希望喻冬藏在很深很深处的温柔，谁也别知道。

很快到了玉河桥，宋丰丰停在桥面上，愣了片刻，他突然冲着喻冬二楼的房间大吼："喻冬！打球！"

半分钟后，喻冬抱着篮球冲到阳台："等你很久了。"

他笑着对宋丰丰挥手，转头下楼。

宋丰丰一路的郁气骤然烟消云散。

转眼到了十二月，期末考试成了所有学生最关心的事情。三中校园里弥漫着一股战斗的气氛，宋丰丰的足球队也暂时停止了训练。高一两个尖子班的压力巨大，期末考是全市统考，全市排名，三中和华观都鼓足了劲要在对方手里抢夺地盘。

圣诞夜也要上晚自习，十点过后他们才匆匆蹬着自行车前往教堂领取礼物。神父对宋丰丰印象深刻，没有给他笔记本和笔，反而塞了他一大包糖。

宋丰丰神情严肃："我要笔记本，我不吃糖了。"

那包糖转移到了他身后的喻冬怀里。

三人在海滩边上放了烟花，张敬许愿说希望明年和女神的关系越来越好，宋丰丰和喻冬连忙提醒他，愿望说出来就不灵了。张敬顿时脸色苍白，又默默许了一个愿。

回家路上，喻冬问宋丰丰许了什么愿，宋丰丰不肯讲，只是模模糊糊地说："反正和你有关的。"

喻冬："我的愿望也是和你有关的。"

宋丰丰大吃一惊："这么巧！"

两人傻笑一阵，都想继续问，又怕对方真的讲出来，愿望不灵验。

这一年的春节，宋英雄总算和宋丰丰一起度过。过了十二点，喻冬在家门口点燃鞭炮。鞭炮响完之后，他下意识看向玉河桥对面的宋丰丰家，发现二楼阳台上挂着一个人。

他大吃一惊，心想这个时候还有人入室行窃？连忙跑过去。

才走到玉河桥中央，挂在二楼那个人跳了下来，正是宋丰丰。

"生日快乐！"宋丰丰乐颠颠地跑到玉河桥上，把藏在自己怀里的东西给他。

喻冬又是吃惊，又是紧张：塞到自己怀里的东西是温暖的，还带着热乎乎的气息，被一块布抱着，在自己手里蠕动。

他小心翼翼揭开毛巾，看到了一双黑溜溜的圆眼睛。

那是一条小狗，很小很小，瑟缩地趴在毛巾里，被新年的炮声和烟火声吓得瑟瑟发抖，一直往喻冬怀里钻。

喻冬下意识地把它抱着，像抱一个小婴儿一样，半天说不出话来。

"喜欢吗？"宋丰丰问他，"我昨天领回来的，是教练家里的狗生的，和它妈妈一样漂亮，全身都是黄的，只有耳朵尖尖和爪子上有黑毛。"

"怎么……怎么送我这个？"喻冬回不过神。

"让它陪你呗。"宋丰丰说,"我下学期要出去踢球踢很久,你看到它就想起我了。"

他说完之后觉得这话很古怪,不好意思地挠挠耳朵,连忙补充:"也可以看家护院啊。周妈年纪大了,你晚上又要去上晚自习,家里有条狗比较安全。你……你到底喜欢不喜欢?"

那小狗在喻冬怀里找到了温暖舒服的姿势,发出低低的呜呜声,仿佛呓语。

"喜欢……"喻冬小声地说。

灿烂的烟火从城市各处窜起,《难忘今宵》的歌声喧闹,天空和海面都是亮的,停靠在玉河桥下面的废船也被这光照亮了,像一尊尊沉默的雕像。

喻冬看着宋丰丰又说了一遍:"特别喜欢。"

他皮肤黝黑的朋友不知道为什么,在这句话里连耳朵根都蹿红了。

度过了一个舒适的寒假,迎来返校日的学生个个都胖了一圈。

感冒的郑随波不停地擤鼻涕,脸色苍白,狠狠地说了一堆吴曈的坏话,比如冬天还要玩水枪。

新学期的第一个重要话题不是别的,是关于山海公园的。

山海公园不存在了,那块地已经被地产商买下,从一月份开始施工,整片海滩都会被填实。那里会建立这座城市最高端的一个楼盘,背山面海,黄金福地。

"以后不用去山海公园春秋游了。"有人笑着说。

喻冬一开始没把这件事放在心上,但上了两节课之后,他突然想起了张敬、关初阳,还有生物标本协会的活动。

海滩消失了,那些海螺呢?

张敬的脸色和他一样沉重,关初阳消失了一个上午,只有书包放在座位上,人却不见了。

　　放学之后,张敬打听到关初阳一直待在教导主任的办公室里,想去找人,但晃了一圈,都说关初阳已经走了。

　　宋丰丰给喻冬发短信,让他值日结束之后在楼下等。喻冬锁了门,推着自行车在教学楼下的花圃里发呆。坐了片刻,他看到关初阳从操场方向走了过来。

　　她看上去很不好,双眼通红,像是哭过了。

　　"怎么了?"喻冬紧张起来,他没应付过哭泣的女孩子。

　　关初阳擦擦眼睛,盯着喻冬看了一会儿,像是想起了什么似的点点头:"对,你也是标本协会的人。"

　　她沉默片刻之后,艰难开口:"标本协会没有了。"

　　喻冬:"……?"

　　关初阳:"不存在了,就在刚刚,它被生物协会吞了。"

　　三中的生物协会比标本协会成立得更早,主攻国内外各类中学生生物知识竞赛与实验,和专门要研究标本的关初阳完全不一样。

　　因此关初阳才会自己申请成立一个标本协会。

　　她和张敬在寒假期间,接受了海洋学家和其同学的指导,完成了一份很有价值的山海公园近海海滩贝类研究报告。

　　"海滩消失了,你还记得我和张敬当时去找的那种海螺吗?"关初阳用纸巾擦擦鼻子,坐在喻冬身边,"它们再也找不到了。"

　　它们彻底失去了适宜生存的环境,就要从地球上消失了。生物标本协会的学生所做的报告以及张敬拍下的一堆实物照片,这个时候突然变得重要起来。

　　早在返校之前,关初阳就接到了老师的电话,老师隐晦地跟她提及,生物协会想要加入这份报告的研究工作。

　　关初阳当时立刻拒绝了。报告已经完成,没有理由再让生物协会这些从未参与过的人冠名。因为这个斩钉截铁的拒绝,她被请到教导主任的办公室,与各位老师长谈了一个上午。

"成立不足一年的社团不能外出参与任何评比,所以我们的报告是没办法做什么的。"关初阳跟喻冬解释,"但是生物协会可以,而且他们有一个特别想参加的学生创新比赛。他们手头上现在没有任何成熟的项目,所以瞄上了我们协会做的事情。"

关初阳和张敬去研究贝壳,原本就不是为了参加任何比赛。在翻阅了标本协会这一学期的活动之后,老师表示,由于标本协会的性质与生物协会重叠,而且活动次数太少、会员太少,当初的申请就不应该被通过。

喻冬终于听明白了:"……所以,直接把标本协会取消了。"

"不是取消,是抹掉了。从来没有标本协会,只有生物协会。我们四个人的名字现在已经转到生物协会名下,我和张敬做的那份报告,当然也是他们的。"关初阳紧紧抓着手里的纸巾,眼泪又涌了出来,"怎么能这样……他们怎么能这么欺负人!"

"你答应了?"

"不答应不行……"关初阳低下头,声音哽咽,"我和张敬,还有你跟宋丰丰的名字都写在报告上。宋丰丰要代表学校去参加比赛的,你成绩那么好……尤其是张敬,他和我是报告的主要完成人,所有的照片都是他拍的……如果我不答应,他的奖学金资格会被取消,甚至离开我们班。"

喻冬惊呆了。

他只感到有一种熟悉的恶心感觉,从背后慢慢爬上肩膀,压得他抬不起头。

"孙老师帮我们求情,说了很多好话,最后他们说,只要我把报告给生物协会,我和张敬都不署名,那就什么事都没有。"关初阳浑身发抖,眼泪一直往下流,"我要怎么跟张敬说……我不知道怎么开口……生物协会的指导老师有来头的……她老公是……"

她紧紧咬着牙关，没有继续说下去。

喻冬手足无措，他不知道怎么安慰关初阳，只能拍拍她肩膀，又拍拍她脑袋。

"对不起……"他小声说，"我和宋丰丰……没有参加过活动。"

"好恶心，我又想吐了……"关初阳拼命擦眼泪，"我说我要跟张敬商量，他们不让。我谁都找不到，他们就一直在劝我，劝我把报告给他们。"

喻冬也不知道她还能怎么办。

如果只有关初阳一个人，他相信她不会答应的。但与之关联的还有他喻冬，还有张敬和宋丰丰。他和宋丰丰什么都没做过，但关初阳和张敬仍旧将两人的名字写在报告上，这是标本协会一起完成的东西。

谁能想到会引来这样的事情。

关初阳哭了一阵，慢慢平静下来。她恢复得很快，似乎觉得自己在喻冬面前流泪有些丢脸，迅速站了起来。

"你不要跟张敬讲。"她抽了抽鼻子，"我下午找他，我自己跟他道歉。"

"张敬……不会怪你的。"喻冬告诉她，"他一定能理解你。"

关初阳："他还是骂我一顿比较好。"

喻冬："怎么舍得？"

关初阳没听到他最后这句话，已经转身上楼。

她刚刚离开，张敬推着车就过来了。他满脸诧异，显然看到了关初阳的异样："出什么事了？初阳怎么哭了？"

喻冬看着他，心里冒出了一个念头。

他起身推自己的自行车，在还没把这个念头梳理清楚的时候已经说出口："关初阳跟我表白，太激动，所以哭了。"

张敬呆愣了片刻，生硬蹦出两个字：骗人。

喻冬："真的，你不信可以去问问她。"

张敬半天说不出话，只是目瞪口呆地看着喻冬。

"她说我又帅，又聪明，她很喜欢我。"喻冬摸着下巴，"我也觉得她很好，你还表白吗？不表白的话，我……"

话音未落，张敬忽然冲他肩膀砸了一拳。喻冬一个趔趄，还未站稳，张敬又踹了他自行车一脚。

车子倒在地上，发出很大的响声。

"张敬……"喻冬心里一跳，知道自己这个激将法用得不好，连忙抓住张敬的书包，"等等，不是的！"

张敬狠狠挣脱他的手，直接把车子扛起来换了个方向，骑上去就出了校门。门卫吼他让他下来推车，他也没听到似的，猛蹬着车子走了。

喻冬想跟他解释自己并非对关初阳有兴趣，关初阳也没有跟自己表白，只是现在标本协会遭遇挫折，他心里觉得这是张敬表白的好时机。

"傻子。"他骂自己，"有病吗？！"

把车从地上扶起来，喻冬正要骑上去，转头忽然看到了宋丰丰。

宋丰丰其实是和张敬一起来的，两人绕了一个校园都没看到关初阳，所以才折回来找喻冬。喻冬所有的话宋丰丰都听到了，他说不清楚自己是什么心情，一瞬间只觉得有些惊奇，又很难以置信。

"我骗他的！"喻冬被宋丰丰看着，终于慌起来，连忙抓住宋丰丰的车头，"我在激张敬，让他表白，不是关初阳对我表白……"

"她为什么哭？"宋丰丰对他的辩白没有兴趣，他关注的是另一件事。

喻冬："……我现在不能说。"

宋丰丰盯了他片刻，踩上车就走。喻冬瞒了某些重要的事情。

255

宋丰丰不理解的是，自己对喻冬是坦白的，一切都可以和他分享，但原来他们之间仍旧存在不能明说的部分。

而且这部分在喻冬这里。

宋丰丰没理喻冬的呼唤，喻冬连忙蹬车去追他。三中的门卫气坏了，学生一个个过校门不下车，蔑视他的权威。

"我记得你！足球队的！"胖乎乎的门卫大喊，"我要记你的名字！"

两个学生仔都没有听到他的话，全副身心扑在当前的争执上。

"我真的没有……"

"无所谓。"宋丰丰不耐烦地说，"与我无关。"

喻冬一把抓住他的自行车后座，强迫他停下来。

"放开。"宋丰丰看着他的手。

确实与他无关。喻冬焦躁坏了，这所有的事情，包括自己心里装的，确确实实和宋丰丰都没有关系。

他突然心灰意冷，放手之后自顾自往前去了。宋丰丰慢吞吞在后面骑着，没有立刻追上来。

下午上学，张敬仍旧没跟喻冬说一句话。

喻冬和郑随波两个值日生在放学之后就兢兢业业打扫卫生，等一切清理好，喻冬才发现张敬在走廊上站着，看样子是在等自己。

"还揍我吗？"喻冬拎着书包走出来。

"揍。"张敬哼了一声，"玩的什么激将法。"

喻冬笑了笑，看来关初阳已经跟他说了协会的事情。

两人离开教学楼，走向车棚。三中的车棚就在操场附近，足球队的人正在训练，他们可以看到宋丰丰坐在场边，聚精会神地看队友跑动。

来上学时，喻冬没有看到宋丰丰。他以为宋丰丰睡午觉睡过头了，还特地到宋丰丰家门口等了一会儿，直到宋英雄出门告诉他，宋丰丰早就走了。喻冬从来不迟到，但今天下午是踩着点到的学校。

张敬喊了宋丰丰一声，宋丰丰回头看到他们俩，潦草地抬手扬了扬，很快转过了头。

张敬很吃惊："他今天怎么不过来了？"

平时看到张敬和喻冬叫他，只要不上场，他都会跑过来跟他们说两句话。

喻冬不想继续这个话题。两人走到车棚，棚子里没什么人，稀稀落落的，自行车倒是还有很多。车棚旁边长着三中最大的一棵羊蹄甲，足足有三四层楼高，春天时会开满树的白花，在雾气里影影绰绰。

花瓣落下来不少，在车棚顶上铺了厚厚一层。

喻冬先推出车子，张敬还在捣鼓他那把不好开的锁。

白色羊蹄甲的花瓣边缘是温柔的波浪，它们被湿漉漉的春风吹了下来，又湿漉漉地落在喻冬的帽兜里、头发上，还有车篮子中。

张敬还是没把锁打开。他气恼极了，重重砸了那锁一下，骂了句脏话。喻冬很少听他说脏话，落在耳朵里有些新鲜。

"张敬。"喻冬说，"你甘心吗？"

"不甘心。"张敬抬头看他，"可我们还有什么办法？"

喻冬抓下脑袋上的两片花瓣，扔在车篮子里。

"我有。"他冲张敬露出笑容，"这办法只有你能实施。"

张敬："是好办法还是坏主意？"

喻冬："利用现有规则的好办法，绝对不违法乱纪。"

张敬被他的话逗笑了，很快又沉默下来。

"你和初阳会受影响吗？"他问。

"我不知道。"喻冬坦白地告诉他，"这办法是我中午想出来的，能不能成，完全靠运气，因为有一个特别关键的环节，得看老师清不清醒。"

张敬站起来。他对喻冬所说的"办法"充满了兴趣："你说。"

三月初，温暖湿润的海风从海上吹来，带着充沛的水汽。

城市被水雾彻底笼罩，水滴在墙上滚滚而下，悬空的雾气似有实质，人在里头走一个来回，头发衣服全都湿透。

路面永远像被大雨淋透一样湿，车轮永远易于打滑，衣服永远晒不干，书页被湿气吃透了，封面和内页全都卷翘起来。

宋丰丰结束训练，自己也不知道湿漉漉的头发里是汗还是水。

"今年南风天怎么这么厉害！"队长的头发稍稍留长了，戴着头带，把脑袋甩来甩去，水珠子乱飞。

宋丰丰用网兜装着自己的球，跟队友告别，往车棚走去。

落满了白花的车棚边，喻冬正骑在自行车上等他。

宋丰丰看了喻冬一眼，觉得在湿漉漉的空气里，喻冬的眉眼似乎比以往还要浓，连头发都变得更黑了。

喻冬穿得单薄，里面一件兜帽衫，外面罩着冬季的长袖校服，帽子里塞了一堆花瓣，让他看起来有些傻气。

"郑随波干的。"喻冬指了指身后的帽子，"帮我掏出来。"

宋丰丰没动手："你自己掏。"

他取了车，也没招呼喻冬，直接往前推。

两人一前一后出了校门，喻冬像是对他的不理睬感到了恼怒，猛蹬几下超过了他。海风有些大，把喻冬帽兜里的花瓣纷纷吹了出来，一路往后飘。

宋丰丰抬手抓住几片，都是柔软的白色花瓣，有的中间还掺着一抹浅绿，是略硬的脉络。

他抓住花瓣，单手握着车把，闷不吭声跟随在喻冬身后。

他们俩已经好几天没好好说话了。

在铁道口停下来的时候,又是喻冬主动开口。

"我跟张敬商量了一件事。"

宋丰丰:"嗯?"

"给标本协会和张敬、初阳两个人出气的办法。"

宋丰丰:"你也叫她初阳?"

喻冬:"……是啊,不行吗?"

宋丰丰把手里的花瓣扔到地面:"那我也这样叫。"

片刻之后,他才听到喻冬回应:"无聊。"

闸口开了,两人随着人流和车流往前骑,渐渐并肩而行。

"我想去看狗仔。"宋丰丰说,"我好几天没见它了。"

"已经认不得你了。"喻冬瞥了他一眼,"它现在跟我最亲。"

小狗就叫狗仔,也没正经的名字。喻冬不在家的时候就周兰带着,用个小竹筐装着放在三轮车上,车里装满了收回来的鱼,一直蹬到市场去卖。等到喻冬回来,狗仔就成了喻冬的,连吃饭都要抱着。小狗却不太乐意被他抱,总喜欢往周兰身边凑,趴在她脚下睡觉,蜷成一个黄色的小毛团。

和喻冬相比,宋丰丰显然更加陌生。但小狗现在还太小了,谁都可以抱,不乐意也没办法。宋丰丰把它放在自己的车篮子里,挠挠它耳朵,又摸摸它脑袋。喻冬站在他身边,还在苦想给它起个什么正经名字才好。

宋丰丰玩够了,把狗仔还给喻冬。喻冬说一会儿见,转身就要走回家。

"等等。"宋丰丰一把拉住他帽子,让他站定了。

帽子里的花瓣也积攒了沉重的水汽,一片片都鲜嫩极了。宋丰丰把它们掏出来,花瓣纷纷落到地上。

喻冬站着不动,任宋丰丰动作。

此时此刻，路灯被雾气笼罩，城市被雾气笼罩，他和宋丰丰也被这温暖的雾气笼罩，一切仿佛都在发生，却又并无实质。

在这种若有若无的情绪里，喻冬才能拥有安全感。

"我月底就去比赛。"宋丰丰说，"去一个月，回来狗仔都不认识我咯。"

他伸手越过喻冬的肩膀，抓抓小狗的耳朵。小狗呜呜地叫，舒服地眯起眼睛。

"这么久？"喻冬说，"那完了，我也不认识你了。"

宋丰丰咧嘴笑了一会儿，转头问他："你还去看我比赛吗？"

"这次有票吗？"

"当然有票。"宋丰丰立刻答应，"绝对不让你再待体育馆外面了。"

喻冬："看情况吧。"

宋丰丰："去嘛。"

喻冬："我想一想，看情况。"

宋丰丰："去吧去吧。"

喻冬当然是想去的："四月初全国中学生创新大赛的结果会公布，我至少要等到一切尘埃落定再说。"

宋丰丰这才想起喻冬刚刚没说完的话："你和张敬商量了什么事？"

"怎么骗人。"喻冬眉毛动了动，胸有成竹似的笑了。

关初阳和张敬做的报告需要修改，但关初阳拒绝参与，并且让张敬也不要管。

但出乎她意料的是，张敬不仅答应了生物协会参与报告修改的要求，甚至把喻冬也拉了过去。

"他脑筋好，而且也是我们协会的人。"张敬表示喻冬也在报告里贡献了一点力量，"很有用的。"

两个成绩优秀的高一新生，手里又有第一手资料，他们的参与对生物协会来说非常难得。

随着创新大赛提交作品的最后限期临近，报告终于大功告成。这份洋洋洒洒数万字的报告里，最为核心的部分是由关初阳和张敬来完成的，其中海螺相关的照片全部由张敬拍摄和提供。由于关初阳干脆拒绝署名，张敬的名字就大咧咧地出现在了报告上，位列第三，后面还带个小括号：摄影。

"照片非常重要，张敬做了很关键的工作。"生物协会的指导老师夸了张敬好几次。

张敬没心没肺地笑。

关初阳没再跟张敬说过话。

生物协会单独分出了一个小组，名为"生物标本小组"，组长关初阳，副组长张敬，组员是喻冬和宋丰丰。这个小组就是被吸收之后的标本协会。

关初阳最后一次跟张敬和喻冬说话，是对他们两个说：你们俩也让我觉得恶心。

两人深入地参与了报告的全过程。在距离提交报告还有几小时的时候，喻冬和张敬找到了指导老师。

指导老师正拿着资料，准备刻录光盘邮寄出去。

"老师，关于标本小组的工作，我想请教下你的意见。"喻冬恭敬又认真。

他太讨人喜欢，也太容易让人信任。一个面貌端正、品学兼优的学生，谁会对他的诚恳起疑？

谁都不会的。

指导老师显然也不会。她暂时放下资料，和颜悦色地和喻冬、张敬聊起来。

喻冬和张敬来找她的原因很简单，因为两人认为"关初阳长期不参加活动，继续担任标本小组的组长显然不合适"。

"我们听说下半年会有一个实验比赛，我和张敬想以标本小组的名义参加。"喻冬眉头轻皱，双手无意识地握拳，像是十分紧张，"老师，我觉得张敬做组长比较合适。"

指导老师没吭声，笑着打量喻冬，又打量起张敬。

生物协会里头有好几个小组，根据协会的章程，只有小组组长才能参与协会的会议和讨论，组员是没有这个资格的。而且一旦成为小组组长，在高二进行的换届选举中，就有更充分的理由和优势去参加生物协会几个重要职位的竞选，比如协会会长和副会长。

三中的生物协会小有名气，是获得过很多荣誉的社团。以张敬的成绩，在高二高三努力一把，想走保送或者自主招生的道路也完全有可能。

如果是这样，那么她完全能理解张敬的想法——先成为组长，随后在换届选举中当上副会长或者会长。这是荣誉，甚至是敲开心仪大学校门的重要钥匙。

"这合适吗？"指导老师笑着问，"你们跟关初阳同学商量过没有？"

"说过了，她不肯。"喻冬耸耸肩，和张敬交换了一个眼色，无奈地说，"她……什么都不肯的。"

关初阳从来没参加过生物协会的任何活动，指导老师是清楚这件事的。

"老师，我其实还有另一个想法。"张敬忽然开口。

他想更改报告上"摄影"那个位置的名字。

"改成会长吧。"张敬说得小心翼翼，"会长做的工作比较多，除了数据和一部分内容是我们的之外，其他基本是会长和副会长去做的。"

办公室里陷入了沉默。

指导老师没有再看两人,目光回到了电脑屏幕上,电脑正等待着刻录光盘。

喻冬和张敬分外紧张。

这个计划中最大的变数,就是指导老师是否愿意接受他们的建议。

会长是高二尖子班的学生,上高中以来参加了不少生物竞赛,奖牌和奖状一堆。喻冬打听到他升上高三之后准备参加大学的自主招生,而在他获得的所有荣誉里,唯独没有这一个创新大赛的奖项。

这太吸引人了。

三中的生物协会也从来没有获得过创新大赛的任何奖项,一个难得的荣誉,和这个荣誉对一位优秀学生的助力以及这一切对指导老师的帮助,她的评级、她的评优……

喻冬和张敬像是两个稚嫩的赌徒,他们用自己的方式,在进行一场猜不出输赢的赌博。

沉默维持了很久很久,指导老师终于转过头,对他们俩伸出手:"底片呢?"

喻冬和张敬同时松了一口气。两人根本忍不住,飞快对视一眼,紧张地笑了笑。

指导老师显然认为这种笑是可理解的:"小小年纪,想法怎么这么多?"

张敬从书包里掏出底片,交到老师手中。

底片已经冲印过,一张张散落在桌面上。指导老师显然非常谨慎,她拿起底片,对着已经冲印出来的照片一张张对比察看,以确定张敬给的不是假底片。

很幸运。她紧绷的精神渐渐放松了，底片与照片一模一样。

这个时候她才真心实意笑起来。

"张敬，你来做标本小组组长是合适的。"她起身拍拍张敬的肩膀，"而且以你的能力，完全可以竞选会长或者副会长。你的师兄肯定也会投你一票。"

张敬嘿嘿地笑了，他脑门上都是汗，在灯光里反射出亮晶晶的光。

生物协会参加创新大赛的报告一路过关斩将，直接冲入决赛。

报喜的海报贴在宣传栏上，宋丰丰早上来训练的时候，看到关初阳在宣传栏前站了很久。

报告的参与人上不仅没有关初阳的名字，甚至也没有张敬的名字。"摄影"那一栏，写的是生物协会会长的大名。

"拿了奖的话是加三十分吗？"宋丰丰凑过去问她。

关初阳："不知道。"

她转身走了几步，又急匆匆冲回来，指着报喜的海报大声问宋丰丰："张敬到底在想什么啊！"

宋丰丰吓了一跳，在他的印象里，关初阳没有过这么激动的时刻。

"那是他的东西！他拍的照片！"关初阳是真的气坏了，"怎么能随便给人？！"

"我不知道，你直接去问他吧。"宋丰丰不敢多说，蹬着车跑了。

张敬和喻冬的计划他其实是听过的，但当时并没想到真的能实施。

光盘邮寄出去的那天，张敬和喻冬全部脸色苍白，像是兴奋过头，又像是怀着恐惧。两人在宋丰丰家里打游戏，一点点地把这个计划告诉宋丰丰。宋丰丰吓得脸都白了："你们疯了！"

"暂时想不到更好的办法了。"喻冬倒还冷静一点,"我觉得这个挺好的。"

宋丰丰忍不住拿起教科书在喻冬脑袋上戳了又戳:"你不要再骗人了。再说底片都给出去了,张敬如果还要翻盘说照片是他拍的,那也说不通啊。"

"假的。"张敬在天台上应他。

宋丰丰跑出房间,呆愣了片刻才问:"什么假的?"

张敬正用个小炉子烧起炭火,拿着个晒干的鱿鱼在烤。他坐着一张小凳子,凳子上还刻着"郑随波"三个字,是郑随波参加木工协会的作品,喻冬带给宋丰丰的。

张敬咬着烤酥了的鱿鱼爪子,在嘴巴里嚼嚼:"底片,是假的。"

三月底,宋丰丰带着行李和队友们一起出发,到邻省去参加华南地区中学生足球联赛。

四月初,创新大赛的赛果出来,三中生物协会的报告获得了全国金奖。

收到消息后不久,张敬和喻冬往创新大赛组委会邮寄了一份挂号信。

没过多久,生物协会的报告被要求打回重新审查。这次审查的关键,是报告中提交的贝类实拍照片。

"照片当然是真的!"指导老师带着底片飞到北京,把这个重要证据交给组委会,"这是我学生拍的照片,底片在这里,完全没有造假可能。"

组委会的工作人员便冲洗了几张出来。

看到新冲洗的底片的瞬间,指导老师完全呆愣在地,她在刹那间明白:自己被两个高一学生耍了。

底片确实和照片一模一样,因为这是对着照片重新拍摄的底片——根本不是原始底片!

"原始底片已经匿名寄到了组委会。"工作人员跟她解释,"举报的内容不是说你们照片作假,而是报告中有人剽窃他人创作成果,完全篡改了摄影人的名字。"

工作人员指着的,正是生物协会会长的姓名:"照片根本不是这个同学拍的。"

四月中旬,创新大赛的处理结果出来了,市三中的生物协会取消获奖资格,并且禁止在未来三年内参加比赛。

和喜报相比,这样的处理结果流传得并不广,还是有人在看到指导老师或者协会会长的时候会给出真心的恭贺,就像喜气洋洋的巴掌。

"……我们这样做,会不会毁了那个师兄的前途。"张敬忧心忡忡地问。

喻冬趴在床上,困得几乎睁不开眼睛,只能勉强支撑着安慰他。

"这又不是什么会记入档案的内容。他还是可以继续正常参加高考,你担心什么?"他打了个呵欠,"再说了,如果他不答应,他正直一点,老师能按着他脑袋让他改了你名字?"

张敬在那一头一直沉默。

"张敬,这不是坏事,我们没做坏事。"喻冬低声说,"他们利用规则抹消了标本协会,我们也利用规则教训教训他们而已。做坏事的人才需要怕,因为世界上就是有我这种比他们更懂得说谎的人存在。"

他低沉地笑了:"就是很对不起你。"

喻冬挂了电话,昏昏沉沉地躺在床上。他已经好几天没好好休息,昨天开始发起高烧,今天干脆请了一整天的假,躺在床上只顾睡觉。

他并没有那么坦荡,在等待结果的这段时间里,他常常做噩梦,梦里全是各种混乱的内容,一会儿是关初阳和张敬被处分了,一会儿是宋丰丰不能去踢球了,一会儿又是他们被人用各种办法报复,学校像一个巨大的游乐场,他徒劳地奔跑,却找不到任何朋友的身影。

喻冬反复在梦里醒来,又忧虑得睡不着觉,翻来覆去地想自己还有什么没做到位的,是否遗漏了什么没考虑清楚的。

手机又响了。

喻冬痛苦地呻吟,捞起手机推开:"又怎么了……"

手机里传来的是宋丰丰的声音。

"你还没睡醒?"宋丰丰听上去精神百倍,"都下午了。"

喻冬的手一松,手机落在枕头上。他蜷着腿侧躺,把耳朵凑近手机。

"我好多天没好好睡觉了。"宋丰丰的声音让他心里冒出了很多复杂的情绪,"我和张敬成功了,你知道吧?生物协会那件事。"

"那你怎么不睡觉?"

"睡不着……怕……"喻冬的倦意渐渐上来了,像网一样迅速捕获了他,把他拉入睡眠的深渊里。

"……喻冬?"

喻冬分不清最后那句呢喃到底是自己说的,还是宋丰丰说的,所有声音都远了,他蜷在床上闭上眼睛,在久违的安全感里迅速睡了过去。

宋丰丰攥着手机站在酒店房间的窗边,恨不能把手机压进自己耳朵里似的:"喻冬?"

正跟朋友发短信聊天的队长恼了:"烦不烦!做梦也喊喻冬,醒了也喊喻冬,喻冬欠你钱吗!"

"喂喂?你刚刚说了什么?"宋丰丰还在执着地问,"喻冬啊?喂?再说一遍?"

267

队长:"到底欠了多少啊?"

宋丰丰听到喻冬的呼吸声,终于确定这人是睡着了。

宋丰丰从行李箱里抓出衣服,又抓起钱包和手机,跟队长请假:"明后两天休息是吧?我回家了啊。"

队长吓得要跳起来:"现在回家?晚饭你不吃了?"

"不吃了,来不及。"宋丰丰已经冲出房间,奔往电梯。

狗仔扯着床单爬上喻冬的床,钻进他被子里。喻冬睡得迷迷糊糊,把它从被窝里抓出来,放到枕头上。

小狗在他脑袋边蜷成一个毛茸茸的团子,很温暖。

喻冬伸了个懒腰,拿起手机看时间,发现手机不知何时没电,已经关机了。他披着被子坐起来,仍旧觉得困,但已经没有之前那么累了。

书桌上的小闹钟显示,现在已经是晚上十点半,他睡了很久,晚饭也还没吃。

周兰来叫过一次,但喻冬不肯起,她只好把饭菜放进冰箱里,让他如果起来了,就自己热热吃。

喻冬揉揉眼睛,给手机插上充电器,心想家里好像还有几桶方便面。他饿了,但也懒得动,更懒得洗碗洗筷子,心想干脆烧水泡面,吃两桶算了。

可面放在哪里,他一时间想不起来。

摸着狗仔的脑袋,喻冬又打了个呵欠,这时手机终于有了一点电,屏幕亮起来,开机了。

他居然有十几条未读短信,全是宋丰丰发来的。

第一条是"我现在回家",然后是"你怎么关机了""我上车了""醒没""发条狗仔的彩信给我""我去你家吃饭行吗"……

喻冬顿时从床上跳下来,揉揉眼睛。

宋英雄月初出海去了。这是温暖的春末夏初，各种鱼类都从热带海域往这儿洄游，是打鱼的好时机。

"我没带家里钥匙。"宋丰丰在短信里说。

喻冬快速地翻阅，宋丰丰的信息总是一句话一条，唠唠叨叨，连车上邻座的人脚丫子很臭都说了。

最新的一条是两句话。

"你睡醒了吗？我到了，在你家楼下。"

这是一小时前发的。

喻冬立刻跑到阳台。楼下空荡荡，一个人都没有。春末的细雨在夜里飘飘洒洒地落下来，路灯下一片细粉般的雨丝。两只野猫在玉河桥底下凄凄惨惨地叫着，声音挠得人心头毛躁。

"宋丰丰？"喻冬压着声音探头喊了一声，但宋丰丰不在楼下，也不在檐底。

他下意识抬头，看到玉河桥对面宋丰丰的家里，二楼亮着灯。

这人没钥匙，他怎么进去的？

喻冬跑回房间，抓起外套随便披上，蹑手蹑脚地下了楼。

周兰已经睡了，他小心翼翼地开门，小心翼翼地钻出去，又小心翼翼地关门。喻冬深吸一口气，拍了拍自己左侧胸膛，在细雨里跑向玉河桥。

宋丰丰已经洗了澡，舒舒服服坐在书桌前看漫画。正看得入迷，听到有人在外面喊自己的名字，声音压在喉咙里。

他竖起耳朵听了一会儿，总算在猫咪叫春的声音里捕捉到喻冬的呼喊："宋黑丰！"

"来了来了！"宋丰丰连忙跑到二楼天台，果然看到了站在街面上的喻冬。

"你怎么回来了？"喻冬披着外套，兜帽罩在脑袋上，腿上却穿着宽松长裤。那是在家里才穿的单薄衣物，在这还带着些微寒意的夜里让他有些哆嗦。

"你怎么来了？！"宋丰丰也同时喊出这一句。

两人沉默片刻，喻冬又开口："先回答我问题，你回来做什么？输了？"

"乌鸦嘴！"宋丰丰压着声音喊，"我……我想回家，就回来了。"

喻冬心想：你对我撒谎？我是你撒谎界的祖宗。

"再给你一次机会，说实话！"其实他是担心宋丰丰惹了什么祸，或者是因为自己和张敬的事情连累了，直接被足球队扫地出门，"你回来做什么的？！"

他说话很不客气，宋丰丰挠挠头发，心里有点儿不是滋味。

"不是你说怕吗……"

喻冬："什么？我听不清！"

宋丰丰趴在天台边缘上，终于提高了声音："不是你说怕吗！你既然怕，我就回来给你壮胆！"

喻冬："……"

他张着嘴巴，半天没反应过来。

"我打出租冲到火车站，差一点就买不到票了，特别赶。"宋丰丰揉揉鼻子，心想那些猫啊，叫得实在太令人心烦了，"喻冬，今时今日，你这种态度不行的。我是为了你才回来的。"

"……我不怕，"喻冬说，"我肯定没说，是你说的，你怕比赛踢不好。"

宋丰丰愣了："你说了，你说了才睡着的。"

喻冬："我没说！"

宋丰丰看喻冬急得要跳起来，突然觉得很好笑。他笑嘻嘻地探头说："我以后给你打电话一定记得录音，免得你翻脸不认账。"

"我怎么可能说这样的话!"喻冬一把扯下了帽子,一张白净脸庞微微涨红,不知道是被气的还是被恼的。玉河桥上的灯光照亮了喻冬的头发,那光亮是湿漉漉的,也是暖的。

宋丰丰趴在阳台上:"那行吧。我想回家跟你说话,所以我就回来了,行不行?"

喻冬:"……"

细雨似乎停了。他的脸一会儿凉,一会儿热,和这天气迥然不同。

"你上来吗?"宋丰丰并不知道随口的一句话会让喻冬心情动摇,"我刚刚是爬上二楼才找到钥匙的。"

喻冬又把帽子戴上了:"我……我回去了。"

"拜拜。"宋丰丰说。

但喻冬没走,他站在原地,摸了摸裤子,又摸了摸外套口袋。

"……我没拿钥匙。"他尴尬地说。

宋丰丰一下又笑了。

"你急什么呢?就这样跑来了。"他转身下楼,给喻冬开门。

彼此彼此,喻冬在心里回答他。

宋丰丰桌上和床上都很乱,喻冬早就习惯了,现在已经不会帮忙收拾,直接往上坐。

"有吃的吗?"

于是宋丰丰翻出两桶方便面,泡好了端上二楼。喻冬盘腿坐在他床上,翻看他枕边的一本书。

"擦擦头发吧。"宋丰丰把毛巾扔给他。

平时他有时候会顺手帮喻冬擦脑袋,尤其是在喻冬给他改试卷画重点的夜晚。不知为什么,今天晚上宋丰丰突然不敢动手,只将毛巾远远扔到喻冬头上,盖住了他脑袋。

喻冬懒懒地抬起头,一把抓下毛巾:"怎么又是红烧牛肉味?我想吃辣一点的。"

他肤色白净,在毛巾和衣服的阴影里露出一段颈脖皮肤,对比分明。

宋丰丰瞥了一眼,慢吞吞收回目光,一声不吭。

野猫还在桥底下叫,像婴儿的哭声,又像求而不得的恳切,一声声拉得很长。

两人吃完了面,又去洗脸刷牙。宋丰丰满嘴泡沫,盯着镜子下方的杯子和牙刷,脸上渐渐浮出惊奇神情。

喻冬家里有他的毛巾牙刷,他家里也有喻冬的毛巾牙刷。

他摆正了喻冬的牙刷,上面还带着水珠。宋丰丰在一贯的迟钝和大咧咧里终于浮出几分讶然:他和喻冬已经这么熟了。

回到房间里,喻冬还是盘腿坐在床上看漫画。

"好看吗?"宋丰丰也爬上床,他很少见到喻冬这样专注。

"还行吧。"喻冬说。

宋丰丰看了一眼封面,诧异地发现喻冬看来看去,都是《魔偶马戏团》的第十本。

"看得这么慢?"宋丰丰问他,"不好看就换一本啊。"

喻冬干脆把书合上,扔还给他:"你怎么买了这么多漫画?家里都能开租书店了。"

"你不喜欢看吗?"

喻冬:"……"

宋丰丰:"我以为你喜欢这种看不懂的漫画,所以就买了。"

喻冬笑着:"不如直接把钱给我。"他心里无数小人敲锣打鼓闹闹哄哄,在疯狂叫嚣:给你买的!给你买的!

宋丰丰:"其实也不是我买的,租书店老板跟我熟啊,他让我先看,也不收我钱。"

喻冬:"哦。"

小人们全部偃旗息鼓了。

宋丰丰的床比喻冬那张要宽大很多，两个人并排躺着也不觉得挤。要是睡在喻冬床上，则连翻身都有些困难。

这一晚，宋丰丰的话特别多，似乎总有无穷无尽的话题要跟喻冬分享。

陌生城市的繁华，球队遇到的人，他们的对手，宋丰丰的训练，他和队长同住的房间里抽水马桶总是出问题，周末的夜里能听到诡异的声音，他们必须堵着耳朵才能睡着，等等，等等。

喻冬听得认真，不想错过任何部分。这是他没法参与的生活，但他至少可以倾听。

他也跟宋丰丰说了生物协会那些事情的后续。宋丰丰的想法很直接，他担心喻冬和张敬还会继续吃亏。

喻冬没考虑那么远。

"再说吧。"他小声回答，"总有办法的。"

两人面对面躺着，有一搭没一搭地说话。明天是周六，上午还得补课，时间已经过了午夜，但喻冬毫无睡意，宋丰丰也没有。

他们微蜷身体，在被子里膝盖有时候会碰到一起。

"狗仔的名字想好了吗？"

"想好了。"喻冬懒洋洋地说，"就叫黑丰。"

宋丰丰哈哈大笑，在被子下踢了喻冬一脚："反对！"

这一踢，他突然发现喻冬的脚很凉。宋丰丰瞬间想起站在街面上对自己喊话的喻冬。夜里很凉，但他脚上只穿了拖鞋，连袜子都没有，在冷冰冰的地面上站了这么久。

喻冬还在跟他说狗仔的事情，周兰和隔壁的七叔、七婶，还有七叔的孙子，每个人都给小狗起了个不同的名字。

正说着，脚上忽然一热，是宋丰丰的脚掌蹭了上来。

喻冬："？？？"

宋丰丰："我，人形暖脚器。"

273

房间里关了灯,谁都看不到谁的脸。喻冬不吭声,宋丰丰困得连打呵欠。两人的脚在被子下交叠着,喻冬发凉的脚掌被宋丰丰一点点焐热。

喻冬忽然猛地坐起来:"我想起来了,门口藏着把钥匙,我……我回去了。"

雨不知什么时候又飘了下来,街上一片晦暗的茫茫,灯光照亮了丝线般细长的水滴,风又把它们吹乱。

喻冬在宋丰丰家门口站了片刻才走出去。他没戴好帽子,雨打在脸上,这点儿凉意让他更加清晰地察觉身上有多暖和。

"喻冬!"

喻冬下意识回头,看到宋丰丰缩着肩膀站在二楼天台上。

"……"喻冬仰头看他,忍不住轻笑,"又怎么了?"

宋丰丰嗫嚅片刻,也不知道说什么好,挠挠头。

他确实想家,想小狗,想周妈,想张敬……可是在这一刻,其他人好像都从他脑子里被驱赶出去了。喻冬在细雨里看他,让他想起两人见面的酷热夏天。

"路上小心。"他对喻冬喊。

喻冬转头看了眼一桥之隔的家,忍不住笑了。

"睡觉吧你。"喻冬对他挥挥手,左侧胸膛的器官猛烈搏动,像一个雀跃的小人。

他们回到了自己的房间,钻进了被窝。在无声的春雨里,捂着一颗软而热的心睡着了。

宋丰丰隐瞒了自己回来的事情,当然也不必去参加补课。只是他仍旧早起,先去跑步,然后给喻冬带回早餐。

周妈在门前扫地,狗仔趴在地上,七叔的孙子拿着一根油条想要喂它吃。

"狗狗。"小孩说。

周妈："它叫招财。"

七叔："哎，阿财哎。"

七婶："喻冬说它叫宝仔啊。"

宋丰丰："……"

小狗显然完全没搞明白自己到底叫什么。它长得很快，两个月就大了一圈。油条在它面前晃来晃去，它伸爪去够，却一把被喻冬抓了起来。

"油条你自己吃，不要喂它。"他跟七叔孙子说，"黑丰不吃这个。"

宋丰丰："你够了！！！"

喻冬接过他的早餐，冲他咧嘴笑了笑，骑车上学。宋丰丰原地盘桓片刻，还是蹬车追了上去。

他不上学，就只是想陪喻冬走这一段路而已："我送你去学校。"

喻冬单手骑车，另一只手拿着装着皮蛋瘦肉粥的塑料杯，偶尔吸一口，听到宋丰丰的话，嗤地一笑。早晨阳光太好了，春天仿佛随着昨夜那场绵密细雨彻底过去，夏天如同一位散发热力的巨人，已经踏入城市之中。

路边的小叶榕会在春天长出一树嫩红的叶子，像花一样好看，裹在树冠之上。现在叶子全都渐渐转绿了，整条街上都是层层叠叠的绿色，深的浅的，一路温柔铺往前方。

凤凰木还在开花，湿漉漉的红色花瓣，湿漉漉的叶子，远远看去仿佛是一棵满挂剁椒的树。高大的热带观景植物摇动着巨扇一般的叶子，在风里摆来摆去。

穿着校服的学生穿过树荫，穿过狭窄的巷子，从城市各个角落拥向目的地。

喻冬把校服的拉链拉到尽头，领子竖起来，是个斯文干净的少年。

"下课再来接你。"宋丰丰说，"我去网吧打打游戏。"

"谁要你接？"喻冬小声说。

宋丰丰蹬出几米又回头提醒："等我啊，不要提前走。"

喻冬："知道了！"

来到班上，喻冬想跟张敬再说一说协会的事情，却发现张敬今天请假没来。

放学时关初阳过来问他张敬怎么了，喻冬自己也一头雾水："我不知道。"

关初阳忧心忡忡："我是不是说得太直接了，让他很受伤。"

喻冬："说什么了？"

他突然反应过来："他跟你说了？！"

关初阳连忙竖起手指："嘘！"

喻冬："哦对，嘘……嘘。"

两人离开教室，走向车棚。见人都走得差不多了，喻冬才敢继续问："真的说了吗？"

关初阳打量着他："你好像早就知道他要说什么了。"

喻冬："我当然知道。"要不然也不会在海堤上偷听偷看了。

关初阳挠挠下巴，似乎正在思索："我可能说得太直接，所以他今天才请了假。"

两人面面相觑。关初阳无意识抖着手里的钥匙串，哗啦哗啦响："我是不是伤到他了？"

"可能吧，连学都不上了。"喻冬心有戚戚。

关初阳登时愧疚得说不出一句话。

张敬是昨天晚上跟关初阳表白的，就在他给喻冬打电话之后不久。

关初阳先联系了他,问他生物协会到底是怎么回事。张敬便约她出来,在路口聊了一会儿。他把自己和喻冬做的事情都说了之后,关初阳显然非常震惊,半天都讲不出一句完整的话。

张敬话到嘴边,没遮没拦,一股脑儿把心里话全说了。

"然后呢?"宋丰丰一只手攥着手机,一只手握着车把,正前往学校准备和喻冬一起回家,"她说什么了?"

张敬的声音蔫蔫的,没什么精神:"她还想了一会儿,我以为她会答应。"

宋丰丰受不了他这种黏糊糊的速度了:"到底说了什么,你干脆点。"

"她让我好好学习,不要想东想西。"张敬大喊,"这是原话!"
宋丰丰无情地笑出了声:"这不是我们都已经猜到的结果吗?"

"是啊……"张敬握着手机,在床上翻了个身,"所以我也没气馁,再接再厉呗,还有努力空间。"

宋丰丰困惑了:"那你今天不去补课?我以为你被情所伤,连学都不上了。"

"我怎么可能因为这个不上学?昨晚辉煌街停电,又加上修路,我没注意,骑到坑里了。"张敬大声说,"右手骨裂啦!"

"严重吗?"

"很严重。"张敬煞有介事地说,"握不了鼠标,打不了游戏。"
宋丰丰立刻了解了他的伤势。

张敬问宋丰丰什么时候回来,宋丰丰犹豫片刻,撒了个谎:"最少还有一周,要是进了决赛,要五月底才能回来。"

电话另一头的张敬显然很失望:"真好啊,不用参加期中考试。"

"要的。"宋丰丰咬牙切齿,"老师说会给整个球队安排补考。"

这回轮到张敬发出了无情的大笑。

"你不想我们吗?"张敬问他,"喻冬可想你了,那天跟他回家,他明明跟我说话,开口就喊我黑丰。"

宋丰丰:"这么傻啊?"

他自己却也在路上傻乎乎地笑了起来,心里装满了轻快的、让人高兴的东西,让他迫不及待地想要见到喻冬。

第九章
无家可归

　　那株白花羊蹄甲已经开了两轮。
　　第一轮是回南天时候冒出来的，满树都是白花，叶子却还没长。第二轮是三月底四月初，稀稀落落，树上一半是嫩叶，一半是嫩花。
　　现在第二轮也开完了，花瓣全都疯狂地往下落，在树底下铺了一大层。
　　郑随波拿着个竹筐子在捡花瓣，捡了半天，有人突然压住了他的竹筐。
　　吴曈和广播社的人开会，所以耽误了很久，离开广播站时学校里已经几乎没人了。他原本打算直接离开，抬眼却看到蹲在树底下的郑随波。
　　郑随波太好认了，无论他藏在哪里，吴曈总是一眼就能发现他。
　　"捡这个干什么？酿酒？做香水？"
　　郑随波抓住筐子，但吴曈已经一把将装了一半的竹筐举起来。
　　"滚滚滚，不要打扰我搞艺术创作。"
　　"你选文科还是理科？"吴曈问他。
　　"文科。"郑随波皱起眉头，装出凶狠模样，"还给我！"

吴瞳把筐子翻过来,又轻又软的白色花瓣全都往郑随波身上飘落。

"……吴瞳!"

吴瞳笑着把竹筐盖在郑随波头上,竹筐罩住了郑随波,吴瞳按住筐子不让郑随波起身,隔着筐子说:"别担心钱的事情。"

郑随波力气比不上他,推不开筐子,气得乱骂:"把这东西挪开!"

吴瞳继续道:"我跟我爸说过了,你去他的画室学习吧。他看过你的画儿,愿意教你,只收一点儿钱。"

郑随波怔住了。吴瞳蹲在他身边,隔着竹筐看他的眼睛。郑随波听到自己的心跳声,在耳边如同擂鼓一样怦怦响起:"你爸不是不收徒弟吗?"

"你现在可以成为他的关门弟子。"吴瞳笑着说,"怎么样?不生气了吧?"

郑随波把筐子掀开,怔怔地看吴瞳。

他和吴瞳从小是一个院子里长大的朋友,从穿尿布的年纪就玩在一起。吴瞳的父亲是相当有名的画家,独子吴瞳从小就显露出对色彩的超异天赋。郑随波心里一直认为,自己是被吴瞳影响,才喜欢上绘画的。

但长大后的吴瞳没有继续画下去。父母分开后,吴瞳跟母亲一起生活,他的父亲和学生再婚,从此他们父子间少了来往。吴瞳没再碰过画笔,但他喜欢指点郑随波的作品。

虽然说的话从来不客气,但他的意见几乎都是准确的。

吴瞳从郑随波头上摘下花瓣,听见郑随波问自己:"你去……求你爸了?你跟他关系不是不好吗?"

吴瞳无意识地撕开羊蹄甲柔软的花瓣,指尖碰到微润的植物汁液。

"没求。我给他看你的画,他想都没想就答应了。他说波仔啊,我记得,就是那个个子小小、脸胖胖的小朋友。"吴瞳一边笑一边说。

郑随波仍是怔怔的。吴瞳靠他很近,才听见他耳语般的一句"谢谢"。

许多话郑随波不追问,吴瞳也认为不必再多说。他揽着郑随波的肩膀要求郑随波请他吃烧烤,滚在一地的羊蹄甲花瓣上大笑。郑随波挣扎起身,抓起筐子扔到他身上:"谁先跑到校门谁请!"

张敬的右手骨裂,伤势有点严重,连字都写不了了。他只希望能够在期中考试到来之前恢复到平常的状态,因此分外小心,连上厕所都要喊人陪着一起去。

"帮我开道。"他对学委说。

学委无奈地扶着张大人的右手,为他开道,前往厕所。

因为调换了位置,关初阳和喻冬坐得近了。喻冬看到她桌面上多了好几本参考书,都是崭新的,像是从来没用过。

"这个好用吗?"他问关初阳。

关初阳:"我爸妈都说很好。"

喻冬:"你爸妈干什么的?"

关初阳:"开补习学校的。"

喻冬了然地点点头。

看着张敬离开的背影,关初阳忧心忡忡:"张敬伤得这么严重?"

她只知道张敬的伤是那天晚上不慎摔进沟里弄的。

"是不是我的话对他打击太大了?"关初阳反复纠结于这个问题,连喻冬都吃惊了:在他的印象中,关初阳并非这种为小事情思来想去的性格。

喻冬:"不是,肯定不是。你别太在意,他这个人做什么事情都很夸张。"

关初阳："……其实他好好笑。"

护送张敬赴厕所方便后归来的学委："我比你认识他早三年，他确实很夸张，你别信。"

关初阳还是半信半疑。

放学之后，喻冬跟班上同学到篮球场打了一会儿篮球，玩到中途，忽然看到张敬站在场边朝自己挥手。

"怎么了？"喻冬看到他脚下放着一个袋子，里面装的是关初阳桌上那套参考书。

喻冬和他一起回家，帮他把这一袋书拎到了房间里。

张敬神情古怪。

"这不是关初阳的书吗？"喻冬好奇极了，拿出一本翻看。张敬书桌的架子上放着几个相框，有他们几个人的合影，也有当时在教堂里拍到的那张关初阳的照片。

"她给我的。"张敬躺在床上，用高深莫测的口吻说，"她到底在想什么？"

这一套参考书远比学校发的更详尽，喻冬坐在一旁认真翻阅。张敬从床上坐起身，朝喻冬扔了个枕头："喻冬，你脑子好，你给我分析分析。"

"分析什么呀。"喻冬不耐烦地说，"她不是让你好好学习，别东想西想吗？为了鼓励你继续好好学习，所以送你一套参考书……还有习题，很多本。"

"……初阳她认真的吗？"

"我觉得挺认真的。这不是很好吗？"喻冬放下了书，"她在鼓励你啊，以免你受情伤。"

张敬看上去很不好意思："我怎么受情伤了？"

喻冬："你周六不是没去补课吗？她以为你是太伤心了，去不了。"

张敬愣住片刻，圆眼睛慢慢眯起来，嘴角一抽，露出了笑容。

"我知道了。"他跳下床，"她在关心我！"

"你看上去似乎有什么坏主意。"

"没有没有。"张敬正色道，"我只是觉得，不应该辜负初阳的关怀。"

他躺回床上，心里不知想着什么，嘿嘿直笑。

一场暴雨后，夏天终于来了。

三中足球队凯旋，带回了华南地区联赛第三名的好成绩。这不仅是三中历史上从未有过的荣誉，甚至也是这个城市的少年足球运动所取得的最好成绩。

"你火了。"喻冬说，"怎么还没有人过来找你签名呀？"

宋丰丰窘得耳朵都热了："什么签名！没有的事。"

喻冬一边笑一边撕开了绿豆冰棒的包装袋。

在足球队的活动室里不仅放着奖杯，墙上还挂着一件球服。球服是队长的，上面横七竖八，写满了球队队员们的签名。宋丰丰在比赛里立了功，队长让他签在了胸口的位置。

他带着莫名的骄傲，想办法让喻冬和张敬进入活动室，瞻仰那件球服。

"我们黑丰成球星了！"——这是张敬看到球服后第一句蹦出来的话。

喻冬当时没吭声，后来不知怎么回事，越想越好笑，逮着机会就用签名这件事跟宋丰丰开玩笑。

这是难得的闲暇时间，足球队没有训练，喻冬也没有任何社团活动。两人坐在学校小超市外面，看羽毛球场上的小球左右地飞。

张敬低着头从球场边走过，原本给朋友打气的关初阳从人群里钻出来，和他说了两句话。

283

喻冬和宋丰丰都沉默了。两人认真吃绿豆冰棒，认真看张敬在关初阳面前，把自己扮演成一个失意又强打精神的伤心人。

"太坏了。"喻冬说。

"你怎么能这么坏。"宋丰丰说。

走过来的张敬抓抓耳朵，很快又恢复镇定神情："我怎么坏了？她拒绝我，我确实很失落啊。"

"但你也不用老是装出这个样子来博同情吧？"宋丰丰毫不留情地戳穿了他，"你在利用初阳的善良。"

"叫什么初阳，叫全名！"

张敬从宋丰丰兜里掏出一块五的零钱，钻进小超市买了根冰棒。

三个人齐齐坐在花圃边上吃，盯着羽毛球场上的人。

良久，张敬才慢吞吞问："我这样真的很过分吗？"

"做作。"宋丰丰哼了一声。

他突然想起了什么似的，转头跟喻冬说："对了，我从教练那里打听到龙哥的一些事情。"

"做作"，是教练对十年前的莫晓龙同学的评价。他对龙哥印象极其深刻，深刻到已经过去了十年，提起龙哥，教练还是忍不住唉声叹气。

莫晓龙是一个小有名气的少年足球运动员。他初中任挑，高中也任挑，最后进了市三中，成为立刻就能上场的选手。

那时候孙舞阳教的还不是尖子班。莫晓龙是他的学生，忤逆顽劣，难以管教，但奇妙的是，在同学之中人缘很好。

他的同桌是个学习很好的学生，因为有同桌的帮忙，他的成绩才不至于特别难看。

说起对龙哥的印象，教练一口气说了很多个形容词，勤奋啦，努力啦，但是学习的脑筋不行啦……

"他很会做梦。"教练笑着说，"他的目标是考同济，同济啊。"

宋丰丰问为什么是同济。教练回忆了很久，只隐约记得似乎因为莫晓龙的同桌打算考同济的建筑学专业。

"人家那是有成绩傍身的，他莫晓龙有什么啊？"教练说，"人做梦，他也跟着做梦。"

后来就出了事。

龙哥参加省里的比赛，球队拿了第一名回来。回到学校，他发现同桌已经好几天没来上学了。仔细一问，才知道他不肯帮人作弊，被狠揍一顿后暂时没办法上学，也不敢来上学。

整个学校都传遍了这件事，莫晓龙要找到当事人并不困难。

那几个学生的处分已经下来了，记了大过。所有人都觉得事情应该已经结束，一方道歉了，受处分了，另一方也接受了赔偿，没有吭声。

但龙哥却埋伏在主使者上学的必经之路上，把人拖到了海堤。他力气比寻常学生要大得多，每一拳、每一脚都足够重。

然后就是再也兜不住的开除。

"我只打了一个，还不够。"警察调查到学校，龙哥不回避也没撒谎，只是对着老师们恶狠狠地强调，"我还要打的，你们信不信？一共五个人，我知道他们住哪里。"

宋丰丰听得都呆住了。

"怎么会有这么傻的人呢？"教练说得快要哭了，"为什么自己毁了前途？他也不是什么富裕家庭的孩子，连高中都读不了了啊，就这样出社会去混了啊。"

教练喝多了吃多了，说起话就停不下来。

他和孙舞阳为莫晓龙求了很多次情，但无力扭转处理结果。莫晓龙离开三中之后没有再读高中，开始跟着自己的堂兄弟做生意，卖电脑配件。做做这件事，又做做那件事，渐渐混成了龙哥，胳膊上文着密密麻麻的文身。

"他同桌叫什么，教练想不起来了。他还打电话问了孙老师。"宋丰丰说，"孙老师记得姓梁，后来确实考上了同济的建筑学专业。"

宋丰丰和喻冬出门遛狗的时候，在码头附近看到了龙哥。

现在正是钓鱿鱼的好时机，大的小的、公的母的，全都从更南的海域往这里游。龙哥的鱿鱼船又要出海了，一个晚上能搞几百斤，气焰非常嚣张。

一看到宋丰丰和喻冬，龙哥立刻高兴得眉飞色舞，问他们要家里地址，说是第二天早上给他们俩送鱿鱼过去。

"庆功，庆功。"他重重地拍着宋丰丰的肩膀，"你可以啊，踢得这么好。"

宋丰丰害羞地挠头，他不知道龙哥是怎么打听到球队成绩的，但他现在至少懂得，眼前这个鱿鱼大佬的喜悦是真诚的，没有半分虚假。喻冬看来看去，只看到了龙哥的马仔，没瞧见他的朋友梁设计师。

"他不住这里，住省城，有时间就过来玩几天。"龙哥招呼马仔赶快把船上的烤鱿鱼拿给黑仔和靓仔吃。

喻冬和宋丰丰把狗仔抱起，一人拿一只烤鱿鱼，又继续往前走了。

他们知道了龙哥的一些往事，比起之前不知道的时候更觉得好奇。他和那位姓梁的同桌之前之后发生的事情，只要稍稍一想，就像在脑子里过了几百遍跌宕起伏的剧情。

宋丰丰没有喻冬想得这么多，他把鱿鱼一点点撕成条，喂给小狗吃。

喻冬阻止他一会儿，没用，只好由他去了。

小狗也不太喜欢吃这个，啃了几条之后噗噗吐了，转身跑到沙滩上刨沙子玩。

夕阳把海面照亮。海鸟飞得很低,翅膀掠过水面,留下浅浅的痕迹。渔船拉响了汽笛,海军基地的号声远远传来。

喻冬和宋丰丰并肩坐在海滩上,两人都没说话。

以前两人凑在一起就有讲不完的话题,但现在渐渐都不太开口了。虽然沉默,但也不是毫无趣味。有时候宋丰丰指着沙滩上一个奔跑的小孩子让喻冬看,明明什么话都没有讲,但喻冬立刻就能捕捉到他的意思,两人齐齐笑起来。

所有的事情都变得简单,上学放学,吃饭遛狗,偶尔去打球。

喻冬的篮球打得越来越好,球场边上总是围着不少观众。宋丰丰固执地帮他看着钱包和衣服,不让别人碰。

天色一点点暗了下来。

有穿着迷彩服的年轻人听着MP3在沙滩上跑步经过。小狗被那人迷住了,撒开短小的四肢往前狂奔,一边追一边汪汪大叫。

喻冬头疼不已:"它真的是……见到谁都会去追。"

宋丰丰:"它是母的还是公的?"

"公的!"喻冬起身拍拍屁股上的沙子,"这只傻狗。"

喻冬追上去,从跑步的年轻人手里接回小狗。小狗在喻冬手里挣扎片刻才安静下来,尾巴一甩一甩,任由喻冬抓起它前爪,一直抱回宋丰丰这边。

"不傻的,我教练家里那只特别聪明,还会自己去买菜。"

喻冬不太相信宋丰丰的话:"怎么可能?那为什么这只这么傻?"

小狗开始嗷呜嗷呜地,专心啃咬他的鞋带。

喻冬:"……你看!"

宋丰丰:"那肯定是养的人的问题了。"

喻冬瞪他一眼:"肯定跟着你学傻,以后你没事少来找它玩。"

海水慢慢涨潮,越来越高,白浪一层层卷上来。

宋丰丰告诉喻冬，吴瞳在高二分科表上填了文科。

喻冬："……不可能吧？他物理和化学不是挺好的吗？"

宋丰丰："临交上去之前改的。"

喻冬忧虑地叹了一口气，为郑随波。

他现在都没办法搞懂郑随波和吴瞳的关系，只知道两个人从小就认识，就连幼儿园也是同班读的。明明应该是情同兄弟的关系，郑随波每次看到吴瞳却都像是受了惊吓的兔子，拔腿就狂奔，只在极偶尔的时候会回头龇牙咧嘴，对吴瞳摆出威胁之态。

"吴瞳跟我说过，他喜欢逗脾气不好的人玩儿。"

喻冬："……他连这个都跟你讲？"

宋丰丰的眼神在暮色里有些紧张："讲的啊，我们什么都讲。"

喻冬"哦"了一声，继续低头甩动鞋带，和小狗玩。

"他和郑随波都是男的。"宋丰丰又说。

喻冬没抬起头，专心摸小狗的耳朵："废话。"

天色越来越暗，海滩上有人点起了蜡烛，有人拿着手持荧光棒在跑。

喻冬看不清楚宋丰丰的脸，但也正是因为看不清楚，有些话反而容易问出来："那你喜欢什么样的人？"

虽然光线不足，但宋丰丰完全可以想象到喻冬现在的神情。

带一点戏谑，一点好奇，可能还有一点嘲弄和好笑的表情。不算认真，但也不是随口问的。喻冬太复杂了——宋丰丰理不清头绪，不知道应该怎么回答。

他怕答错。

"哦，我想起来了。"喻冬突然带着笑意击掌，"你喜欢那个女歌手。"

宋丰丰紧绷的那口气一下松了。

"是吧？"喻冬还在问，"你特别喜欢她，我知道，只要杂志封面有她的照片,你都要多看两眼的。"

宋丰丰尝试在脑子里回忆喻冬所说的那个名字,但什么都想不起来。他不敢招架这个话题,忙问:"你选文科还是理科?"

话题转得太硬,喻冬一下子还没反应过来:"啊?"

"我选理科。"宋丰丰滔滔不绝地说下去,"我爸也建议我选理科,以后出路比较多。其实我高中这样踢下去,用体育特长生的身份去参加高考也不会很难的。到时候还要麻烦你再帮我辅导辅导,我最信任你了,喻老师。"

小狗伸出舌头,舔着喻冬的掌心。

"我不选理科。"喻冬说。

宋丰丰呆住了:"怎么可能?!"

"我选了文科。"喻冬笑了一下,"文科生怎么给你辅导啊?我以后都不学理科综合那几门了。"

宋丰丰不理解喻冬的选择。只要是成绩好的学生,十有八九是选择理科的。市三中每一年出的总分状元和单科状元都是理科生,它的理科比文科更有竞争力。

"我有没有跟你说过,我爸曾经给我妈分过一个公司?"喻冬的声音在黑暗中传来,"就是上次喻唯英要拿走股份的那个公司。"

"你说过。"

"它是个广告公司。"喻冬把小狗抱起来,圈在怀里。谈论这样的话题让他很不舒服,他低声说,"我要把它拿回来,我要经营它。"

小狗在他怀里呜呜地叫。

"喻唯英学理,他成绩很好,我不想和他比。我爸肯定也想我学理,我不想让他满意。"

宋丰丰有点受不住这话题的沉重度了,他竭力要让两个人对话的氛围轻松一些。

"如果你选理科,我们说不定还能同一个班。"

喻冬轻轻笑了。宋丰丰突然想到了小狗的尾巴，它柔软又带着韧劲，扫在人的掌心里，痒痒的，很舒服。

"为什么一定要跟我一个班？"他问，"我和你的成绩……也根本分不到同一个班的好吧。"

他说得太无情了，宋丰丰脸上一热，直接开口："也对，只有张敬才会特别想跟关初阳同一班。我们得交一些新朋友。"

路面上有摩托车经过，发动机声音很响，车灯很亮，一闪而过的光线照亮了喻冬的脸。

在掠过的光线里，宋丰丰觉得喻冬变得陌生了，眼睛、鼻子、嘴巴，明明没有变化，但落在宋丰丰眼里，却完全成了另一个新鲜的陌生人。

车子走远了，喻冬低下头，亲了亲小狗的脑袋。

"有道理。"他像是针对宋丰丰说的那句"我们也要交一些新朋友"做出的回答，语气冷淡平静，没有任何波澜。

但宋丰丰听得出来，他不太高兴。宋丰丰莫名地心虚起来："喻冬？"

"走吧，要下雨了。"

细细的闪电在雨云里翻滚，紧接着落到遥远的海面上，照亮漆黑夜空。

两人带着狗攀上海堤，沿着大路往回走。

喻冬的话明显变少了，宋丰丰也不太好意思开口。闷热的夏初令人不适，他整个人像是被什么蒸烤着，冷静不下来。

原本无比熟悉的喻冬现在变成了一个他捉摸不透的谜。

走到铁道口，又碰上了落闸。列车的行进速度快了，似乎是打算在雷雨落下来之前尽快抵达码头，把货装好。赶着在下雨之前回家的人在铁道口的两侧挤挤挨挨，站满一片，车和人杂乱地混在一起。

喻冬和宋丰丰没说什么话，只是人群密集，他们以近乎依偎的姿态站在一起。

小狗被喻冬抱得太紧，喘不过气似的挣扎起来。

闸口的栏杆升起，宋丰丰往前走，顺手把小狗接了过来："它到底叫什么？"

"不知道。"喻冬没精神地回答。

宋丰丰看了喻冬一眼。在路灯底下的喻冬显然有些失意，闷不吭声地一直大步前行。宋丰丰快走几步赶到他前面，转回身和他面对面。

"喻冬，那你还给我补习吗？"他抓起小狗的爪子冲喻冬挥了挥，一步步后退着走，"来，叫一声喻老师。"

"我学文科啊，怎么给你补习？"

"语、数、英还是可以的吧？"

"数学不行，学习内容和难度不一样。"喻冬说完之后顿了一下，几乎不假思索地继续开口，"不过，我多学一点也没问题。"

宋丰丰放下挡在自己面前的狗："什么意思？"

"就是……你把你们的数学教科书给我，我可以连带理科的一起学。"

宋丰丰毫不怀疑喻冬的能力，他也没有考虑到喻冬是否还有时间多学一门，学更难的部分。喻冬既然说可以，那就是肯定可以。

他高兴起来了，还想继续再说什么的时候，脚下一个趔趄，脚后跟差点踏进沟里。

宋丰丰立刻把小狗抱在怀里，但这样一来就没办法及时站稳了，喻冬立刻拉住他的手。

"谢谢。"宋丰丰说，"你的手这么热？"

喻冬平静且自然地松了手："你的也一样。"

"你比较热。"

无聊的对话持续了一会儿，宋丰丰仍旧抱着那只小狗，和喻冬并肩前行。只是他的心脏又开始狂跳了，太阳穴的血管绷得很紧，松不下劲。

喻冬离他太近了，近得让人难受。初夏的气温原来已经这么热了吗？宋丰丰只觉得额头上沁出了细细的汗珠，自己无计可施，只能装作不经意地擦了又擦。

他和喻冬的眼神偶尔会对上。天气燥热，晚风不能缓和丝毫，燥热令人身躯沉重，一颗心却变得轻飘飘的，像被什么托着，要原地腾起，要飞上天去了。

宋丰丰看到喻冬眼角有一丝笑。小狗在宋丰丰怀里汪汪地叫，喻冬搓了搓它软乎乎的耳朵。他们走得很慢。

所有人的选科决定都交了上去。选科确认表上需要监护人签字，喻冬那份是周兰签的。

他认为这没有问题，自己的决定没必要知会喻乔山，反正素来都跟喻乔山没有任何关系。

六月初的一天，文理科的分班表终于出来了，张贴在宣传栏上。

喻冬对分班表兴趣不大。文科班一共六个，设一个尖子班。他肯定是在尖子班里的，看不看都毫无区别。

喜欢凑热闹的张敬和学委看完结果回来，两个人都喜气洋洋，看来分班结果很令人满意。

"你还是跟关初阳同班？"喻冬问张敬，"理科分两个尖子班，你运气这么好？"

"那是当然。我和初阳是有冥冥之中的缘分。"张敬在他背上重重甩了一拳，"我和你也同班啊，这就是缘分。"

喻冬愣住了："你说什么？"

"高二（8）班。"张敬指指自己和喻冬，"我和你都是。宋丰丰（12）班……对哦，你不是选的文科吗？怎么变成了理科？"

喻冬的脸色变了。他跑下楼，冲入人群。分班表上，他确实在理科班。

"我以为你父亲已经和你沟通过了。"孙舞阳也非常诧异，"他确实说和你谈过，你决定修改选科志愿，换成了理科。"

孙舞阳拿出来的选科表是新的，监护人那一栏签的不是周兰的名字，而是喻乔山。

"你爸爸亲自送过来的选科表，就在上周。"

喻冬完全陷入了压抑的愤怒。

"我从来不知道这件事！"他压低了声音怒吼，"这不是我的字！"

喻乔山让人模仿了他的签名，伪造了这一份选科表，但这份选科表没有遭到任何怀疑，因为喻乔山确实是喻冬的监护人。

孙舞阳看着喻冬："喻冬，你家里发生的事情可以跟老师说，不用全都闷在心里。"

喻冬咬紧牙关，死死盯着选科表上喻乔山龙飞凤舞的签名。

"我会跟教务处沟通，你的选科决定暂时搁置，但不能拖延了，期末考试之前一定要确认。"孙舞阳强调，"喻冬，听清楚，是你和你的监护人都要确认。"

"为什么？我自己的事情我可以自己决定！这是我的学习，我的人生。"喻冬不甘示弱，"你们应该更尊重学生的决定。"

孙舞阳平静地看着喻冬，他的态度让喻冬的愤怒显得鲁莽而不得体了。

"喻冬，正是因为我尊重你，所以我才会说，会跟教务处再具体沟通。"他带上了安抚的口吻，"每一年的选科都会出现这样的情况，大部分是想选文科的学生瞒着父母做了决定，父母又强硬地强迫他们选择理科。"

喻冬没吭声，孙舞阳显然已经看惯了这种情况。

"我确实看得太多了，所以我才建议你，你必须和监护人沟通，取得他的许可。"孙舞阳很耐心，"喻冬，你没有成年，你要依赖父母生活。即便成年了，你也还有很长的一生，不可能脱离所有亲人。从现在开始，学习怎么跟他们沟通好不好？"

喻冬没有从孙舞阳身上察觉到恶意，这让他的警惕心暂时收了起来。

"他不是一个好沟通的人。"

"我知道。"孙舞阳和喻乔山通过电话，喻乔山是一个非常强势的人，说一不二，并且带着颐指气使的派头。

他把选科表抽回来。

"虽然很难，但不这么做，程序上是没办法通过的。"孙舞阳顿了一下，"喻冬啊，你喜欢吵架吗？"

喻冬很诧异："当然不喜欢。"

"如果这件事不解决，你和你父亲很可能一见面就会吵架。"孙舞阳笑了笑，"所以努力吧。"

喻冬没吭声。他明白孙舞阳的出发点是好的，但孙舞阳不了解他的家庭。哪怕没有这件事，他和喻乔山也基本是一见面就吵。偶尔的几次虚假和平，全仰赖喻冬出色的演技。

但不谈不行。

他给喻乔山打电话，喻乔山一听他要说分科的事情，立刻语气严厉地批评了一通，随后告诉他，自己会去学校亲自跟老师沟通。

喻乔山来的那天是喻唯英开的车。

喻唯英一脸不耐烦，尤其在见到喻冬之后，这种不耐烦直接升级成了恼怒。

"我，非常非常忙。"他压低了声音对喻冬说，"请你管好自己，不要再弄出这么多破事情。"

喻乔山带喻唯英过来主要是想认识认识学校的老师和领导。在高二之后的高三阶段,喻冬将会迎接每月一次的高频家长会,而喻乔山认为自己根本不可能抽出时间来参加,代替他的只可能是喻唯英。

喻唯英无法违抗喻乔山的命令,只能把气撒在喻冬身上。

喻冬完全当他是透明的,没有跟他打招呼,甚至没有看他一眼,当先走进了会议室。

喻唯英在走廊上抽完了一支烟,才让自己稍稍平静。

他看到教务楼的楼下花圃边上坐着两个和喻冬差不多年纪的学生。一个圆眼睛,看起来很乖,另一个黑黢黢,有点面熟。

喻唯英再看两眼,终于想起那个黑皮肤的男孩子就是曾经用自行车砸了自己的小流氓。

"呸。"他暗啐一口,转身走入会议室。

会议室中气氛和谐,喻乔山和几个老师谈笑风生。喻冬坐在喻乔山身边,面色冷淡,一言不发。

喻唯英走进去热情地打招呼。他给人感觉很亲切,又因为长着一副精英面貌,打扮十分得体,很容易给人信赖感。

"我是喻冬的哥哥。"他跟孙舞阳握手,"孙老师是吧?我听喻冬说过您,您给他很多帮助。"

喻冬实在忍不住了,惊讶地抬头看喻唯英。他什么时候跟喻唯英说过学校的事情?什么时候提起过孙老师?

……可见他同父异母的哥哥,是一个和自己差不多的、说谎界的翘楚。

会议时间非常短。老师说的所有话喻乔山都点头应了,先说自己确实跟喻冬交流不够,又承认错误,说这种不够确实造成了父子之间的很多误会。

"这次分科,我一定尊重他的意见。"他承诺道。

因为他们谈得太短,达成共识太快,喻冬下楼的时候,宋丰丰和张敬还在讨论一会儿应该给他买什么吃的来抚慰受伤心灵。

"谈完了?"宋丰丰看了眼天色,"那回家吧,快下雨了。"

两人已经帮喻冬把书包和自行车都拿到了楼下,喻冬道谢之后骑上车,直接往校门外去。

喻唯英的车停在校门附近,看到喻冬过来,他喊了一声:"喂。"

喻冬白了他一眼。

喻唯英指了指身后:"爸爸有话跟你说。"

"不是都说完了吗?"喻冬很不耐烦。

喻乔山点了一支烟,眉头皱成了沟壑。

"回去重新写一张选科表,拿来给我签字。"他对喻冬说,"不用再说了,选理科。"

喻冬一下就愣了。

"你刚刚在老师面前不是这样说的!"他呆呆地看着喻乔山,"你说会尊重我的意见。"

"我尊重,所以我听完了你的胡言乱语。"喻乔山加重了语气,"尊重不是顺从,也不是默许!改!"

喻冬跳下自行车,拳头死死攥着。他已经跟喻乔山差不多高了,可是喻乔山身上的气势,他现在还没有半分。

站在喻乔山面前,愤怒只会让喻冬变得易于击破。

"不改也可以。"喻乔山慢慢说,"你转学,并且回家住,我可以允许你不改。"

"做梦吧你!"喻冬咬牙,"你总是这样骗人是吗?这边说一些漂亮话,转头就变脸!"

雨滴落下来了。喻乔山扔了手里的烟,他看到两个同样穿着三中校服的男孩子在几米之外等待。在渐渐变密的雨雾里,十几岁的稚嫩脸庞上挂着相似的紧张与担忧。

喻乔山心头突然生出一种古怪的感慨。

他的喻冬，他孤独的儿子，居然有朋友了。

沉默持续了片刻，喻乔山再次开口。

"好吧，你可以选择文科，我不拦你。不管你的理由多么幼稚和可笑，随便你。"他的语气放软，听在喻唯英耳朵里，简直就像是在对喻冬发出恳求，"我只有一个要求，你暑假回家里住，以后每周回一次家。"

喻唯英几乎惊呆了。

"爸爸！"他失声叫出来，"你又纵容他！"

喻冬不敢相信自己所听到的："纵容？"

喻乔山没理会喻唯英，只是看着喻冬："这个条件你答应吗？"

"你们觉得这是纵容？"喻冬几乎要笑出来了，"做梦吧，我不会回去的，无论暑假还是周末。那地方让我恶心。"

他看着喻唯英："你也是。"

喻乔山很难忍受别人的忤逆，尤其是喻冬。

"你要在这种地方住多久？"他大吼，"你要在你外婆家里住多久！那不是你的家！有家不回，要住别人那里，你以为自己无家可归吗！"

"……你说对了。"喻冬低声说，"我本来就无家可归。"

他突然扭转车头，快速跨上，猛蹬着冲出校门。

宋丰丰和张敬连忙追赶。学校的门卫没拦住喻冬，但是却拦住了他们俩："下来推车！"

张敬气急败坏地吼："高一（1）班张敬，高一（8）班宋丰丰，你要记就记吧！"

宋丰丰根本没理会门卫，轻巧拐了个弯就窜出了校门，朝喻冬消失的方向追去。张敬被门卫死死抓住胳膊，没办法挣脱，徒劳地大叫："放开我！"

297

雨越来越大。喻乔山抹去脸上的雨水,对喻唯英下命令:"去兴安街。"

半小时之后,在暴雨里两人抵达了兴安街。

周兰不可能欢迎他们,但是在喻乔山说明是来找喻冬的之后,她谨慎地打开了门。

"喻冬还没回来。"

喻乔山和喻唯英都是一愣。两人走的是喻冬回兴安街的必经之路,他们并没有在路上看到喻冬。

雨实在太大了。天地滂沱,只剩风雨嘈杂。